FUSION FANTASTIC STORY

가프 장편 소설

9급 공무원 포에버

Forever

9급 공무원 포에버 9

가프 장편 소설

초판 1쇄 찍은 날 § 2015년 5월 6일
초판 1쇄 펴낸 날 § 2015년 5월 13일

지은이 § 가프
펴낸이 § 서경석

편집책임 § 한준만

펴낸곳 § 도서출판 청어람
등록번호 § 제387-1999-000006호
등록일자 § 1999. 5. 31
어람번호 § 제1-2120호

주소 § 경기도 부천시 원미구 부일로 483번길 40 서경B/D 3F (우) 420-822
전화 § 032-656-4452 팩스 § 032-656-4453
http://www.chungeoram.com
E-mail § chungeorambook@daum.net

ISBN 979-11-04-90227-7 04810
ISBN 979-11-04-90071-6 (세트)

[완결]

9

FUSION FANTASTIC STORY

가프 장편 소설

9급 공무원 포에버

Forever

도서출판 청어람

9급 공무원 포에버

Forever

CONTENTS

제1장 반전! 7

제2장 사무관 조탁대 51

제3장 속 시원한 응징 131

제4장 포기란 없다! 211

제5장 서기관 조탁대 273

에필로그 325

1장

반전!

나흘 후에 탁대는 김성곽을 만나게 되었다. 하루 종일 조사한 자료를 정리하고 퇴근한 후였다.

"술 한잔할까?"

소외된 탁대가 안타까웠는지 양 과장이 물었다. 탁대는 선약이 있다며 양해를 구했다.

"조금만 참게. 이런 분위기 오래가지 않을 거야."

양 과장은 탁대를 위로해 주었다. 특별히 튀는 사람도 아니고 비겁하지도 않은 중립적 입장의 양 과장. 그래도 자기 직원을 챙기려는 마음이 고마웠다.

김성곽과의 약속 장소는 교외에 위치한 오리구이집이었다. 봉황시에 근무할 때 한 건을 올린 장소. 차를 파킹하고 음식점을 바라보니 만감이 교차해 갔다.

시간은 흐른다. 사람도 변한다.

탁대는 그 명제를 실감하게 되었다. 그리 많은 시간이 흐른 것도 아닌데 탁대는 변해 있었다. 그 짧은 시간 동안 바다를 경험했다. 대한민국의 내로라하는 정치인들을 만났고 대한민국을 쥐고 흔드는 빅 3의 한 명인 검찰총장도 만났다.

검사들은 또 어떤가?

막연히 바라볼 때는 최고의 엘리트들. 동시에 권력의 중심에 서 있는 어마어마한 사람들. 하지만 함께 근무해 보니 그들도 그저 사람에 불과했다. 자기 이익과 본성에 아주 충실한.

'인간의 본질은 같다.'

구석에서 꽥꽥거리는 오리들을 보니 문득 그런 생각이 더 들었다. 오리들은 무엇이 다른가? 물론, 그들 사이에서는 확연한 차이가 날지도 모른다. 하지만 인간의 시각에서 보면 별다를 것도 없다. 조금 몸집이 크거나, 목소리가 크거나. 그런 것들은 별것도 아니었다.

음식점에 들어섰다.

"예약하셨나요?"

카운터에서 계산을 하던 아줌마가 물었다.

"3번 방에 갑니다."

"아, 이리 오세요."

미리 시장의 귀띔을 받았는지 아줌마가 반색을 했다.

드르륵!

문이 열리자 안쪽에 자리 잡은 김성곽이 보였다. 혼자였다.

"조 실장!"

그는 탁대를 보자마자 벌떡 일어섰다. 그렇게 반가워할 수가 없었다.

"어서 앉게. 자네 보려고 땡 하자마자 달려왔네."

"그간 평안하셨지요?"

탁대는 앞자리에 앉으며 인사를 했다.

"아, 나야 평안하지. 나보다 조 실장이 문제라며?"

"저도 뭐 괜찮습니다."

"괜찮긴 뭐가 괜찮아? 나는 뭐 검찰에 인맥 없는 줄 아나?"

"……."

"아, 진짜. 이 나라는 문제라니까. 누구 하나 잘나가면 키우는 게 아니라 단체로 밟고 죽이려드니 원……."

김성곽은 혀를 찼다.

"아, 이 집 와 봤지? 전에 재미난 에피소드도 있었던 집이고……."

김성곽도 잠룡 12인방 사건을 기억하는 모양이었다. 탁대는 씨익 미소로 답했다.

"구이? 탕? 바비큐? 뭐든지 말만 하시게. 이 집 메뉴 전부를 시켜도 좋고."

"바쁘실 텐데……."

"이 사람아, 바쁜 게 대순가? 우리 봉황시 출신 국가대표 공무원을 만나러 온 건데."

"그럼 시장님 취향대로 시키시죠."

"오케이. 그러면 바비큐로 가자고. 구이는 성가시니까."

"예."

주문과 함께 바비큐가 들어왔다. 곁다리로 약주도 한 병 딸려왔다.

"일단 목부터 축이고 얘기하세."

김성곽이 잔을 들었다. 술은 탁대 입맛에 조금 썼다. 두 번에 나눠 마신 탁대는 김성곽의 술잔을 채워주었다.

"아무튼 서판국 의원 사건은 통쾌했네. 우리 직원들도 역시 조탁대라며 시원해했다네."

"고맙습니다."

"그나저나 검사들… 이 자식들 속갈딱지가 왜 그 모양이야? 밴댕이 똥구멍만도 못 하니……."

"……."

"하긴… 나도 처음엔 그랬지?"

혼자 떠드는 게 미안했던지 김성곽이 슬쩍 목소리를 낮추었다.

"표강일 사장 만났지?"

그러다 시선을 살며시 가다듬는 김성곽.

"예……."

"오늘 낮에 내가 도청하고 안행부에 다녀왔네."

도청과 안행부. 그렇다면 필연 조직 개편을 추진 중이라는 의미였다.

"거두절미하고 본론만 말하겠네. 다시 봉황시로 리턴하시게! 조사무관!"

"……?"

술잔을 만지작거리던 탁대는 귀를 의심했다.

사무관? 사무관이라니?

"시장님……."
탁대가 파뜩 고개를 들었다.
"왜? 내가 말을 잘못했나?"
"방금… 사무관이라고……."
"그게 뭐 어때서?"
"저는 지금 검찰에서 6급으로 있습니다. 그 전에 봉황시를 떠날 때는 7급이었고."
"그래서? 나는 뭐 자네 같은 국민영웅을 사무관으로 앉힐 자격도 없다는 건가?"
김성곽이 후끈 열정을 뿜어냈다.
"그건 아니지만……."
"솔직히 자네 정도면 5급도 공짜지. 아, 옆에만 앉혀놔도 번쩍번쩍 빛이 나는 사람인데 5급이 대수인가?"
"시… 장님……."
"지금 시장 직속의 민정실장이나 청문실장 자리를 추진 중이네. 물론 정식 5급 사무관으로 말이야."
"……."
탁대는 시장을 주목했다. 민정실장. 시장 직속이라면 시장을 보좌하는 역할. 하지만 시장 비서실장도 6급 행정주사인 판에 쉽지는 않을 일이었다.
"조직 전체를 고양시키고 주무 사업이나 숙원 사업에 대한 주민 의견을 수렴, 반영도 하고 관련 비리 같은 것도 조사하는 자리일세. 말하자면 옴부즈맨 실장이라고 할까? 보아하니 경찰서 같은 데도 청문당담관 제도가 있더군. 이미 의회 의장하고도 얘기가 끝났네."

'옴부즈맨…….'

"그거야말로 다양다종한 의견이 난무하는 지자체에 꼭 필요한 제도가 아닌가? 나아가 조 실장이야말로 그 자리에 딱 적합한 사람이고."

"시장님……."

"표강일 사장이 뭐라고 했는지는 모르지만 그건 그 사람 생각이고……."

김성곽은 손에 든 술을 단숨에 털어 넣고는 뒷말을 이었다.

"나는 지금 조 실장을 스카웃하러 온 거네. 아니지. 원래 내 사람이었는데 검찰 놈들이 채갔으니 원상 복귀시키는 건가?"

"……."

"어떤가? 솔직히 검찰만이야 못하겠지만 와주시겠는가? 우리 봉황시의 발전을 위해!"

김성곽, 야심차게 오퍼를 던졌다.

탁대는 보았다. 이전에는 엿보이지 않던 김성곽의 인품. 구석에 몰린 탁대에게 선심을 베푸는 듯 오만한 제의가 아니라 탁대를 배려하는 마음이 구석구석 느껴지고 있었다.

"그렇다면 초대 옴부즈맨인데 제가 그런 자격이 있겠습니까?"

"그럼 누가 자격이 있나? 조 실장이 한 번 추천해 보시게."

"황천수 감사과장님이나 장광백, 유청봉 과장님이라면 적합할 겁니다."

"미안하지만 그 자리는 외부전문가 공채 형식이라네."

김성곽, 빙그레 웃으며 탁대의 빈 곳을 찔러왔다.

"응시해 주시겠지? 만약 거절한다면 그 일의 추진은 없던 것으로 하겠네.”

김성곽은 탁대의 얼굴에서 눈을 떼지 않았다.

“곧 면접 날짜를 통보할 테니 마음의 준비를 하시게나. 뭐, 어차피 형식적이긴 하겠지만.”

김성곽의 차는 그 말을 남기고 떠나갔다.

‘내가 사무관…….’

고개를 들어 하늘을 보았다. 하늘이 무너져도 솟아날 구멍이 있다더니… 지성이면 감천이고 하늘을 스스로 돕는 사람을 돕는다더니…….

시련을 굳세게 헤쳐 온 탁대. 신념을 버리지 않고 국민의 공복으로 살아온 탁대. 그래도 누군가 그걸 알아주는 사람이 있어 행복했다.

개똥 초심…….

탁대의 투박한 신념에 별빛이 반짝반짝 스며드는 순간이었다.

* * *

수사과에는 아직 말하지 않았다. 어 계장에게도 마찬가지였다. 조금 미안하긴 했지만 어쩔 수 없었다. 시장의 제의가 있었지만 그렇다고 확정된 일은 아니었기 때문이었다. 더구나 탁대를 경원하는 조직의 분위기. 그러니 최후의 순간까지 보안에 붙일 생각이었다.

“주 실장님!”

구내식당에서 식사를 마치고 방 검사와 자판 커피를 마실 때 새로 부임해 온 검사 하나가 다가왔다. 김중광의 자리에 발령난 이현상 검사였다.

"어이구, 이 검사. 커피 한잔하지?"

사람 좋은 방 검사가 반색을 했다.

"저는 조 실장님 커피를 얻어먹고 싶은데요?"

임용된 지 얼마 되지 않은 이 검사가 격의 없이 웃었다. 탁대는 기꺼이 커피를 뽑아주었다.

"죄송하지만 도움도 좀 요청할 수 있을까요?"

커피를 한 모금 넘긴 이 검사가 탁대에게 물었다.

"무슨……?"

"아, 김중광 검사님은 무슨 사건을 그렇게 많이 싸들고 계셨는지 뒷감당에 정신이 없네요. 거기다 이번에 난해한 사건이 하나 배당되어서……."

"그 학교 금품비리 선생 건 말인가?"

"네……."

"저런, 시시껄렁하다고 핑퐁을 치더니 결국 힘없는 이 검사한테 떨어졌군."

방 검사가 웃었다. 검사들끼리는 아는 사건인 모양이었다.

"제가 검토해 봤더니 큰 액수는 아닌데 아무래도 내외부 투서가 겹쳐 있는 거라서……."

"이 사람, 우리 지청에 온 지 얼마 안 되어서 뭘 모르는 모양인데 우리 조 실장님은 그런 코 묻은 사건 조사하실 그릇이 아니야."

방 검사는 단호히 선을 그었다.

"저도 알지요. 최근 공무원 관련 큰 사건은 전부 조 실장님이 해결하셨다면서요? 하지만 자칫하면 죄 없는 선생을 엮어 넣게 될까 봐 염려가 되어서요."

"죄 없는 선생요?"

그제야 탁대가 검사들의 대화에 끼어들었다.

"현재까지의 상황으로는 선생이 학부모들에게 금품을 요구한 정황이 있고, 물품 구매나 예산 집행에서도 돈을 착복한 흔적이 있습니다."

"그럼 뭐가 문제야? 횡령했고 금품 요구했으면 사실대로 기소하거나 교육청에 처분 통고하면 되지."

방 검사가 말했다. 그러자 이 검사 뒤통수를 벅벅 긁으며 대답했다.

"그렇긴 한데 이 선생이 도무지 입을 안 열어요. 무조건 자기를 잡아가라는데 아무래도 뭔가 숨기는 게 있는 것 같거든요."

"그럼 그냥 기소해. 돈 처먹은 선생이 무슨 할 말이 있겠어. 우리 조 실장님, 휴식이 필요하니까 공연히 수고 끼치지 말고."

방 검사가 손을 저을 때 탁대가 입을 열었다.

"그거 제가 도와드릴게요."

돈이나 밝히는 선생.

학생보다 젯밥을 탐하는 선생.

전부터 한 번 뿌리를 뽑고 싶은 일이기도 했다.

왕선웅! 당 38세. 남자.

탁대는 이 검사로부터 수사 자료를 넘겨받았다. 38살. 그렇게 많은 나이도 아니었다.

세상에 떠도는 우스갯소리가 있다.

경찰과 공무원과 선생이 술을 마시면 누가 돈을 낼까?

답은 '가게 주인이 낸다' 란다.

우스갯소리는 하루아침에 만들어지지 않는다. 마치 신문의 시사만화처럼 그 안에는 암시와 뼈다귀와 풍자가 있는 것이다.

'선생님…….'

탁대는 빈 조사실에서 잠시 생각에 잠겼다. 중2때 만난 선생은 최악이었다. 공부 잘하는 학생만 좋아했다.

한 번은 이런 일이 있었다. 체육 시간, 친구들끼리 장난을 하다가 사고가 났다. 학급 농구 시합을 하던 점심시간의 끝머리. 10점이나 지고 있던 탁대네 학급이 개발에 땀이 나서 역전을 한 것이다.

"와아아!"

마지막 골을 넣은 김장선 위로 친구들이 덮쳤다. 한 번 장난기가 발동하면 제어를 모르는 나이. 너무 많은 친구들이 쌓이면서 맨 밑의 김장선이 팔을 삐고 말았다. 하필이면 그놈이 반 톱이자 전체 수석, 차석을 번갈아 달리던 인간이었다.

"공부도 못하는 놈들이……."

학급 전체를 모아놓고 체벌하는 선생의 입에서 튀어나온 첫 번째 말이었다. 김장선이 입원을 하자 선생은 부반장을 시켜 돈을 모으게 했다. 당시 약 10만 원 정도였던 걸로 기억하는 탁대.

다음 날 선생은 그 돈을 챙겨 병원으로 갔다. 그런데 병원에는 아무것도 없었다. 학원이 끝난 시간에 삼삼오오 모여 김장선의 병실을 찾은 탁대.

"선생님은 빈손으로 왔다갔는데?"

증언은 김장선의 한마디로 충분했다. 그렇다고 봉투를 내놓고 간 것도 아니었다. 오히려 김장선 엄마에게 밥까지 얻어먹고 갔단다.

"허얼!"

탁대와 친구들은 몸서리를 쳤다. 그 날짜로 선생의 별명은 왕재수에서 '날강'으로 바뀌었다. 날강도를 줄인 말이었다.

그의 치졸한 행각은 그것만이 아니었다. 유난히도 학부모를 자주 호출했다. 학교에서도 만나고 밖에서도 만났다.

"C8, 우리 엄마가 그러는데 담탱이 돈 존나 밝힌데."

학생들은 이구동성이었다.

밖에서 만나는 약속 장소는 주로 선생이 정했다.

"어휴, 카드 안 가지고 갔으면 개망신당할 뻔했네."

어느 가을날, 선생을 만나고 돌아온 탁대의 마더가 고개를 저었다. 학습 문제로 만나야 한다며 전화를 때린 담임이 럭셔리한 식당으로 들어간 모양이었다.

"난 또 자기가 낼 줄 알았지."

순진한 마더가 당한 것이다. 처음에는 자기가 낼 것처럼 걱정하지 말라더니 계산할 때가 되자 긴 통화를 하면서 슬쩍 밖으로 나간 잔머리의 왕자. 결국 마더는 물경 22만 원을 긁고 나오셨단다.

'그 선생님, 지금도 안녕하신가?'

물론 안녕하실 것이다. 이상하게도 그런 선생들이 금전적, 경제적으로 더 풍족하게 살고 있다. 그때나 지금이나 탁대가 이해할 수 없는 일이기도 했다.

자모회 이월금 횡령.

학년 비품 구매업자에 협찬비 강요해 착복.

학부모들에게 촌지 강요.

서류에 적시된 주요 혐의는 세 가지였다. 탁대의 담임 선생 붕어빵을 바라보는 것 같은 사건이었다.

'어쩌면 검찰에서 마지막이 될지도 모르는 사건…….'

검찰에 올라오는 사건에 비추어보면 사안은 작았다. 그렇기에 신참이자 신규 전입을 한 이 검사에게 넘어간 것도 당연했다. 검찰 사건에도 경중이 있기에 생색나는 사건은 발 빠른 검사들이 차지하는 경우가 많았다.

'일단 전화부터.'

이 검사로부터 전권을 넘겨받은 탁대는 왕선웅의 핸드폰 번호를 눌렀다. 수업 중인지 받지 않았다. 하는 수 없이 문자를 남겼다.

—검찰청 수사과 수사관 조탁대입니다. 문의할 일이 있으니 연락주세요.

잠시 일어나 물을 한 잔 마실 때 왕선웅에게서 전화가 왔다.

"여보세요."

—문자받고 전화드렸습니다.

첫 목소리 대면. 목소리는 잔뜩 긴장하고 있지만 밝았다.

'이런 인간들이 음흉한 놈들이 많지. 겉은 순진한 척하지만 속으로는 호박씨를 팍팍 까는…….'

탁대의 뇌리에 유경애가 스쳐 갔다. 청렴한 세무 공무원의 상징인 양 굴던 유경애. 그녀는 지금쯤 구치소에서 자신의 히스토리를 들려주느라 바쁠 것이다.

구치소 재소자들은 나름 정보가 빠르다. 그러니 독방에 들어가지 못한 그녀라면 고참들이 그냥 넘길 리 없다. 더구나 연하의 영계를 무수히 탐한 그녀가 아닌가?

하지만 선입견은 살포시 내려놓았다. 그렇지 않으면 혹시라도 선량한 피해자를 낼 수 있기 때문이었다.

"왕선웅 선생님이시죠?"

—네. 무슨 일로…….

"몇 가지 추가 질문 사항이 있어서요. 검찰청으로 좀 오실 수 있겠습니까?"

—조사는 저번에 다 끝난 걸로 아는데…….

"잠깐이면 됩니다."

—죄송하지만 오늘 진학 상담이 있어 빨리 끝나야 5시 반입니다. 그때 가면 너무 늦지 않습니까? 검찰청 도착하면 6시 넘을 텐데…….

"괜찮습니다. 기다릴 테니 도착하시면 전화주세요."

—저기요, 혹시…….

"말씀하세요."

—들어가면 구속인가요?

왕선웅, 핵심을 물어왔다.

"그건 아닙니다."

—예…….

왕선웅은 맥없는 대답으로 통화를 끝냈다.

'뒤가 구리시니 좀 켕기시겠지.'

타대는 씁쓸한 미소를 지었다.

왕선웅은 6시가 넘어서야 들어왔다. 차에서 내린 그는 허겁지겁 뛰었다. 탁대는 창을 통해 그 모습을 지켜보았다.

"죄송합니다. 마지막 상담하는 학생이 챙겨줘야 할 게 많은 친구라……."

복도에서 만난 왕선웅은 꾸벅 인사부터 했다.

"닦으세요."

제6조사실로 들어온 탁대는 휴지를 건네주었다. 그가 땀을 뻘뻘 흘리고 있었기 때문이었다.

"기왕 늦었는데 뭐 하러 뛰세요?"

"그게… 수사관님도 빨리 마치고 퇴근하셔야 할 테니……."

어색한 미소를 짓는 왕선웅. 속에는 구렁이가 잔뜩 똬리를 틀고 있겠지만 첫인상은 나쁘지 않았다.

"그렇게 배려 잘하시는 분이……."

탁대는 말끝을 흐리며 조서를 넘겼다. 말줄임표로 남긴 맥락은 알아서 생각하기를 기대하면서.

"왜 부른지는 아시죠?"

"예……."

여전히 탁대를 바로 바라보는 왕선웅. 나는 죄 없거든. 흡사 그런 표정이었다.

'떳떳 전략이라?

탁대는 냉소를 뿜었다. 대저 피의자들은 세 가지 모습을 보인다.

"내가 누군 줄 알아?"

권력자형이다.

"사실 알고 보면 내가 피해자라고요."

읍소형.

"나는 죄 없거든."

소위 결백형.

바로 지금 왕선웅이 취하는 모습이다.

"학교 최초 조사 결과 오해의 소지는 있으나 사안이 경미해 구두 경고. 맞나요?"

"네."

"그런데 왜 투서나 진정이 끊이질 않는 거죠?"

"……."

"묵비권 행사하시면 얘기 길어집니다."

"그게 아니라 딱히 할 말이 없어서……."

"본인은 정당하다 그겁니까?"

"아뇨. 불미스러운 일이라는 건 인정합니다. 그러니 법대로 처벌해 주세요. 이건 검사님 뵈었을 때도 말씀드렸습니다."

"수수액은 총 5천만 원……?"

"……."

"맞습니까?"

"맞을 겁니다."

"총액은 인정하면서 왜 출처와 용처에는 비협조적인 거죠?"

"그냥요. 어쨌든 그게 문제가 되면 제가 처벌을 받으면 되는 거 아닙니까?"

왕선웅은 여전히 담담해 보였다. 조금은 체념한 표정이긴 했지만 비겁하지도, 뻔뻔스럽지도 않았다.

"진짜 이 사안대로 처분 내려도 되나요?"

"…네."

잠시 주저하던 왕선웅은 한마디로 대답했다. 그게 좀 이상해서 탁대는 순간 독심을 걸었다.

아무것도 읽혀지지 않았다.

'그럴 리가?'

다시 한 번 독심을 몰아치지만 똑같았다. 왕선웅의 마음은 담담하고 조용했다.

'원래 이런 스타일의 인간인 모양이군.'

"여기 사인하고 가보세요."

탁대는 조서를 내밀었다. 보아하니 악질은 아닌 모양. 그렇다면 지은 죄만큼 처벌을 받으면 그뿐이었다.

"저어……."

사인을 마친 왕선웅이 탁대를 바라보았다.

"왜요?"

"저 짤리겠죠?"

"그렇겠죠."

"내일 중으로 사표를 내면 민간인으로 구속되나요?"

"그건 왜 묻죠?"

"선생님 신분으로 재판받으면 창피하잖아요. 그래서……."

"아는 분이 그런 짓을 해요?"

어이없는 질문에 탁대 목청이 높아졌다.

"죄송합니다. 수고하세요!"

왕선웅은 조사실을 나갔다.

탁! 문소리와 함께 탁대는 맥이 풀렸다. 너무 시시했다. 차라리

발빼이라도 하고 잔머리라도 굴렸으면 이런 기분은 아니었을 것이다. 이건 마치 무기 없는 적을 상대로 전투를 벌인 기분이었다.

'검찰에서 정 떼라는 건가?'

어쩌면 마지막이 될지도 모르는 사건. 차라리 잘된 일이라고 생각하고 서류를 챙겼다. 그때 서류 사이에서 작은 메모지가 삐져나왔다.

'뭐야?'

메모지는 왕선웅이 해먹은 약 5천만 원에 대한 수사 자료였다. 우연이겠지만 전부 1월과 2월에 집중되어 있었다. 그것도 6년 내내…….

'뭐야? 매년 연말에 유흥비를 너무 무리했나?'

12월은 송년회가 많은 달이다. 만약 지나치게 무리를 했다면 펑크난 돈을 메우기 위해 자금이 필요할 수도 있었다.

'아니지.'

탁대는 이내 고개를 저었다. 그런 스타일의 인간이라면 일 년 내내 잠잠할 수가 없는 것이다. 안 새는 바가지가 연말에만 샐 수는 없으니까.

이 검사가 넘겨준 조서를 다시 넘겼다. 그러고 보니 신상에 대한 자료가 부족했다. 더구나 학내 평판은 나쁘지 않은 편. 게다가 주량은 맥주 한 병. 유경애를 생각하면 두 얼굴일 수도 있지만 다른 건 몰라도 직장생활에서 주량을 감추기는 어려운 일이었다.

'아, 오늘은 집에 일찍 가나 했는데…….'

탁대는 서류 뭉치로 가볍게 테이블을 내려쳤다. 술 안 먹는 인간도 유흥비를 탕진할 수 있나? 도박 같은 건 아닌 모양인데? 탁대, 궁금한 일이 발생했다.

오황 고등학교. 봉황시에서는 나름 신생 학교에 속한다. 따라서 건물은 이 지역의 명문(?) 봉황종고에 비해 번듯했다. 그나마 최신 건물이기 때문이었다.

어둠이 내린 학교는 군데군데 교실에 불이 켜져 있었다. 야자를 하는 모양이었다.

'지긋지긋한 야자.'

탁대는 야자를 좋아하지 않았다. 당시 탁대의 야자는 밤 10시 50분에 끝났다. 15시간을 학교에 머물러야 하는 것이다.

주변을 돌아보니 문방구가 보이지 않았다. 하긴 학교 근처에서 문방구가 사라진 지도 오래였다. 그저 어쩌다 한두 개가 명맥을 이어갈 뿐.

출출한 배를 달래기 위해 근처 분식집으로 들어갔다. 주인은 뚱땡이 할머니였다.

"저기요, 사장님……."

라면으로 배를 채운 탁대가 할머니를 불렀다.

"와?"

"여기도 선생님들 자주 오나요?"

"오긴 뭘 와. 여선생들이나 가끔 오지."

할머니는 대답을 하면서도 식재료를 다듬느라 바빴다.

"여긴 문방구 같은 거 없나요?"

"문방구는 와?"

"뭐 좀 살 게 있어서요."

"담장 끼고 돌아봐. 몇 달 전에 문 닫아서 새건 없고 남은 거 팔고 있을 거야."

"그래요? 고맙습니다."

"가는 길에 거기 영감 있거든 빨리 와서 밥 먹으라고 전해줘."

"네?"

"그 영감이 우리 영감이야."

"……."

타박타박 걸으니 진짜 낡은 문방구가 나왔다. 벗겨질 대로 벗겨진 간판의 칠과 한쪽에 쌓인 다른 물건들. 게다가 '점포 임대'라는 종이까지 붙어 있어 장사 안 하는 집인 건 분명해 보였다.

"여기요!"

탁대가 들어서자,

장기를 두던 두 노인이 고개를 돌렸다.

"볼, 볼펜 좀 살 수 있을까요?"

"거기서 마음대로 골라. 하나에 200원이야."

대머리 노인이 힐금 탁대를 보며 말했다.

"여기서 문방구 오래 하셨어요?"

"암. 이 영감이 이 동네 토박이야. 옛날에는 문방구 해서 재미 좀 봤지."

대머리를 상대하던 노인이 끼어들었다.

"그럼 학교 선생님들도 잘 아시겠네요."

"선생은 뭐할라고?"

대머리가 물었다

"실은 제가 검찰청에 근무하는데요."

탁대는 일단 신분증을 꺼내보였다.

"검찰청이면 검사님?"

두 노인은 입을 맞춘 듯 동시에 합창을 했다.

"검사는 아니고 수사관입니다. 몇 마디 여쭤 봐도 될까요?"

"어이쿠, 우리 문방구 세금 안 낸다고 잡아갈 건 아니고?"

"아닙니다. 그럴 리가 있나요?"

"잡아가려면 우리 마누라 좀 잡아가. 아주 잔소리 심해져서 죽겠어."

"아, 예……."

농담인지 진담인지 분간이 안 가는 말에 탁대는 어깨를 으쓱해 보이며 말을 이었다

"실은 이 학교에 촌지 밝히고 학부모들 괴롭히는 선생이 있다고 해서 내사 중인데요 문방구 오래 하셨으면 아시는 게 있나 싶어서……."

"어이쿠, 그게 검찰청까지 소문이 났나?"

탁대의 말에 대머리가 장기알을 밀어놓고 돌아앉았다.

"아세요?"

"암, 다른 사람은 몰라도 나는 알지. 내가 괜히 이 동네 터줏대감인 줄 아나? 게다가 얼마 전까지만 해도 문방구 했기 때문에 학교 정보는 빠삭하지."

"그럼 아시는 대로 좀 말해주시겠어요?"

"그렇다마다. 그렇잖아도 지가 스승의 표상인 척하면서 촌지 밝히는 인간 있어서 내가 경찰에 찌를까 생각도 많이 했다오. 아, 요 앞에서도 학부모에게 봉투를 받는 것도 내 눈으로 봤는데."

"그러셨군요."

"안성운, 그놈이야. 영어 선생!"

'역시… 응?'

확신을 하며 고개를 들던 탁대. 불일치를 이루는 이름에서 멈칫 동작을 멈췄다.

"안성운이라고요? 왕선웅이 아니고요?"

"안성운이라오. 내가 선생들 이름을 모를까 봐."

안성운! 왕선웅! 이름이 달랐다.

"수고 많으십니다."

탁대는 교감을 먼저 만났다. 50대의 남자였다. 척 봐도 깐깐하고 고리타분한 선생 스타일이다.

"학부형이신가요?"

벌써 노안이 왔는지 안경 너머로 탁대를 바라보는 교감. 탁대는 신분증을 코앞에 들이밀었다. 퀭한 눈이 휘둥그레지는 게 한눈에 보였다.

"이, 이쪽으로……."

교감은 안쪽에 마련된 회의실로 탁대를 안내했다.

"차 드릴까요?"

"아뇨. 괜찮습니다."

"그런데 검찰수사관이 무슨 일로?"

교감은 금세 좌불안석이다. 몸깨나 사리는 걸 보니 실력으로 교감 자리에 오른 건 아닌 모양이었다. 그게 공무원 조직의 비극이다. 적당히 처신하면 적당히 올라가는 것.

"몇 가지 여쭐 게 있어서요."

"말, 말씀하세요."

"왕 선생님 말입니다. 왕선웅……."

"아, 왕 선생!"

탁대의 말을 듣기 무섭게 교감의 긴장이 풀리는 게 보였다.

"어떤 분인지 좀 들어볼까 싶어서 왔습니다."

"검찰이 본격적으로 나서는 겁니까?"

"뭐 그렇다기보다는 참고삼아……."

"아, 진짜 얌전한 고양이가 부뚜막에 먼저 올라간다더니 내숭도 그런 내숭이 있나. 혼자서 학교 망신을 다 시키고……."

교감 입에서 얌전한 고양이론이 나오자 탁대는 헐렁한 미소를 머금었다. 세상에는 얌전한 고양이가 왜 이렇게 많은 걸까?

"뭐 어차피 이렇게 되었으니 말씀인데요, 혐의 드러났으면 법대로 처리하세요. 학교 입장에서는 더 할 말이 없습니다."

교감은 고개를 저었다. 왕 선생에 대해 부정적이라는 표시였다.

"교감 선생님이 보시기에 평소 품행은 어땠습니까?"

"이중적이죠!"

교감은 기다렸다는 듯이 대답했다.

'이중적?'

"왕 선생… 겉으로는 성인군자요, 스승의 표상인 척하지만 알고 보면 여자 밝혀요. 보아하니 애들하고 납품업자들 족쳐서 챙긴 돈을 유흥비로 탕진한 모양이더라고요."

"술을 좋아하는 모양이죠?"

"그러니까 교활하다는 거죠. 그 친구 우리와 회식할 때는 기껏해야 맥주 한두 잔밖에 안 먹습니다. 그러고 유흥업소에 가서는 도우미들 불러서 진탕 마시나 보더라고요."

"도우미요?"

"그것도 어디 먼 데 가서 그러면 말도 안 합니다. 글쎄, 이 동네 노래주점을 버젓이 출입하다 걸리는 판이니……."

"목격자가 있다는 말씀인가요?"

"그럼요. 우리 선생들이 다 봤습니다."

"선생이라면 누구?"

"그 뭐 안 선생도 봤고……."

"안 선생이면 안성운 선생님 말인가요?"

"예!"

교감, 대답이 확신에 가득했다.

"그분 지금 교무실에 계신가요?"

"야자 감독 중입니다. 불러드릴게요."

"그럼 부탁합니다."

"그러죠. 아무튼 학교 창피하니까 좀 빨리 처리해 주세요. 부탁입니다."

"그러죠."

탁대는 회의실을 나와 복도에 섰다.

학교! 기억이 추억을 향해 달려갔다. 이제 와 생각하면 고등학교 시절은 좋았다. 그래도 좀 친하다는 친구들은 대개 고등학교에서 만났다. 하지만 그 추억을 망치는 얼굴들이 있었다. 바로 선생들이었다

3년간 적어도 15명 정도의 선생을 만났다. 무슨 원주민 영어 교

육을 하라는 붐까지 일어 외국인 영어 선생도 있었다. 그 많은 선생 중에 딱히 존경할 만한 선생을 꼽기 어려웠다. 다들 입버릇처럼 성적과 대학을 강조했다. 개개 학생의 적성을 존중해 주는 선생은 없었다. 3년 내내 단지 점수로 평가될 뿐이었다.

종이 울리자 학생들이 삶은 고사리처럼 늘어진 채 교실에서 밀려나왔다. 어째 공무원 수험생보다 더 힘들어 보였다. 왜 아닐까? 아침 7시에 집에서 나오면, 야자를 하는 학생이라면 9시 반이나 되어야 수업이 끝난다. 월급 받고 다니는 직장인이라도 파김치가 될 판이었다.

"저기요!"

학생들 틈에서 한 선생이 비집고 나왔다.

"검찰……?"

"예, 안 선생님?"

"아이고, 반갑습니다. 제가 안성운입니다."

안 선생은 붙임성이 좋았다. 바로 친구를 대하듯 살갑게 나왔다.

"아, 왕 선생……."

학생들 눈을 피해 주차장 쪽으로 온 안 선생은 한숨부터 쉬었다.

"주점에서 도우미들과 노는 걸 보셨다고요?"

"뭐 보긴 봤습니다만……."

"다른 선생님들도 봤다는 말을 들었습니다."

"그렇죠. 학교에서 아는 선생님은 다 압니다."

"그렇게까지 유흥에 빠져 있단 말인가요?"

"에이, 그거야 내 입으로 어떻게 말합니까? 도우미 끼고 주점에서 양주 마신다고 다 유흥에 빠진 것도 아니고……."

"……."

"우리 왕 선생… 구속되는 겁니까?"

"구속이라고는 말하지 않았습니다만."

"그럼 좀 선처해 주십시오. 왕 선생도 나름 얼마나 스트레스를 받았으면 도우미를 생각했겠습니까?"

안성운… 겉으로는 왕 선생을 두둔하는 척하지만 실제로는 계속 흠을 내고 있었다.

"요즘도 촌지 같은 게 있나요? 선생님들이 원하기도 하고요?"

"에이, 그게 다 쌍팔년도 이야기지 그런 게 어디 있습니까? 요즘은 클린 운동이 불어서 절대 그런 일 없습니다. 왕 선생 같은 친구야 어쩌다 있는 거지요."

안성운은 숫제 몸서리까지 쳤다.

"선생님 차인가요? 너무 낡았군요."

탁대는 안성운의 뒤에 있는 자가용을 바라보았다. 유경애의 경우보다는 나았지만 꽤 낡은 차였다.

"아 교육자가 이런 차라도 있으면 감지덕지지요. 오늘도 야자하는 애들 음료수 사주는 비용만 35,000원 들었습니다."

"좋은 선생님이군요."

"천만에요. 교육자로서 당연한 일 아닙니까? 애들이 저렇게 고생하는데… 야!"

안 선생이 대화를 하던 중에 소리쳤다. 그러자 슬그머니 지나가던 학생들 셋이 마지못해 꾸벅 인사를 했다.

"자식들, 선생님한테 인사를 하고 가야지. 조심해들 가라. 괜히 피씨방 같은 데 들르지 말고."

안 선생은 친한 척 손을 흔들었지만 학생들은 대꾸도 하지 않았다.

"됐습니다. 이제 들어가 보시죠."

"아, 예. 아무튼 선처해 주세요. 왕 선생 앞날도 있고 하니……."

안성운은 그 말을 남기고 교무실로 향했다.

'고물차?

학습 효과는 무섭다. 차량의 트렁크를 짚고 있던 탁대는 결국 순간투시를 쓰고 말았다.

"……?"

차량 안에는 두 개의 상자가 있었다. 하나는 한라봉이라는 과일이었고 또 하나는 전복 상자였다.

"학생들, 잠깐만!"

탁대는 짚이는 게 있어 저만치 멀어지는 세 학생을 불러 세웠다.

"나 교육청 공무원인데 이 학교에 훌륭한 교육자상을 가진 선생님이 계시다고 해서 현장조사차 나왔는데 말이야……."

탁대는 슬쩍 둘러대며 학생들의 반응을 떠보았다.

"아까 그 선생님이 그렇게 훌륭하시다던데 어떤 점이 좋은지 좀 말해줄 수 있을까?"

"네? 안 샘요?"

"그래, 안성운 선생님!"

탁대가 바라보자 세 학생은 당혹스러운 표정을 지었다.

―미쳤구나. 그 인간이 무슨 훌륭?

―개또라이에 돈이나 밝히는 인간이?

―촌지 존나 밝힌다고 확 까발겨?

―아니야. 괜히 말했다가 그 인간이 알게 되면 보복이…….

세 학생의 머리에는 갈등이 바글거렸다. 탁대는 그쯤에서 순간 독심을 접었다.

"다, 다른 애들에게 물어보세요."

맨 끝의 학생이 대표로 대답하자 학생들은 주저주저 가버렸다.

"잠깐만요!"

탁대는 그 길로 교무실로 내처 걸었다. 그런 다음에 막 책상을 정리하는 안 선생에게 다가갔다. 교무실 안에는 선생이 몇 없었다.

"어, 아직 안 가셨네?"

가방을 챙겨 나온 교감이 탁대를 보며 말했다. 순간, 탁대는 안 선생의 가방과 책상 서랍을 투시했다.

봉투가 있었다. 가방 안에 두 개, 그리고 서랍 안에 세 개. 그 안에 돈도 보였다. 10만 원 봉투와 30만 원 봉투들이었다.

"죄송하지만 가방 좀 봐도 될까요?"

탁대가 말하자 안성운의 미간이 확 구겨졌다.

"그리고 서랍도……."

"왕 선생님 책상을 찾는 겁니까?"

상황 파악을 못 한 안 선생이 눈자위를 좁히며 물었다.

"아뇨. 선생님 가방 말입니다."

"내, 내 가방을 왜?"

"방금 제가 신고를 받았어요. 물론 그럴 리 없겠지만 신고를 받았으니 민원을 제기한 분에게 결과 처리를 해야 해서… 그건 알고 계시죠?"

"……?"

"어차피 형식적인 거 아닙니까? 교감 선생님이 대신해 주시겠습니까?"

탁대가 교감을 바라보았다.

"허어, 그럽시다. 아마 누가 안성운 선생과 왕선웅 선생을 착각했을 거예요."

교감이 다가가 가방을 열었다. 당연히 봉투가 나왔다.

"……?"

교감이 움찔했지만 탁대는 서랍을 가리키고 있었다. 서랍에서도 당연히 봉투가 나왔다. 봉투 장면을 카메라로 찍은 탁대는 교감을 앞세워 안성운의 자가용으로 다가갔다. 트렁크가 열리자 선물박스가 나왔고 그 또한 사진으로 찍었다.

"……!"

안 선생의 다리가 후들거리는 게 보였다.

"이 차가 왕선웅 선생님 차는 아니죠?"

"네……."

"아까 그 책상과 가방도 그렇죠?"

"네……."

안성운은 모깃소리보다 작게 대답했다. 쐐기를 박아둔 탁대는 이렇다 저렇다 말없이 학교를 나왔다. 한 군데 더 들릴 데가 있었다.

"혼자예요?"

"네?"

"언니 불러드려요?"

탁대가 주점에 들어서기 무섭게 여주인은 멋대로 물어댔다. 탁대는 신분증을 꺼내 보였다.

"어머!"

주인은 흠칫 물러섰다.

"이분 아시죠?"

탁대는 왕 선생의 사진을 내밀었다. 여주인은 본능적으로 고개를 저었다.

"왜 이러세요? 여기 자주 온다는 정보 받고 왔는데."

"……."

"그럼 생각날 때까지 여기서 기다립니다."

탁대는 음료수 냉장고로 다가가 사이다 한 캔을 집어 들었다.

"얼마죠?"

"……."

주인이 말하지 않자 2천 원을 테이블에 올려놓는 탁대. 뺙 소리가 나도록 캔을 따서 입에 털어 넣었다. 싸아한 알루미늄 냄새가 코를 치고 들어왔다.

주점은 노래방과 다를 바가 없었다. 안으로 작은 방이 여섯 개가 딸린 곳이었다.

"왜 그러시는데요?"

한참 눈치를 살피던 주인이 물었다. 상대는 검찰 수사관. 그런 사람이 버티고 앉아 있으면 영업을 하기 껄끄럽기 때문이었다.

"아까 그분 여기 자주 옵니까?"

"……."

"단골 도우미 있어요?"

탁대는 조금 질러갔다.

"그게……."

주인의 입은 열리려다가 닫혔다. 하는 수 없이 순간 독심의 힘을 빌리는 수밖에 없었다.

—어휴, 대체 또 무슨 일이야.

—이걸 말해야 하나 말아야 하나.

주인은 갈등하고 있었다. 그런데 그 갈등은 보다 인간적인 것이었다.

"누구 잡으러 온 거 아니니까 아는 대로 말하세요."

탁대는 부드러운 소리로 주인을 안심시켰다.

"진짜죠?"

"네."

"둘 다 이제 우리 가게에 안 와요. 그분은 손님 아니고 우리 가게 도우미 언니 만나러왔던 사람이에요. 저 앞 학교에……."

"국어 선생님."

"맞아요, 도우미 언니 아들이 그 학교 다녔거든요."

다녔다? 그렇다면 이제는 졸업했다는 의미였다.

"손님이 아니었다?"

"네."

"손님이 아니면 왜요?"

"도우미 언니 아들이 작년에 고3이었는데 남편은 노가다 일하다 다쳐서 돈을 못 벌어요. 애 대학은 보내야 하는데 기술도 없고 할 줄 아는 것도 없다보니 도우미로……."

"……."

"그걸 선생님이 아셨나 봐요. 그래서……."

"그래서 뭐죠?"

"그 선생님이 도우미 언니 아들 담임인데 진학 상담하다가 사연을 알았나 봐요. 그래서 자기가 등록금은 어떻게 해볼 테니까 일 그만두라고 두어 번 왔었어요."

"등록금을 대준다고요?"

"애가 인서울은 했는데 엄마가 도우미해서 돈 버니까 대학 안 간다고 했나 봐요. 그래서 선생님이 나서서 언니를 설득했어요."

"그럼 지금 그 도우미는 안 나오는 건가요?"

"그 선생님이 아는 학부형을 통해서 인테리어 사무실 취직시켜 줬어요. 벌써 꽤 된 일인데……."

"그 말 틀림없는 거죠?"

"그럼요. 게다가 그 언니는 이런 일할 사람도 아니었고……."

"그럼 이 사람도 좀 봐주세요."

탁대는 다른 사진을 내밀었다. 이번에는 안성운이었다.

"어머!"

사진을 보자마자 주인이 전격적인 반응을 나타냈다.

"아는 분입니까?"

탁대가 물었다.

"……."

"말하세요."

이번에는 목청을 올렸다. 어쩐지 뭔가 있는 느낌 때문이었다.

"우리 집… 가끔 와요."

"손님으로 말입니까?"

탁대가 캐묻자 주인은 고개를 끄덕였다.

"도우미도… 부르나요?"

"도우미는 아니고요……."

"그럼 이분도 그 학교 선생님인 거 알겠네요?"

"그야……."

"누구랑 오나요? 학부형?"

"선생님들이랑… 그리고 가끔 학부형들과도……."

"그런데 왜 놀랍니까? 그건 그럴 수도 있잖아요."

"그게… 외상값이 밀려서요."

'외상값?'

"이런 거 말해도 되나요?"

주인이 눈치를 살피며 물었다.

"말해보세요."

"아유, 정말 말하기 치사해서… 그게 말이에요."

주인의 말을 들으며 탁대는 몇 번이고 눈살을 찌푸렸다. 주인이 치를 떠는 이유가 두어 가지 있었다.

예를 들면 이렇다. 모모 행사가 끝나거나 시험이 끝나면 학부형이나 학교임원들과 2, 3차로 행차를 한다.

계산은 학부형들이 한다. 이때 안 선생이 미리 나와 귀띔을 하고 간다. 지난번 선생들과 먹고 밀린 계산을 슬쩍 같이 하라고.

그러니까 선생들이나 교장, 교감을 모시고(?) 오면 계산을 하지 않는다는 얘기였다. 인심은 자기가 쓰고 그걸 미루어놓았다가 학부모들과 함께 왔을 때 슬쩍 떠넘긴다는 것.

"외상값이 얼마나 되죠?"

"교감 선생님하고 왔을 때하고, 선생님들 하고 왔을 때 해서 전부 14만 원요."

'허얼!'

한숨이 나왔다. 차마 낯부끄러워 얘기하기도 힘든 짓을 버젓이 자행하고 있는 것이다.

'오냐, 그 잔머리를 내가 자근자근 밟아주마.'

탁대는 내일을 벼르며 주점을 나왔다.

*　　*　　*

이른 아침, 탁대는 혜자의 볼에 키스를 작렬하고 집을 나섰다. 왕 선생을 만날 생각이었다.

―전화기가 꺼져 있어…….

'응?'

왕 선생의 전화기는 꺼져 있었다. 잠깐 기다렸다가 다시 해도 마찬가지였다. 탁대는 서둘러 학교로 향했다.

학교 주차장에 들어서자 구석에서 웅성거리는 선생들이 보였다. 교감과 안 선생 등이었다. 그들은 탁대가 내리기 전에 교무실로 들어갔다.

'아직 안 왔나?'

탁대가 교정을 둘러볼 때 차량 한 대가 들이섰다. 번호판을 보니 왕 선생의 차가 맞았다.

"왕 선생님!"

차에서 내려 안으로 들어가는 왕 선생을 불렀다. 왕 선생은 우두커니 돌아보았다.

"여긴 웬일로……."

왕 선생이 물었다.

"잠깐 드릴 말이 있어서요."

탁대는 왕 선생을 차 쪽으로 끌었다.

"무슨 말씀을 하시려고요?"

"수사 말입니다. 좀 더 시간이 필요한데……."

"뭐 그러실 필요 없습니다. 그냥 나온 대로 하세요."

"그게 아니라……."

"저 오늘 사표 냅니다. 사표 내고 검찰에 다시 출두할게요."

"예? 사표요?"

"처벌을 받아도 민간인으로 받아야죠. 현직 교사로 받으면 두루 민폐라서……."

급한 마음에 투시를 해보니 정말 양복 안쪽에 사표 봉투가 보였다.

"왜 이러세요? 사표라뇨?"

탁대가 목소리를 높였다.

"사표 내야죠. 그래야 학교도 조용할 테고……."

"좋아요. 사표를 내든 말든 그건 선생님 자유겠지요. 대신 몇 가지만 묻겠습니다."

"……."

"이 학교에서 진짜 썩은 선생은 따로 있더군요. 그런데 왜 선생님이 총대를 메려는 거죠?"

"……?"

탁대가 다그치자 왕선웅이 주춤 물러섰다.

"늦게야 진실을 알았습니다. 선생님은 모함을 받고 있죠? 유흥에 빠져 공금을 횡령하고 도우미와 놀아났다는 거 거짓말 아닙니까? 선생님은 담임을 맡은 학급의 학생을 돕기 위해 그랬지 않습니까?"

"그, 그걸 어떻게?"

"한 가지만 말씀하세요. 촌지와 업자 봉투… 학생들에게 쓴 겁니까?"

"그, 그건……."

"말 안 하면 학생들 만나서 물어볼 겁니다. 올해, 작년, 그 작년 졸업생 전부!"

"……!"

왕선웅이 하얗게 질리는 게 보였다.

"말하세요. 내가 보기에 선생님이 착복한 게 아닙니다."

"……."

"애들 학자금으로 줬나요?"

"……."

"왕 선생님!"

"말 하죠. 대신 비밀을 지켜주셔야합니다."

"왜죠?"

"아이들을 위해서요."

왕선웅이 고개를 들었다. 환하게 떠오르는 햇살을 마주한 그의 모습은 겸허했다. 얼굴 어느 한구석에서도 부끄러움이 보이지 않았다.

"자모회에서 남은 돈 넘긴 거… 업자들에게 봉투 요구한 돈… 학부모님들에게 지원 요청한 거……. 그 돈은 전부 아이들 진학 등록금으로 썼습니다."

"그런데 왜 혼자 떠안으신 겁니까? 비리 교사라는 오해까지 받아가면서……."

"아이들 자존심을 지켜주기 위해서입니다."

'아이들 자존심?'

"가난한 아이들은 그 상처를 내보이고 싶어 하지 않습니다. 더구나 학비 한 번 보태주는 게 무슨 큰일도 아니고요."

"선생님!"

"그냥 외면할 수도 있었지만 그러지 못했습니다. 저 또한 고등학교 졸업할 때 담임 선생님이 몰래 주신 지원금으로 등록을 할 수 있었거든요."

"……?"

"아무도 몰래 도와주면 아이들에게 격려이자 힘이 됩니다. 하지만 동네방네 소문을 내고 온 학생들이 지켜보는 가운데 생색내면서 주면 상처가 됩니다. 저는 그렇게 생각했습니다."

"선생님……."

"그것도 무슨 인연이라고 해마다 한두 명씩 등록금이 모자라 진학을 포기하려는 아이들이 나왔습니다. 월급을 탈 때마다 20만 원씩 저축을 하면서 대비했지만 모자랐어요. 저도 가정을 꾸려야 하고 시골에 사는 노모에게 생활비를 지원하는 형편이라……."

"그래서 봉투를 요구했단 말입니까?"

"생활이 조금 넉넉한 학부형들께서 그랬어요. 학급에 어려운 일이 생기면 말씀하라고. 이래저래 맞추다 모자라면 그분들에게 학급 찬조금 명목으로 부탁을 해서 맞췄습니다."

"뜻은 좋군요. 하지만 그럴 바에는 차라리 그분들에게 장학금을 주라고 하면……."

"그렇게 되면 결국 학생들에게 소문이 퍼집니다."

"선생님……."

"자모회에서 넘어온 예산… 업자들에게 좋은 일 하라고 찬조금 받은 거 다 인정했습니다. 이제 사용처까지 사실대로 말했으니 더 문제 삼지마시고 나를 잡아가십시오."

"……."

"더 물을 말 없으시죠?"

"아뇨. 있습니다."

"……?"

"뜻은 숭고하지만 검증이 안 되는 일 아닙니까? 선생님의 지원을 받은 학생이 누구인지 모르니까요."

"결국 그걸 밝히라는 겁니까?"

"그 친구들은 이제 대학생 아닙니까? 선생님 말씀이 사실이라면 그런 일로 선생님이 구속되거나 입건되는 걸 바라지 않을 겁니다."

"……."

"이렇게 하죠. 일단 그 친구들을 부르세요. 여기로 오면 제가 한 명만 골라서 확인하겠습니다."

"그건……."

"그 친구들이 그것도 이해 못 한다면 선생님은 제자를 잘못 키운 겁니다. 제 말이 틀렸습니까?"

"애들은 바쁩니다. 연락한 지도 꽤 되었고……."

"적어도 한 명은 오겠죠."

탁대는 물러서지 않았다. 묵직한 탁대의 눈빛에 눌린 선생이 전화기를 꺼내 들었다.

"뭐라고 보낼까요?"

"문자는 제가 정하죠."

탁대는 문자를 찍기 시작했다.

—왕선웅 선생님, 학교 자금 유용 건으로 검찰 조사 중. 참고 증인에 나설 제자가 있으면 오황고 정문 앞으로 와주기 바람.

탁대는 문자를 보여주었다. 왕 선생은 체념한 건지 뭐라고 토를 달지 않았다. 탁대는 왕선웅이 말하는 제자들 12명에게 문자를 날렸다.

"그럼 저는 안에 들어가서 사표를……."

"잠깐 기다리세요."

탁대는 왕선웅의 팔을 잡고 교문 쪽으로 나왔다. 사표보다 급한 일이 있었기 때문이었다.

"공연한 헛수고입니다. 요즘 애들이 얼마나 바쁜데……."

왕 선생이 헐렁한 목소리로 말을 이으려 할 때였다. 앞서거니 뒤서거니 두 대의 택시가 도로에 섰다. 그리고 그 안에서 네 명의 대학생이 튀어나왔다.

"선생님!"

제일 먼저 내린 여학생이 소리쳤다. 학생들은 누가 먼저랄 것도 없이 달려와 왕 선생 품에 안겼다. 그 뒤를 이어 두 명의 남학생이 버스에서 내렸다. 이어 또 택시가 달려와 세 명을 쏟아놓았다.

"선생님, 어떻게 된 거예요? 선생님이 검찰 조사라니요?"

여학생들을 시작으로 발을 동동 구르는 학생들.

"별일 아니야. 바쁜데 이렇게들 오다니……."

왕선웅의 눈가에서 툭 이슬이 떨어져 내렸다.

"은자 선배는 지금 국비장학생으로 외국에 가 있어서 못 온다고 연락왔고요, 태웅이는 군대에 가서 못 올 거예요. 검찰에 가요. 뭔지 모르지만 저희가 다 증언해 드릴게요."

여학생이 말하자 왕선웅은 탁대를 바라보았다.

"아저씨가 검사세요?"

눈치를 챈 여학생이 탁대를 보며 물었다.

"아니, 난 검사가 아니라 검찰 수사관."

"뭔지 모르지만 왕 선생님 학교 돈 유용, 그거 아니에요. 아마 저희들 학비 대주느라고 그랬을 거예요. 그러니 잡아가려면 저희를 잡아가세요."

"맞아요. 저희를 잡아가세요!"

여학생의 뒤를 이어 학생들이 합창을 했다. 그러자 탁대, 시치미를 뚝 떼고 이렇게 대답했다.

"학생들, 지금 뭔가 오해를 하나 본데 학교에서 신고가 들어와서 왕 선생님도 형식적으로 조사하는 것뿐이야. 이거 이렇게 인기 좋으신 거 보니 왕 선생님은 결백하네. 알았으니까 어서들 돌아가요."

"정말이죠? 우리 왕 선생님은 무죄인 거죠?"

"당연하지. 난 바쁘니까 어서들 가세요."

"알았습니다. 선생님, 그럼 다음에 저희가 한 번 작당해서 모실게요."

"사랑해요, 선생님!"

학생들은 정다운 마음을 남겨놓고 돌아갔다.

"선생님!"

한참 동안 여운을 곱씹은 탁대. 왕선웅을 바라보며 남은 말을 이었다.

"제자들 진짜 멋진데요? 그리고 선생님도……."

오황고의 비리 교사 사건은 일대 반전이 되었다. 조사 대상자가 왕선웅이 아니라 안성운으로 전격 바뀐 것이다.

이미 탁대에게 증거를 들킨 안성운. 그래도 교감과 동료교사 몇을 등에 업고 모르쇠로 오리발 작전을 펼쳤다.

하지만 그걸 믿을 탁대가 아니었다.

조사실에 출두한 안성운과 교감은 탁대의 밥이었다. 우선순위 타깃은 교감이었다. 자리보전에 전전긍긍하던 그는 안성운의 비리를 줄줄 털어놓았다. 순간 독심을 쓸 필요도 없었다.

탁대가 윽박지르자 안성운이 받은 촌지의 상당수가 자신에게 상납된 사실도 자백했다. 다만 이 한마디를 덧붙였다.

'그 돈은 학교 발전을 위해 썼다' 라는…….

안성운은 생각보다 더 교활하고 악질적인 교사였다.

그는 학생들을 맡으면 학부모 조사부터 했다. 학부모가 권세가 있으면 대우하고 그렇지 않으면 조졌다. 학생들 지도도 마찬가지였다. 공부 잘하면 대우하는 건 물론이지만 공부 못하는 아이들은 아예 열외를 시켰다.

그러다 보니 뒷말이 나오기 시작했다. 그걸 무마하기 위해 왕선웅을 잡고 늘어졌다. 그의 흠을 부각시킴으로써 자기 자신은 관심에서 벗어나려 한 것이다.

'너 같은 놈은 노가다나 해야…….'

'애미 애비가 그 꼴이니까 자식놈도…….'

조사 결과 그가 입에 달고 사는 단골 멘트였다. 그는 신분만 선생이었지 교육노동자라는 말조차 아까운 인물이었다.

그에 비하면 왕선웅은 진정한 교사의 표상이었다. 그는 학생 하나하나를 챙겼고 그래서 인기도 좋았다. 생일이나 스승의 날이면 그의 책상에는 꽃이 쌓였다. 연말연시가 되면 졸업생들의 연하장으로 책상이 넘쳤다.

그랬기에 그는 교무실에서 시기와 질타의 대상이 되었다. 사명감 없는 교사들 속에 홀로 피어난 참된 교사. 그게 오히려 왕따의 구실이 되었던 것이다.

"안성운 씨!"

조사를 마친 탁대는 그를 바라보았다. 그는 가련하게도 자기 잘못을 깨닫지 못하고 있었다. 그래서 여전히 억울한 표정을 지었다. 탁대는 한마디를 건네주고 조서를 마무리했다.

"죗값 치룰 준비하시고 나가면 주점 외상값부터 갚으세요. 알았어요?"

안성유에 대한 조사를 그것으로 엔드였다.

"……"

그리고 왕선웅.

그는 안성운과는 반대로 미안한 표정이 가득했다.

"사표 어디 있나요?"

"여기 있습니다만……."

왕 선생이 양복 안주머니를 가리켰다.

"잠깐 줘보세요."

"……."

"잠깐 주세요. 참고할 일이 있어서 그래요."

왕 선생은 마지못해 사표를 꺼내주었다. 탁대는 받자마자 그걸 찢어버렸다.

찌익! 찌이익!

사표에 이어 찢어진 건 왕선웅에 대한 조서였다.

왕 선생이 눈을 동그랗게 뜨고 탁대를 바라보았다. 탁대는 찢은 종이를 쓰레기통에 넣으며 잘라 말했다.

"왕 선생님 처벌하면 내가 제자들에게 무사하겠어요? 하지만 다음부터는 좋은 일 하셔도 잡음 안 나게 하세요."

탁대가 빙긋 웃었다. 왕선웅도 따라 웃었다.

안성운으로 오염된 조사실의 공기가 한층 맑아지는 느낌이 들었다.

2장

사무관 조탁대

이틀 후에 왕선웅 선생이 신문에 났다. 탁대가 고동길과 마해종에게 제보를 한 것이다. 적이란 힘이 엇비슷할 때 상대를 노린다. 하지만 상대가 워낙 잘나가면 노릴 수 없다. 그러나 지나친 미화는 하지 않았다.

그의 후원을 받은 학생 하나가 국비유학생이 되어 미래를 개척 중이라는 기사와 함께 간접 홍보를 해주었다.

그날 오후에 왕선웅 선생에게서 전화가 왔다.

ㅡ정말 고맙습니다.

전화 받는 사이에 피자 두 판이 배달되었다. 그 또한 왕 선생이 보낸 것이었다.

"이거 뇌물이라 안 받아요."

탁대가 짐짓 으름장을 놓자,

—제가 보내는 거 아니고 제 작은 도움으로 대학 간 제자들이 사는 거니 받아주세요.

안 선생이 설명을 했다.

"제자들이오? 그 친구들이 어떻게?"

—어제 쳐들어왔더라고요. 다들 성인이 되었길래 제가 생맥주 한잔씩 쐈어요. 그리고 그간 일을 말해줬더니 그 자리에서 만 원씩 걷지 뭡니까?

"……."

—그러니 그냥 먹어주세요. 안 먹으면 애들이 섭섭해할 겁니다.

"좋습니다. 먹지요. 대신!"

탁대는 잠깐 뜸을 들였다가 말을 이었다.

"앞으로 어려운 학생들 등록금 돕는 일에 저도 끼워주세요. 제가 책에서 인세 나오는 게 있는데 그중 1할 정도는 보태드릴게요."

—어, 진짜요?

"네. 꼭 연락하세요."

다짐을 놓고서야 탁대는 전화를 끊었다.

"이제 먹어도 되요?"

아까부터 기다리던 노경선이 탁대에게 물었다.

"안 됩니다. 그거 보통 피자가 아니거든요."

"예?"

기대에 차 있던 노경선의 표정이 굳어버렸다.

"농담이에요. 식기 전에 얼른 먹을까요?"

탁대는 피자 포장을 열었다. 따끈하고 구수한 향이 새어 나왔다. 피자는 끝내주게 맛있었다. 거짓말 조금 보태면 지금까지 먹어본 것 중에서 최고였다.

그리고!

입안에서 피자의 여운이 다 가시기 전에 다시 탁대 핸드폰에 문자가 들어왔다.

—통화되나요?

발신자는 봉황시장 비서실장이었다.

"여보세요?"

탁대는 복도 끝으로 나와 전화를 걸었다.

—조 실장님?

"아, 네……."

—나 알죠? 시장 비서실요.

"네. 안녕하시죠?"

—통화 괜찮아요?

"네, 말씀하세요."

—시장님이 다 말씀하셨다니 긴 말 안 할게요. 다름이 아니고 모레 오후에 면접 보러 오라십니다.

'면접?'

—보름 동안 공지 조건 채우느라 좀 늦었다고 전해달라 하셨습니다. 그럼 모레 오후에 보죠.

"아, 네… 고맙습니다."

전화가 끊겼다. 그래도 탁대는 전화기를 내리지 못하고 있었다. 표강일의 딜은, 김성곽의 제안은 허튼소리가 아니었다. 마침내 사무관 면접을 보러오라는 연락이 온 것이다.

'사무관……'

탁대는 맑은 햇살을 받으며 그 단어를 곱씹어 보았다. 갑자기 심장 깊은 곳에서 피가 확 퍼져 나오는 느낌이 들었다. 인체 에너지 발전소에서 미토콘드리아도 펑펑 돌아가는 것 같았다.

사무관!

무려 사무관!

모든 9급 임용 공무원들이 자나 깨나 오매불망 기대하고 고대하는 직급.

'아아, 로르바흐 님…….'

탁대는 터져 나오는 전율을 참으며 대마법사를 생각했다.

그로 인하여 각성하고 각성한 탁대. 근시안적인 사고에서 깨인 마인드를 가지게 된 탁대. 마침내 5급 사무관이 저 앞에서 손짓하고 있었다.

"어머, 웬일이에요?"

아파트 문을 열던 혜자는 놀란 토끼눈을 했다. 탁대가 먼저 도착해 있었던 것이다. 뿐만 아니라 테이블도 색다르게 꾸며져 있었다.

고급 와인 한 병과 푸짐한 과일이 가득하지 않은가?

"누가 와요?"

"아니!"

"그럼 뭐예요? 오빠 생일도 아니고 내 생일도 아니고… 우리 무슨 기념일인가?"

혜자가 고개를 갸웃거렸다.

"그냥 기분 좀 내봤어. 그동안 퇴근 시간이 성실하지 못해서 말이야."

"음… 혹시 내일부터 지방 장기 출장?"

뭔가 심상치 않다고 느낀 혜자가 넘겨짚었다.

"NO!"

"그럼 뭐예요? 요즘 검찰청에서도 찬밥인데 무슨 좋은 일이 생긴 것도 아닐 테고?"

"우린 늘 좋은 일의 연속이잖아? 뭘 더 바라."

"오빠……."

"생각해 봐. 이렇게 예쁜 마누라 얻었지. 뱃속에는 내일 모레 나올 아가가 들어 있지. 그리고 우리 모두 건강하지……."

"뭐 그렇게 생각하면 그래요. 나도 당당하게 서울시 공무원 됐고!"

"그런 의미에서 건배?"

"술 마시지 말랬는대?"

"내가 알아봤습니다. 포도주 한두 모금 정도는 별지장 없대요!"

"좋아요. 그럼 딱 한 잔만!"

챙!

글라스가 충돌하는 소리도 한없이 청명했다. 하지만 탁대는 아직 입을 열지 않았다 아무리 시장이 약속한 일이지만 확정이 되지는 않은 일. 그러니 공연히 나불댈 생각은 없었다.

이틀 후!

탁대는 반가를 내고 봉황시청으로 향했다. 신호를 건너자 저만치에 청시가 보였다. 그러자 첫 임용을 받던 날처럼 심장이 울렁거렸다.

다시 돌아오리라고는 생각지 못했던 봉황시청. 감회가 새로울 수밖에 없었다.

"어, 조 주사님!"

맨 먼저 반겨준 것은 맹대우였다. 이어 우만기도 달려왔다.

"안녕하셨죠?"

탁대는 두 방호원의 손을 잡았다.

"웬일이세요? 설마 우리 잡으러 온 건 아니죠?"

맹대우가 웃으며 물었다.

"에이, 누가 감히 방호장님을 건드려요? 그럼 제가 그냥 안 두죠."

"어이쿠, 역시 조 주사님은 우릴 알아준다니까."

"조 주사님이 뭐예요? 검찰에서도 실장님이신데."

옆에 있던 우만기가 짐짓 핀잔을 날렸다.

"아, 알게 뭐야? 검찰에서 뭐가 됐든 나한테는 영원한 주사님이셔!"

맹대우는 무조건 탁대를 지지해 주었다.

"볼일이 좀 있어서 왔어요. 갈 때 뵙겠습니다."

"그러세요. 대신 갈 때 그냥 가시면 안 돼요. 봉황다방 커피 뽑아 놓고 기다리고 있을게요."

맹대우가 자판커피를 가리켰다. 봉황다방 커피, 이름만 들어도 정답게 느껴졌다.

"어, 탁대 오빠!"

3층을 올라설 때 수애를 만났다. 수애 역시 반색을 했다.

"웬일이세요?"

"그냥 좀 볼일이 있어서……."

"에이, 난 또 나 보러 온 줄 알았네."

볼멘소리를 하면서도 정답게 눈을 흘기는 수애.

"이따 가면서 들를게."

"알았어요. 커피 물 끓이고 있을게요."

탁대, 벌써 커피 두 잔 예약이다.

청문사무관 면접시험장.

"……!"

총무과 여직원의 안내로 1번 수험표를 달고 대기실에 들어선 탁대는 놀라고 말았다. 혼자가 아니었다. 두 명의 후보가 더 있는 게 아닌가?

3 대 1.

탁대는 아차 싶었다. 김성곽이 말하는 뉘앙스로 보아 특채형으로 생각했었기 때문이었다. 하지만 이미 엎질러진 물이었다.

놀라는 건 다른 후보들도 마찬가지였다. 탁대를 알아본 둘은 한숨부터 쉬었다. 봉황시가 배출한 대한민국 공무원의 아이콘 조탁대.

그가 응시하리라고는 상상치도 못 한 눈치였다.

"들어가세요!"

여직원이 세 후보를 동시에 밀어 넣었다.

면접관은 죄다 낯익은 사람들이었다. 백 국장과 도 국장 등이 삼각편대를 이루고 있었다.

면접은 공정하게 진행되었다. 봉황시에 대한 비전이나 정책 분석을 물으면 같은 시간을 주었고, 지역의 현안이나 난제에 대해서도 같은 시간이 할애되었다.

마지막은 세 후보자의 난상토론이었다. 각자가 제시한 제안이나 대안에 대해 문제를 제기하는 시간.

탁대는 담담하게 소견을 밝혔다. 실제로 봉황시에 근무했던 탁대. 그러면서도 많은 애정을 가지고 있었으니 막힐 게 없었다. 더구나 이제는 검찰 근무 관록까지 붙었지 않은가?

한 시간쯤 걸려 면접이 끝났다.

시작부터 기분을 구긴 두 후보자는 경쟁하듯 탁대를 공격했지만 결국 얼굴을 구기고 면접장을 나갔다. 상대방에 대한 집중적인 폄훼. 면접에 있어 그런 행동은 자살골이나 다름없었다. 그래도 탁대는 이해했다. 공무원의 아이콘으로 떠오른 탁대. 그들은 탁대를 의식하지 않을 수 없는 입장이었다.

탁대 역시 면접관들을 아는 척하지 않고 나왔다. 공적인 자리니 만치 표시를 내지 않는 것이다.

약속한 대로 감사실에 들러 커피를 마시고, 맹대우를 만나 또 한 잔을 마셨다. 그런 다음에 시청을 나섰다. 머잖아 소문이 나겠지만 탁대 스스로 소문을 퍼트릴 생각은 없었다.

'이제 결과를 기다리면 될 일.'

탁대는 가뜬하게 청사를 나왔다.

* * *

쏴아아아!

박재인 수사관의 조사 기록 정리를 도와주고 나온 탁대는 복도에 서서 창밖을 바라보았다. 아까부터 꾸물거리던 먹구름이 마침내 소나기를 퍼붓기 시작했다.

'Cats and Dogs!'

갑자기 오래된 숙어 하나가 머리를 스쳐 갔다. 고양이와 개. 중학교 영어 선생이 가르쳐 준 소나기라는 뜻. 개와 고양이가 잘 싸우기 때문에 그렇다고 했었다. 아스팔트와 차 지붕에 떨어지는 빗방울을 보니 그런 것도 같았다. 앙칼지게 다투는 개와 고양이…….

소나기는 오래지 않아 그쳤다.

이상하게도 마음이 편해졌다. 하나의 예감이었을까? 그리 오래지 않은 동안 일어난 검찰청에서의 다사다난한 일들. 그 안에 태피스트리처럼 얽히고설킨 일들이 하나의 만상(漫想)처럼 느껴지는 것이다.

그리고!

서편에 걸린 엷은 무지개를 등지고 차량 한 대가 검찰청사에 들어섰다. 차에서 내린 사람은 김성곽 시장의 비서실장이었다.

"여깁니다."

연락을 받은 탁대가 로비로 내려가자 비서실장이 손을 흔들었다.

"어쩐 일이세요?"

"왜 왔을 거 같습니까?"

비서실장이 빙그레 되물었다.

"……."

탁대는 입을 열지 않았다. 조금은 짐작이 가지만 비서실장에게 직접 확인해야 할 일이기 때문이었다.

"방금 전에 결정이 났습니다."

"……?"

"이번 청문사무관 공채시험에 합격하신 걸 축하드립니다. 조탁대 사무관님!"

비서실장이 정중하게 허리를 조아렸다.

"……!"

"시장님께서 내일부터 출근을 해달라고 하십니다. 하지만 이쪽 사안에 따라 일주일 정도는 발령 보류를 고려할 수 있습니다."

"사무관… 요?"

"네, 사무관!"

"……."

"축하드립니다. 그리고 영광입니다. 다시 같은 식구로 일하게 되어서."

비서실장이 악수를 청해왔다. 탁대는 어리벙벙한 가운데 그 손을 잡았다.

짧은 순간. 로르바흐와 아내 혜자, 그리고 마더와 동환, 표강일이 빠르게 스쳐 갔다. 숱한 역경과 고난을 넘어선 조탁대. 눈물이 아른거렸지만 참아냈다.

울 일이 아니었다. 거저 얻은 일도 아니었다.

평범한 공무원에 비하면 짧은 시간이었지만 매 순간, 치열하게 국민을 향한 사명감에 충실해 왔던 조탁대. 그가 마침내 하위직 공무원들의 꿈인 사무관에 오른 것이다.

"조 실장님!"

제일 먼저 축하해 준 건 방 검사였다. 그는 자기가 승진한 것보다 더 기뻐해 주었다.

"진짜 잘됐군요. 하늘이 무심치 않습니다."

방 검사의 목소리가 떨렸다. 그가 탁대의 일을 얼마나 기뻐하는지 알 수 있는 증거였다.

"죄송합니다. 계속 여기 있어야 하는데 아무래도 제 직렬상 행정으로 돌아가는 게 좋을 거 같아서요."

"죄송이라뇨? 나는 속이 다 후련합니다. 인재 하나 지키지 못하는 매너리즘의 표본 같은 검찰입니다. 죄송은 오히려 제가 드릴 말입니다."

"고맙습니다."

"우리 검찰은 두고두고 후회해야 할 겁니다."

"너무 그러지 마십시오. 그래도 검찰에 멋진 검사님들이 얼마나 많은데요. 방 검사님부터 위 차장님, 그리고 김중광 검사님……."

"문제는 저 위에 있는 인간들 대가리에 똥이 들었다는 거 아닙니까?"

"아무튼, 그동안 고마웠습니다."

"아, 진짜… 미치겠네."

"이제 여기 검찰청은 방 검사님이 지켜주세요. 그럴 수 있죠?"

"당연하죠. 걱정 마십시오. 내가 조 실장님, 아니 이제 사무관님이시지. 조 사무관님 본을 받아 목숨 걸고 사수하겠습니다."

"마음 놓입니다."

"봉황시에서는 꿈 훨훨 펴시기 바랍니다."

"방 검사님도요."

탁대가 먼저 손을 내밀었다. 하지만 방 검사는 악수 대신 탁대를 껴안아 버렸다.

"조 실장님 만난 건 제 인생의 큰 행운이었습니다."

방 검사의 목소리가 가늘게 떨었다.

"저도 마찬가지입니다."

"우리, 비록 미약하지만 대한민국을 위해 불타 보자고요."

"물론이죠."

탁대는 방 검사와 따뜻한 눈빛을 나누었다. 어쩌면 사선을 함께 넘어온 방형기 검사. 이래저래 탁대에게는 각별할 수밖에 없는 사람이었다.

"사표?"

수사과장 양동광은 눈을 동그랗게 떴다. 황 수사관과 노경선도 많이 다르지 않았다. 굵직한 사건 해결에 혁혁한 공을 세운 조탁대. 하지만 최근에는 조직의 집단 외면에 처한 몸. 그러니 상심한 그가 갈등 끝에 조직을 떠나는 것으로 알았기 때문이었다.

"눈빛이 그게 뭡니까? 우리 조 실장님, 봉황시에서 과장으로 모셔가는 겁니다."

미리 이야기를 들은 어 계장의 설명이 있고 나서야 사무실 분위기가 변했다.

"어머, 과장님요? 너무 잘됐다!"

"어이쿠, 난 또……."

노경선과 양 과장은 안도의 숨을 쉬며 가슴을 쓸어내렸다.

"오래 보필하지 못해 죄송합니다."

탁대가 양 과장에게 말했다.

"아닐세. 보필은 무슨… 제대로 지켜주지 못한 내가 죄인이지."

양 과장은 손사래를 쳤다.

떠나는 사람의 그림자는 길지 않은 게 좋은 법. 그걸 알고 있는 탁대는 이별 시간을 길게 갖지 않았다. 어 계장과 함께 지검장, 소속 2차장, 그리고 특별히 자주 보던 수사관 몇 명을 만나 인사하는 것으로 인사를 끝냈다.

"허어!"

마지막 인사를 마친 사무실에서 나오자 동행하던 어 계장이 한숨을 몰아쉬었다.

"왜요?"

"옛날에 그런 말이 있지 않나? 인생은 일장춘몽이라. 깨어보니 다 꿈이었더라……."

"무슨 말씀하시려고요?"

"우리 조 실장님 검찰 생활이 그럴 거 같아서 그러네. 이거 내가 조 실장한테 죄를 지은 건지 공을 세운 건지 알쏭달쏭하네."

"당연히 공을 세우신 거죠. 멋진 경험을 하게 해주셨지 않습니까?"

"진심인가?"

"그럼요. 앞으로의 공직 생활에 큰 도움이 될 겁니다. 있는 동안에도 큰 도움이었고요."

"그렇게 생각해 주니 내 마음이 홀가분하구만."

"그동안 고마웠습니다."

"아니야. 사실 내 마음도 찜찜했는데 잘 풀려서 가니 요즘 말로 흐뭇하네. 짱이야!"

"그럼……."

인사를 마친 탁대가 돌아섰다. 설렘과 긴장감으로 들어섰던 검찰 조직. 이제는 안녕이었다.

"저기, 조 과장님!"

현관을 나설 때 어 계장이 소리쳤다. 탁대가 문 앞에서 돌아보았다.

"앞으로 잘 좀 봐주세요. 영장 집행하러 갈 때 막 딱지 끊고 그러지 마시고요."

"뭐, 규정만 잘 지키신다면요."

탁대는 명랑히 받아주고 주차장으로 향했다. 차 앞에는 방형기가 기다리고 있었다.

"이거요."

방형기가 낡은 수갑을 내밀었다.

"수갑이잖아요?"

"내가 검사 임용되고 첫 범인 잡았을 때 채웠던 놈입니다. 보다시피 고장 나서 쓰지는 못하지만 조 과장님 드리고 싶습니다."

"……?"

"봉황시에서도 불법 행정 사안들 팍팍 엮으실 거 아닙니까? 기념으로 받아주세요."

"고맙습니다."

"파이팅입니다!"

방 검사가 손바닥을 들었다. 탁대는 그 손을 향해 뜨거운 하이파이브를 작렬시켜 주었다.

짝!

소리까지 청명했다.

부웅!

탁대의 차가 검찰청을 나와 네거리를 지났을 때였다. 자가용 한 대가 경광등을 울리며 폭주를 해왔다.

'긴급 출동인가?'

싶었지만 자가용은 탁대의 차량을 가로막으며 멈췄다.

"조 과장님!"

차에서 뛰어내린 사람은 노경선이었다.

"노 수사관……."

"이거요?"

노경선이 내민 건 작은 선물이었다.

"과장님이 그냥 보낼 수 없다고 등 떠밀지 뭐예요. 근처에 괜찮은 거 파는 데가 없어서 멀리까지 다녀왔더니 출발하셨다기에 부득 소란을……."

그녀의 선물은 넥타이 두 개였다. 받아 든 탁대는 콧날이 시큰해지는 걸 느꼈다.

"멋진 과장님 되세요. 저, 가까이 못 있지만 늘 응원할게요."

경선이 물러서며 거수경례를 붙여왔다.

빵빵!

뒤차들이 야단을 떠는 까닭에 탁대는 별수 없이 출발을 했다. 백미러를 보니 그녀는 여전히 그 자리에서 거수경례를 거두지 않고 있었다. 그 경례는 탁대의 마음을 오래오래 따라왔다.

"오빠!"

가족 중에서는 당연히 혜자가 먼저 탁대에게 안겼다. 칼퇴근을 하고 달려온 그녀는 탁대 품에서 한동안 떨어질 줄을 몰랐다. 마더가 한마디 하지 않았다면 밤을 새웠을지도 모를 일이다.

"얘, 아직 멀었니?"

"어머니……."

혜자는 그제야 탁대에게서 떨어졌다.

"장하다!"

"마더……."

"참, 내가 요즘 너 보는 맛으로 산다."

"늘 믿어주셔서 고맙습니다."

"아들 안 믿으면? 우리는 이제 네가 콩으로 팥죽을 쑨다고 해도 믿는다니까."

"어이, 그만하고 나도 좀 찬스를 주시오. 이거 늙으면 남자만 서럽다니까."

마지막으로 동환이 끼어들었다.

"아, 우리는요? 우리도 사무관님 보러 왔다고요."

동환의 뒤에서 작은 엄마 희아와 동만, 동모도 볼멘소리를 토했다. 결국 마더도 그 등살에 밀려 조기 강판당하고 말았다.

"자식!"

동환은 그 한마디뿐이다. 손을 잡고 툭 쳐 주는 손길에 못다 한 말이 담겨 있었다. 역시 아버지다. 손짓 하나로 할 말을 다 하는 것이다.

"크하핫, 행정싸무관 조탁때!"

차례의 끝에서 빡센 발음을 날린 동모가 두 팔을 벌렸다.

"삼촌……."

"내가 이럴 줄 알았다. 너 잘될 줄 알았어."

동모는 탁대 뼈가 으스러지도록 안았다. 숨이 막혔지만 탁대는 그 정을 오래 누렸다.

"자자, 오늘은 제가 쏩니다. 마음대로 시키세요. 배달의 국민이든 조기요든."

동모가 설레발을 떨자,

"어머, 도련님은 저래놓고 우리 탁대한테 청탁 같은 거 해대니까 안 돼요. 우리가 낼 거예요."

희아가 쌍수를 들고 말렸다.

"아, 진짜… 형수님. 말을 해도 꼭……."

"그럼 아니에요? 전에도 탁대한테 불법주차 빼달라고 청탁 넣었잖아요?"

"그게 어떻게 청탁입니까? 부탁이지요."

"흥, 내가 하면 부탁, 남이 하면 청탁, 그거요?"

"아무튼 내가 쏜다고요. 형수님은 빠지세요."

"여보, 당신 뭐해요? 언제는 똥물도 파도가 있다면서요?"

희아가 동만을 쪼아댔다. 음식을 시키기도 전에 탁대의 집에는 푸짐한 정이 넘치고 있었다.

"오빠……."

손님들이 돌아가자 혜자가 차를 내왔다.

"피곤하지?"

"내가 무슨… 난 오빠만 있으면 하나도 안 힘들어."

"아가는?"

"얘도 오늘은 얌전하잖아? 아빠를 축하해 주나 봐."

"그동안 미안했다. 지방 출장에 밤샘 근무에……."

"피이, 내가 뭐 그렇게 밴댕이인 줄 알아? 일하는 거 가지고 안달하지 않을 테니까 걱정 말고 멋진 공무원 되세요."

"땡큐!"

혜자를 당겨 키스를 했다. 그런 다음 아가에게도 입맞춤을 날려 주었다. 아직 태어나지 않았지만, 아가에게 멋진 선물을 준 거 같아서 탁대는 행복했다.

* * *

"지방행정사무관 조탁대!"

단상 위에서 김성곽이 호명을 했다. 탁대는 그 앞에서 한 발 다가섰다. 발아래에는 짤랑짤랑 햇빛이 남실거렸다. 창을 타고 들어온 햇빛까지도 탁대는 반기고 있었다.

"청문사무관에 임함."

마침내 탁대에게 임명장이 전해졌다. 탁대는 김성곽이 내미는 손을 잡았다. 시장은 탁대의 손을 놓지 않고 번쩍 치켜들었다.

"와아아!"

짝짝짝!

단하에서 함성과 박수 소리가 쏟아졌다. 탁대를 축하하기 위해 모여든 공무원 동료들이었다. 맨 뒤에는 '공무원의 아이콘 조탁대, 봉황시로의 귀환을 축하합니다' 라고 쓴 현수막이 보였다.

펑펑펑!

기자들도 다투어 취재에 열을 올렸다. 검찰청에서 눈부신 활약을 하고 돌아온 탁대는 여전히 국민의 관심을 끌고 있었던 것이다.

탁대는 김성곽과 나란히 서서 기자들을 향해 포즈를 취해주었다. 타 기관에 뺏긴 인재를 다시 데려온 김성곽.

탁대의 중량감에 비추어 보아 딴죽을 걸거나 특혜라고 비아냥거릴 언론도 없었다.

"초고속 사무관님 축하합니다!"

합창은 9급 동기들이었다. 이어 여직원들을 필두로 꽃다발이 안겨졌다. 너무 많아 다 품을 수도 없었다.

"축하하네! 두 손 들고 환영이야."

도상욱 국장, 하진욱 국장 등에 이어,

"잘 부탁합니다. 조 과장님!"

황천수 감사과장, 장광백 과장, 류청봉 과장 등이 인사를 했고,

"아이고, 과장님!"

하며 용석봉 팀장도 반가워했다.

청문실장.

그 방은 감사실 옆에 마련되었다. 시민의 소리를 듣고 시정 전반에 걸쳐 시민의 의견을 반영하는 자리. 동시에 시 행정으로 인해 억울함을 호소하는 민원 해결까지 망라하는 막중한 자리였다.

"탁대 형!"

하객들 틈에서 팔호가 나왔다.

"얌마, 형이라니? 과장님!"

은돌이 나서서 팔호의 등짝을 후려쳤다.

"아, 진짜… 누가 몰라요? 좋아서 그러죠."

"오늘은 봐주지만 다음부터는 국물도 없다. 알았어?"

은돌은 작심하고 으름장을 놓았다. 다 이유가 있는 으름장이었다.

"아무튼 기분 대폭발인 거 있죠. 으아, 탁대 형이 5급 사무관이 되어 금의환향하다니……."

"또, 또……."

"아, 씨… 오늘은 봐준다면서요?"

"그, 그랬냐?"

팔호와 은돌은 티격태격하며 웃음을 자아냈다.

"축하해요! 과장님!"

다시 한 번 인사를 건네는 사람은 수애와 윤아였다. 언제 보아도 반가운 얼굴들. 탁대는 그녀들의 손을 꼭 잡아주었다.

"아, 이럴 줄 알았으면 처음부터 조 과장님 뒤를 졸졸 따라다니는 건데……."

귀여운 탄식을 하는 사람은 창혜였다. 아직 9급을 벗어나지 못한 사람도 있는 동기들. 그런 마당에 5급을 달고 돌아온 탁대는 선망의 대상이 아닐 수 없었다.

"언제 한턱 쏴야죠. 오늘은 어때요?"

다시 팔호가 물었다.

"야, 오늘부터 조 과장님 스케줄은 나한테 물어라. 알았어?"

은돌이 다시 해결사 역할을 자처하고 나섰다. 이 또한 이유가 있었다.

"그러는 형은 왜 하늘같은 8급한테 항명이에요? 아직 9급도 못 됐으면서……."

"아이고, 위대하신 행정서기님. 앞으로 알아 모시겠습니다요."

은돌은 허리까지 조아리며 너스레를 떨어 좌중을 웃음 바다로 만들었다.

탁대가 없는 사이에 도시개발과장이 된 3룡의 하나, 류청봉을 따라 부서 인사를 돌았다. 이미 소문이 쫘악 퍼진 탓에 놀라는 사람도 없었다. 개중 몇몇은 껄끄러운 표정을 짓기도 했다. 주로 고참 팀장들이었다. 그들은 6급이었으니 새파란 5급에 대해 기꺼울 수만은 없는 입장이었다.

마지막으로 의회에서 의장과 의원들을 만나고 방으로 직행했다.

딸깍!

문이 열리자,

"어서 오십시오, 조 과장님!"

듬직한 체구의 남자가 탁대를 맞이했다. 9급 임용 동기 은돌이었다. 그 옆에 선 사람은 여직원. 20대 초반에 임용되어 올해 갓 7급을 단 송가연이었다.

"잘 부탁해요."

탁대는 겸손하게 인사를 했다. 은돌이 설레발을 친 건 이런 이유 때문이었다. 탁대는 이미 알고 있었다. 인사과에서 조직 구성에 대한 안내를 받았던 참이었다.

"9급 한 명과 7급 한 명이 보좌할 텐데 필요한 사람이 있으면 한 명쯤은 끌어줄 수 있네."

류청봉의 말이었다. 그 말을 듣자마자 은돌을 찜한 탁대였다. 남들로 치면 정년이 임박한 나이에 임용된 은돌. 우직하게 일하지만 요령이 없어 매번 승진에 미끄러지는 그를 돕고 싶었던 것이다.

〈청문실장 조탁대.〉

탁대의 명패가 보였다. 사무관, 이제는 실감이 났다.

'다 잊고…….'

탁대는 명패를 보며 중얼거렸다.

'다시 진격하는 거다, 조탁대. 개똥 초심으로!'

한동안은 넋이 빠지도록 바빴다. 줄줄이 이어진 환영 스케줄 때문이었다.

시장, 부시장과 한 번!

의회 의장과 의원들과 한 번!

국장단과 한 번!

과장단과 한 번!

용석봉을 필두로 한 주요 팀장들과 한 번.

동기들과 한 번!

맹대우 등의 기능직 팀과 한 번!

마지막은 탁대를 지지하는 부녀회장 팀과 또 한 번을 마셔대야 했다. 몸은 고단했지만 힘들지 않았다. 이제 9급 공무원이 아니었다. 한 시의 정책에 영향을 미치는 사무관. 그 정책을 입안하고 주도할 수도 있는 위치였기 때문이었다.

"실장님! 시장님 호출입니다."

이슬비가 내리는 오후, 전화를 받아든 은돌이 탁대에게 말했다.

"언제요?"

"지금 오시라는데요."

"알겠습니다."

탁대는 자리를 털고 일어섰다. 후보자 등록일이 코앞. 동시에 김성곽의 단체장 사퇴 시한도 코앞에 있었다.

"어서 오시게. 조 실장!"

시장실에 들어서던 탁대의 눈이 휘둥그레졌다. 탁대를 반겨준 목소리는 김성곽의 것이 아니라 표강일의 것이었다.

"표 사장님!"

"아이고, 이렇다니까. 내 부하인데 표 사장님 먼저 반기는 것 좀 보라지."

담소를 나누던 김성곽이 볼멘소리를 토했다.

"죄송합니다."

"아닐세. 어여 앉게나."

김성곽은 이내 목소리를 가다듬었다. 탁대가 앉자 유 비서가 차를 내왔다.

"어때? 할 만한가?"

표강일이 물었다.

"예……."

탁대는 말줄임표에 '덕분에' 라는 말을 숨겼다. 김성곽이 있으니 아무래도 눈치가 보였다.

"우리 김 시장… 이제 곧 후보등록 때문에 사퇴를 할 참이지. 그 안에 털 거 있으면 확 털어버리시게. 구린 구석이 있는 사람이라면 다시 시장 자리를 내줄 수 없잖나?"

표강일이 웃으며 말했다.

“거 너무 그러지 맙시다. 마웅이하고 손잡은 거 아닌 바에는…….”

김 시장이 웃으며 응수를 했다.

김성곽과 마웅!

봉황시로 오니 떠도는 건 죄다 다가올 선거 이야기뿐이었다. 여론은 일단 표강일과 김성곽 쪽에 유리했다.

표강일은 터줏대감 송영철을 밀어내고 공천을 따냈다. 막판에 송 의원이 서울의 지역구로 전진 배치됨으로써 조정이 끝난 모양이었다. 김성곽도 지역 여론조사에서 45% 대 38%로 근소한 우세를 점하고 있었다.

“아무튼 큰 결단 내려주셔서 고맙습니다.”

표강일이 시장을 바라보았다.

“그건 표 사장님도 마찬가지지요. 이제 각자 분발해서 봉황시 한번 키워봅시다.”

“그래야죠. 이제 조탁대 실장까지 돌아왔으니.”

“조직은 잘 인수하셨습니까?”

“많은 분들이 도와주셔서…….”

“송영철 의원… 그래도 구국의 결단을 했군요. 막판까지도 양보가 안 되면 어쩌나 걱정 많이 했습니다.”

“나도 그렇지만 김 시장이야말로 발등에 불 아닙니까? 나 없다고 방심하지 마시고 결전 준비나 잘하세요.”

“내 걱정은 마세요.”

“그럼 방문객은 먼저…….”

표강일이 자리를 털고 일어섰다. 탁대는 복도까지 따라 나가 배웅을 했다. 표강일은 기꺼운 미소로 탁대의 어깨를 두 번 두드려 주고 계단을 내려갔다.

알고 보면 탁대의 자리는 표강일이 만들어 준 것. 그럼에도 생색 한 번 내지 않는 그가 여전히 고마운 탁대였다.

"가셨나?"

탁대가 시장실로 돌아오자 김성곽이 물었다.

"네……."

"나도 이제 가네."

"……."

"내일 사퇴하게 될 거야."

"그렇군요."

"잘못하면 시장실에서 자네를 보는 건 마지막이 될지도 모르지."

"시장님……."

"내가 당선되어서 이 방에 처음 들어왔을 때 무슨 생각을 했는지 아나?"

"……."

"봉황시의 체질을 전국 최고로 바꿔놓고 싶었네. 삶의 질도 공무원의 질도 문화의 질도 일자리도……."

"……."

"하지만 지금에 와서 곰곰 씹어 보니 제대로 한 게 아무것도 없디고."

"그렇지는 않을 겁니다."

"아니야. 큰마음을 먹고 들어왔지만 한 건 자리보전과 생색내기, 전시용 행사밖에 없었네. 솔직히 4년 전에 비해 우리 봉황시가 바뀐 게 뭐가 있나?"

"시장님……."

"그런데 다행스럽게도 한 가지를 건졌네."

"무슨……?"

"바로 자네!"

"……?"

"자네야말로 내가 만난 보석이더군. 자네 덕분에 공무원 토착 비리를 어느 정도 털어냈고 대교가 무너지는 참사도 방지했지 않은가?"

"그건 제가 아니라 누구라도 했을 일입니다."

"그렇지 않아. 자네 아니라면 내 곁에는 아부꾼으로 가득했을 테고 나는 그걸 내 치적으로 알고 뿌듯해했을 걸세."

"……."

"그러고 보니 자네를 처음 만났을 때가 생각나는군. 공무원 연수원에서 나와서 무대뽀로 들이대던 그 기백 말이야."

"시장님……."

"언젠가 자네 기사에서 읽었는데 자네 신념의 뿌리가 개똥철학이라고?"

"개똥철학이 아니고 개똥 초심입니다."

"아, 개똥 초심."

탁대는 시장이 무슨 말을 하려는지 몰라 가만히 바라보았다.

"그 말 듣고 깨달은 게 많다네. 그래서 나도 자네의 그 개똥 초심을 벤치마킹하려고."

"……."

"이번 선거… 사실 쉽지는 않을 걸세. 여론조사에서 내가 약간 앞선다지만 표 사장의 명과 암을 떠안게 되면 또 다를 거야."

"……."

"표심은 변화무쌍하지. 아직은 유권자들이 긴가민가하고 있지만 표 사장이 후보 등록을 하지 않으면 군소 후보들이 난립할 가능성이 크거든."

"아!"

탁대는 그 말뜻을 알아들었다. 지금 봉황시의 시장 선거는 3파전 양상이었다. 표강일이 불출마를 선언했지만 일반 시민들은 모르는 사람이 더 많았다. 그러니 그가 진짜로 후보자 등록을 하지 않으면 기회는 이때다 싶은 군소 후보들이 다투어 나올 공산이 컸다.

그렇게 되면!

김성곽이 표강일의 명과 암을 다 떠안게 되는 것. 부동층과 표강일의 표가 어디로 흐르느냐에 따라 성패가 갈릴 일이었다.

"조탁대 실장!"

설명을 마친 김성곽이 또렷한 음성으로 탁대를 불렀다.

"네, 시장님!"

"다시 보기를 희망하네. 바로 이 자리에서, 이렇게!"

"네."

"그때까지 봉황시를 잘 부탁하네."

김성곽이 손을 내밀었다. 어쩌면 비장하게도 보이는 김성곽. 그는 다음 날 시장직을 사퇴하고 선거 모드로 변신했다.

*　　*　　*

선거판이 후끈 달아오를 즈음에 부시장 성낙준이 탁대를 불렀다. 시장이 없는 동안은 부시장이 직무대행. 그러니까 지금은 부시장이 곧 시장이었다.

"업무는 할 만하신가?"

부시장이 물었다.

"부족하지만 조금씩 배워가고 있습니다."

"조 실장은 김성곽 시장님을 지지하나?"

"……?"

탁대는 대답하지 않았다. 공무원은 정치 중립이다. 따라서 시장 후보자에 대한 공개적 지지는 금지되어 있었다. 그럼에도 불구하고 봉황시청은 지금 몸살을 앓고 있었다. 서로 눈치를 보면서 여기저기 줄을 대느라 바쁜 공무원들이 있었던 것이다.

"그냥 물어봤네. 이런저런 얘기가 많이 떠돌길래 말이야."

"……."

"이걸 좀 보시게나."

부시장은 잠시 침묵한 후에 두툼한 서류를 내밀었다.

〈수도권 초대형 초고압 변전소 건립안.〉

서류의 제목이 탁대의 눈을 차고 들어왔다.

"들어본 적 있나?"

"지나가는 길에……."

탁대는 말을 얼버무렸다. 탁대가 본 건 검찰 근무 시에 나선 출장

길이었다. 여기저기 나붙은 반대 현수막이 보였다. 하지만 그때는 검찰공무원이었기에 관여할 일이 아니었다.

"조 실장이 시를 떠나 있는 동안에 잠시 홍역을 치른 일이었다네. 나도 그때 도청에 있었는데 이 근처의 몇 군데 지자체가 경기(驚氣)를 했지. 워낙 첨예한 일이라……."

"……."

"다행히 발전소 측에서 여론을 떠본 건지 다시 말이 나오지 않았는데 최근에 다시 움직임이 있는 눈치라네."

"우리 시에 변전소를 세운다는 겁니까?"

"아무래도 그럴 가능성이 높은 거 같아."

"선거 중에… 시기가 좋지 않군요."

"행정의 공백을 노리는 것이지. 저들 입장에서는 최상의 선택 아니겠나?"

"왜 우리 시가 다시 타깃이 된 겁니까?"

"뭐겠나? 파워 게임이겠지."

'파워 게임?'

"송영철 의원이 지역구를 떠났지 않나? 그 자리에 표강일 씨가 공천을 받았지만 당장은 공석인 것이나 마찬가지. 그러니까 우리 시가 만만하게 보였을 수도 있지."

'아뿔싸!'

탁대의 입에서 탄식이 새어 나왔다. 초고압 변전소라면 어느 지자체도 반기지 않을 일. 그러니 정치적 공백기를 틈타 밀어붙인다는 얘기였다.

"아침에 담당과장의 보고가 올라왔는데 발전소 쪽에서 슬슬 움직임이 있는 모양이야. 이러다 자칫 발전소 쪽에서 발표를 해버리면 아주 난감해지네. 자네도 알겠지만 정부 정책이라는 게 한 번 발표하면 다시 번복하기 곤란하거든."

"……."

"이 일은 곧 조 실장 업무가 되기도 하는 것이니 어떻게 생각하나?"

"과정이 궁금하군요. 저들이 우리 시를 낙점한 이유가 있을 거 아닙니까?"

"실은 그것 때문에 조 실장을 불렀네만."

"……?"

부시장은 탁대를 바라본 후에 천천히 말을 이어갔다.

"우리 측 누군가가 저쪽의 로비를 받은 게 아닌가 싶네만."

'로비?'

그 한 단어는 탁대의 소름을 돋게 만들었다.

"저쪽에서 입지와 타당성 조사를 했겠지만 그런 징후는 없었다더군. 그렇다면 누군가 저들의 입맛에 맞는 정보를 제공하지 않았을까 싶네만……."

"그렇게 생각하시는 근거가 있습니까?"

탁대의 목소리도 슬슬 심각해지기 시작했다.

"저들 쪽에서 새어 나온 장소가 아주 오묘하거든."

"오묘하다면?"

"우리 시의 장기 비전을 담은 토지 계획의 허점을 비집고 들어왔다네."

"장기 비전 계획이면… 국장급과 주요 부서 사무관만 알고 있다는?"

"그렇지."

"……!"

탁대는 또 한 번 소스라쳤다.

봉황시의 장기 마스터플랜.

그건 10년 단위로 시의 발전상을 그려보는 계획안. 그런 안이 있다는 사실조차 관련 사무관이 아니면 알 수 없는 초특급 비밀. 감사실에 근무했던 탁대조차도 지나가는 말로 들었을 뿐인 사안이었다.

그 일에 관련된 인물은 많아야 10여 명. 그러니 부시장이 그렇게 생각하는 것도 무리는 아니었다.

"이런 까닭에 저쪽에서 먼저 발표를 해버리면 낭패가 되는 것이네. 그 지역은 우리 시가 장기 플랜에서 제외한 곳이니 그걸 빌미로 삼아 발전소와 정부가 함께 압박을 하면 시가 공식적으로 항변하기 쉽지 않거든."

"그렇군요."

"어떤가? 내 의중을 알겠나?"

부시장이 진지하게 물었다.

"범인을 잡으라는 말씀입니까?"

"있다면 잡아야지. 그래야만 논란을 미리 차단할 길을 찾을 수 있네."

"일리가 있습니다."

탁대는 공감했다. 부정한 방법으로 빠져나간 계획안. 그걸 참고로 변전소를 지으려 했다면 발전소 측도 국민의 비난을 면치 못할 일이었다.

“보고를 받고 생각해 보니 조 실장이 떠올랐네. 전에 감사실에서도 혁혁한 전공을 세웠고 검찰에서도 수사 경험을 쌓았을 테니 자네만큼 맞춤한 사람이 또 있으려고.”

“그건 과찬이십니다.”

“과찬이고 뭐고 상관없네. 선거라 어수선한 틈에 뒤통수 맞기 싫으면 자네가 서둘러서 전모를 밝혀주시게.”

“부시장님!”

“자네만 믿네. 필요하면 나도 함께 조사해도 좋네!”

쐐기를 박은 부시장은 탁대에게서 눈을 떼지 않았다.

“두 가지를 동시에 추진해야겠군요. 기밀과 신속…….”

“맞았네. 서둘러야 하지만 조직이 알면 큰 동요가 일어날 일.”

“보고는 어떻게 할까요?”

“전권을 줄 테니 그냥 밀어붙이게. 결과가 나올 때까지는 나한테도 보고할 필요 없어.”

“알겠습니다.”

탁대는 인사를 남기고 일어섰다.

장기 비전에 관한 극비 보안 업무를 다루는 사람은 총 열세 명. 그중에 김성곽이 없으므로 열두 명 정도가 대상자였다.

‘열두 명이라…….’

탁대의 눈에서 불꽃이 튀기 시작했다.

최종적으로 탁대가 꼽은 사람은 총 11명이었다. 성낙준 부시장은 제외시켰다. 그는 봉황시에 온 지 오래되지 않았기 때문이었다.

대신 필요에 따라 전임 부시장을 조사하면 될 것 같았다.

탁대는 팔호를 슬쩍 호출했다.

"뭐든지 말씀만 하십시오. 과장님!"

팔호는 기꺼이 부름을 받았다.

"이 주사, 혹시 초고압 변전소에 대해 아는 거 있어?"

"초고압 변전소요?"

팔호가 바로 반응을 했다.

"있군?"

"왜요? 과장님한테도 민원이 들어왔나요?"

"그건 아니고 나 없을 때 그게 문제가 됐다면서? 참고로 알아두려고 그래."

"그거 사실 대충 가라앉았지만 완전히 끝난 일은 아닙니다."

"아는 대로 말해봐."

"저도 그냥 풍문으로 들은 건데… 발전소 측에서 다시 카드를 꼼지락꼼지락 만져 댄다고……."

"그래?"

"지난번에 완전히 백지화 선언을 이끌어냈어야 했는데 그러지 못했거든요. 그래서 지금도 심심치 않게 이의제기가 들어오는 형편입니다."

"요즘 감사실 일 바빠?"

"뭐, 늘 그렇지요. 게다가 요즘은 선거철이라 공직기강 문제도 있고……."

"나랑 동맹 한 번 해보지 않겠어?"

"동맹이라고요?"

"할래 안 할래?"

"아, 저야 과장님 일이라면 무조건 콜이죠."

"그럼 말이야, 저녁때 좀 보자고."

"이거 하시게요?"

팔호는 소주잔 꺾는 시늉을 해보였다.

"간단하게. 다른 사람들에게 소문내지 말고."

"알겠습니다. 분부만 내리십시오."

"아, 그 전에 사무관급 이상 간부들 연가 사용표 좀 뽑아다줘."

"그것도 소문내면 안 되겠죠?"

팔호가 웃으며 물었다.

"당연하지."

탁대도 웃었다.

오래지 않아 팔호가 연가표를 뽑아왔다. 물론 은돌을 시켜도 될 일이었다. 하지만 은돌은 아직 팔호만 한 요령과 인맥이 없다. 그러니 팔호가 제격이었다.

우선 최근 연가 사용부터 체크했다. 그런 다음에 검찰청에 전화를 넣었다.

"어 계장님!"

—어, 이게 누구야? 조탁대 과장님?

"에이, 왜 그러십니까? 과장은……."

—아, 그럼 그 사무관이 고스톱 쳐서 딴 구라 사무관인가? 당연히 과장님이지. 그런데 왜?

"부탁드릴 게 있어서요."

—말해봐. 조 과장님 부탁이라면 내가 짤려도 들어줘야지.

탁대가 부탁한 건 간부들의 골프장 출입 건이었다. 연가 중에 골프를 쳤는지, 쳤으면 누구랑 다녀갔는지를 체크하려는 것이다.

—오케이, 그까짓쯤이야… 언제까지 알아봐 주면 돼?

"빠를수록 좋지요."

—또 누가 뇌물 받아 먹었어?

눈치 빠른 어 계장, 직구를 날려왔다.

"그건 아니고요, 골프 좀 자제시키려고요."

—알았어. 내가 알아보고 연락할 테니 기다리시라고.

통화는 간단히 끝났다.

"으아, 과장님 파워가 보통이 아니시군요. 검찰도 막 부려먹고……."

문 앞 책상 쪽에서 은돌이 너스레를 떨었다.

"왜요? 겁나요?"

"겁나죠. 솔직히 훨훨 날아다니는 과장님인데 저 같이 무능한 걸 데려다 두셨으니……."

"채 주사님이 왜 무능해요? 요령이 부족해서 그렇지."

"요령이요? 저 주민센터 근무할 때 나름 뺀질이였어요."

"업무를 말하는 게 아니잖아요. 근무평정서가 그게 뭡니까?"

"근무평정서라면?"

"내가 참고삼아 뒤져 봤는데 그렇게 써가지고는 승진 못 해요. 왜 자기 자신을 그렇게 폄하했어요?"

"무슨 말씀인지……."

"여기 봐요. 자기가 자기를 평가하는 항목… 채 주사님은 상중하 중에서 전부 중이라고 평가했잖아요?"

"그게 뭐요? 자기가 자기를 잘한다고 하기도 낯간지럽잖아요?"

"송 주임, 설명 좀 해줘요."

탁대는 공을 송가연에게 넘겼다.

"아, 이거 우리 아빠 같은 분에게……."

송가연은 은돌의 나이가 부담스러운지 머쓱한 표정을 지었다.

"말해주세요. 다들 그래서 안 알려준 모양입니다."

탁대는 가연을 이해했다. 함께 어울리기에는 너무 나이가 많은 은돌. 그러니 뭐 하나 가르쳐 주려고 해도 편편치 않으니 근무평정서 작성 요령조차 알려준 사람이 없는 모양이었다.

"과장님 말이 맞아요. 근무평정서는 무조건 '상' 이라고 체크해야 해요. 왜냐하면 자기 스스로 일 못한다고 적어놓으면 평정자가 점수를 잘 줄래도 줄 수가 없잖아요?"

"흐미, 그럼 다들 자기가 자기한테 '상' 이라고 준단 말입니까?"

"네!"

송가연은 살짝 빠르게 7급을 단 직원답게 잘라 말했다.

"아, 진짜… 난 낯 뜨거워서 못 쓰겠던데……."

"이번 근평할 때는 제대로 쓰세요. 난 스스로 자기 가치를 폄하하는 직원하고 일하기는 싫으니까."

탁대는 한 번 더 강조했다. 그렇지 않고는 은돌을 승진시킬 방법이 없었다.

"과장님께서 그러시라면……."

"그래도 공무원이라도 들어왔는데 8급은 달고 나가셔야죠. 보아하니 주민 센터에서도 궂은일은 도맡아 하셔 놓고……."

"뭐, 제가 돌쇠 스타일이라서 무식한 일은 잘하지 않습니까?"

"그것도 좋지만 직렬을 잊으시면 안 돼요. 채 주사님은 행정직이잖아요. 행정직은 행정을 잘해야 하는데 서류 기안을 잘하는 것도 행정직의 미덕이라고요."

"옙, 명심하겠습니다, 과장님!"

"푸훗!"

은돌이 힘주어 대답하자 가연이 혼자 웃음을 터트렸다.

"왜요? 제가 또 뭐 실수했습니까?"

은돌이 가연을 보며 물었다.

"이런 말 죄송하긴 한데……."

"……?"

"두 분 보니까 웃음이 나오잖아요. 두 분이 9급 공채 동기라면서요?"

"그, 그렇죠."

"그런데 한 분은 초고속 사무관이 되셨고 또 한 분은 초저속으로 아직 9급… 크크큭!"

"아, 진짜, 왜 또 사람 염장을 지르고 그래요?"

"아무튼 과장님, 우리 채 주사님 좀 승진시켜 주세요. 정년이 얼마 안 남았대요."

"뭐, 하는 거 봐서요."

탁대는 짐짓 은돌을 자극했다. 승진은 경쟁이다. 자기 자신을 부각시킬 필요가 있다. 정글에서는 누구도 밥을 챙겨주지 않으니까. 고로 그에게도 투쟁심이 필요했다.

퇴근 후, 탁대는 청사 건너편 허름한 파전집으로 향했다.

"과장님!"

팔호가 파전집 앞에서 손을 흔들었다.

"일찍 왔네? 왔으면 들어가 있지, 왜?"

"그게……."

팔호가 안을 가리켰다. 유리 너머로 보니 황천수가 보였다. 류청봉과 장광백도 보였다. 봉황시 행정달인 3인방이 막걸리 회합을 하는 모양이었다.

"들어가자. 그냥 가는 것도 우습지."

탁대는 파전집 문을 열었다.

"어, 조 과장!"

"아이고, 저 친구도 양반되긴 글렀구만."

사발을 기울이던 류청봉과 장광백이 탁대를 반겼다.

"너도 왔냐?"

황천수는 팔호를 바라보았다.

"그렇잖아도 제 흉본다는 정보가 있어서 왔더니 딱 걸리셨군요."

"흉 엄청 봤지. 의자 당겨서 앉아."

류청봉은 탁대의 소매를 당겼다.

"야, 이팔호. 너는 황 과장 놔두고 조 과장 수행하냐? 조 과장이 그렇게 좋아?"

장광백이 팔호에게 핀잔을 날렸다.

"에이, 오늘은 과장님 아니고 임용 동기로 만난 거라고요."

"얌마, 동기라니? 이게 이제 아주 사무관하고 같이 놀라고 그러네?"

“술이나 받으시죠.”

팔호는 막걸리 병을 들어 장광백의 입을 막았다.

“업무는 어때? 할 만해?”

한 잔 가득 막걸리를 따른 황천수가 탁대에게 물었다.

“슬슬 적응을 해야죠, 뭐. 능력도 없이 사무관 자리를 맡고 나니 얼떨떨해서요.”

“그 자리 벤치마킹하려는 지자체들 많은 거 같은데 부담이 되긴 할 거야.”

“그러게요. 시의 발전을 위해서는 저보다 능력 있는 분이 오셨어야 하는데…….”

“허어, 사람… 솔직히 대한민국 공무원 중에 조 과장보다 능력 있는 사람이 어디 있나? 아니지. 혹 있다고 해도 누가 조 과장처럼 사명을 가지고 일하는데…….”

“맞다 맞아. 우리 같은 노땅들은 다 머리가 썩어가지고 말이지 그저 줄이나 서려고 하고…….”

듣고 있던 류청봉이 장단을 맞추고 들어왔다.

“에이, 그 얘기는 그만하자고. 어제오늘 얘기도 아니고…….”

황천수가 류청봉의 입을 막았다. 시장 선거 때마다 공무원들의 패가 갈리는 마당. 지방 선거가 안고 있는 구조적 난맥의 하나였다.

“아무튼 조 과장도 긴장하라고. 누가 당선되든 공약 사항 이행하려면 청문담당관이 가장 바쁘게 될 거야.”

류청봉은 절반 남은 막걸리를 다 털어 넣었다.

“그만들 가지. 젊은 친구들 있는데 괜히 눈치 보이지 말고.”

먼저 일어선 건 장광백이었다. 막걸리 세 병을 비운 세 사람은 차례차례 일어나 술집을 나갔다.

"괜히 미안한데요?"

세 과장이 퇴장하자 팔호가 목덜미를 긁었다. 그 틈에 할머니가 푸짐한 파전을 내려놓았다.

"어, 이렇게 많이 시키지 않았는데요?"

놀란 팔호가 말하자,

"너 말고 우리 조탁대 과장님 주는 거거든."

"할머니?"

뜻밖의 서비스에 탁대가 고개를 들었다.

"축하해. 앞으로도 지금까지 한 것처럼만 하라고. 나야 줄 게 안주밖에 더 있나? 오늘은 안주 무료니까 실컷 먹고 가."

"고맙습니다."

"으아, 역시 조 과장님은 천하무적 인기 공무원이라니까요. 덕분에 제 배가 호강하게 생겼습니다."

팔호는 두툼한 파전을 찢어 들었다.

"저 세 분은 문제없지?"

"그럼요. 이제 빛 보고 계시는 거 아닙니까?"

"국장 하마평 나왔어?"

"으아, 검찰에도 소문이 났어요?"

"그냥 짐작이다. 누가 유망해?"

"일단은 황 과장님이 선두고요, 다음으로 류 과장님……."

"장 과장님은 왜?"

"퉁명스럽잖아요? 그래서 의회에서 견제를 좀 받나 봐요."

"의회 눈총 때문에 밀리고 있다?"

"또 모르죠 뭐. 이번에 의원들이 물갈이되면……."

"간부들 동향은 어때?"

"어떤 옵션으로요?"

"내부 정보 쪽!"

"그게 동맹의 키워드인가요?"

눈치 빠른 팔호가 의자를 당기며 물었다.

"그래."

"좀 더 구체화하시면요?"

"초고압 변전소 건!"

주방의 할머니 위치를 확인한 탁대가 묵직하게 강조했다.

"변전소 건요?"

"쉬잇!"

"그게 왜요? 무슨 투서라도 들어왔나요?"

팔호가 목을 빼들며 물었다.

"발전소 측에서 우리 지역을 넘보느라 간을 보고 있는 모양인데……."

탁대는 나지막이 뒷말을 이었다.

"고위 간부급 중에서 누가 내부 정보를 빼주며 협조하고 있는 모양이야. 그거 잡아내라는 부시장님 지시가 떨어졌어."

"에? 부시장님 지시요?"

"정보 있어?"

"그게……."

"시의 장기 계획안에서 정보가 샌 모양이야. 거기 관여하는 고위직을 전부 조사할 판이야."

"그럼 국장님들도 전부 포함되잖아요?"

"그렇지."

"으아, 국장님들이 알면 그냥 있지 않을 텐데요? 자기들 의심한다고."

팔호의 이마에서 식은땀이 흘러내렸다.

"나도 알아. 그러니 기밀을 유지해야지. 만에 하나 기밀제공자가 고위직이 아닐 수도 있고……."

"맞아요. 실무 담당자들도 있잖아요."

"몇 명이나 되지?"

"도시개발과 쪽에서 주관한 거면 적어도 두 명……."

"그럼 두 명 추가야."

"과장님……."

"입장 곤란하면 지원만 해도 돼. 어차피 팔호 네 업무도 아니고……."

"에이, 그렇게 말하면 무지하게 섭하죠. 동맹 맺은 서류에 잉크도 안 말랐는데……."

"그럼 관련 과장들과 국장들을 중심으로 투서나 여론 좀 모아다 줘. 여유가 있는 건 아니지만 차근차근 접근해 봐야겠어."

"으아, 오자마자 또 엄청난 걸 맡으셨군요. 만약 국장님 중 한 분이라면 시가 발칵 뒤집힐 텐데……."

"선입견이나 막연한 추측은 금지!"

탁대는 검찰식 수사원칙으로 선을 그었다. 그러자 팔호의 말이 이어졌다.

"추측이 아니라 국장님 한 분한테 걸리는 게 있어서 그래요."

응? 걸리는 거?

"그게 뭔데?"

탁대가 눈자위를 구기며 물었다. 마음에 걸리는 것. 잘하면 바로 단서가 나올 수도 있는 일이었다.

"우리 시에 진골 성골 6두품이 있잖습니까?"

"그건 김 시장님의 탕평책으로 흐지부지해진 거 아니야?"

"표면적으로는 그렇습니다만 일부에서는 아직도 미련을 가지고 라인을 지키고 있습니다."

"무슨 라인?"

"지금은 성골 라인이 오히려 세력이 좋아졌습니다. 장재기 총무국장님도, 도상욱 복지국장님도 성골 라인 아닙니까?"

"그분들이 앞장서서 파벌을 조장하고 있단 말인가?"

"그렇지는 않은데 줄을 대는 사람들은 있습니다."

"오래 근무하다 보면 친분이 생기는 것이니 그것까지 막을 수는 없는 일이잖아?"

"그게 워낙 선거철이다 보니 자꾸 부각이 되어서 말이죠."

"황 과장님은? 알고 계실 거 아니야?"

"물론이죠. 그래서 네 분 국장님께도 따로 부탁을 드린 모양입니다. 품격을 지켜달라고……."

"그럼 걸린다는 건 뭐야?"

"그게……."

팔호는 잠시 뜸을 들인 후에야 말을 이었다.

"모 국장님께서 초고압 변전소 유치 지지를 표명한 적이……."

"……?"

"저도 그냥 흘려들은 거라 확실치는 않습니다만 봉황시의 미래와 일자리 창출 등을 위해서 나쁘지 않다는 주장이 나왔던 모양입니다."

"어떤 국장님?"

"제가 들은 바로는 장재기 국장님이라고……."

"총무국장님?"

탁대의 얼굴에 뜨악함이 스쳐 갔다.

총무국장 장재기.

소위 성골파의 주요 인물 중 하나. 그러나 그 역시 보편타당한 사고를 가졌기에 탕평책의 혜택을 받았었다. 더구나 탁대가 알기로 시장의 시정 목표와 부합하는 면이 많다. 아무리 탕평책이라고 해도 시장의 뜻에 반하는 인물에게 총무국장을 맡길 수는 없기 때문이었다.

"뜻밖이군. 김성곽 시장님 공약을 보니 변전소는 절대 반대라고 되어 있던데……."

"저도 전해 들은 말이니 확실치는 않습니다."

"말의 출처는?"

"그게……."

팔호는 난색을 표하더니 다시 설명을 이어갔다.

"과정을 말하면 더 복잡해집니다. 그러니까 장 국장님이 잘 가는 식당에서 흘러나왔다는데, 앞뒤 거두절미하고 나온 말이니 상황 판단이 곤란하더군요. 당시에는 워낙 변전소 건이 뜨거운 감자다 보니 황 과장님이 직접 파악에 나섰는데 장 국장님 설명이 여러 대안을 이야기하던 중에 시민 중에는 유치를 찬성하는 사람도 있다라는 취지였다고 해서 황 과장님도 그냥 넘겨 버리신……."

"다른 과장님들 정보는 없나?"

"도시개발과장님과 도시계획과장님 말씀입니까?"

팔호가 물었다. 두 과의 과장들은 시의 장기적 도시계획 마스터 플랜에 직접 관여하고 있다. 그러니 팔호가 짚고 가는 것이다.

"누구든 상관없어."

"나중에 한 번 투서가 들어온 적은 있습니다만……."

"투서?"

"하지만 카더라 통신 수준입니다. 과장쯤 되는 사람이 시의 주요 업무 정보를 흘리고 다니니 조사해서 처벌하라는 내용이었거든요."

"이름은 적시하지 않고?"

"아무것도요. 단서는 그냥 '과장'이라는 단어 하나뿐이라 그 또한 무시해 버렸습니다."

"그게 전부다?"

"예."

"낮에 내가 한 지시는?"

"일단 표를 뽑아보았는데 최근에 연가를 이용한 사람은 장 국장님과 하 국장님, 그리고 은 과장님과 진 과장님 정도입니다."

"오케이! 일단 그 정도로 출발하자고."

"죄송합니다. 큰 도움이 못 되어서……."

"무슨 소리야? 이 정도면 시작치고는 나쁘지 않은데."

닥대는 팔호를 안심시켰다.

다음 날, 검찰의 어 계장에게 부탁한 일이 해결되었다.

장재기! 은광비! 진완모!

근자에 골프장을 이용한 건 세 사람이었다. 그 횟수도 앞서거니 뒤서거니 도토리 키를 재고 있었다. 전화를 끊고 생각에 잠길 때 뜻밖에도 은광비가 찾아왔다.

"이어, 조탁대 과장!"

은 과장의 목소리가 사무실을 울렸다.

"웬일이십니까?"

탁대는 소파 자리를 권했다.

"뭐가 웬일이야? 이 은광비가 배출한 사무관님 좀 뵈러왔지."

은광비가 배출. 딱히 틀린 말은 아니었다. 탁대가 첫 임용되었을 때 그가 교통과로 데려갔으니까.

"언제 이동하셨어요?"

탁대가 물었다. 탁대가 검찰에 있는 동안 은광비는 산림공원과장으로 옮겨가 있었다.

"뭐, 일 못하니까 찬밥부서로 쫓겨난 거지. 그래도 조 과장이랑 일할 때가 좋았는데……."

"별말씀을……."

"이거 한 번 뽑아볼 테야?"

은 과장, 잊지도 않은 모양이다. 이번에도 타로카드를 내밀었다.

"아직도 이거 하십니까?"

"응? 사실은 잊어버리고 있었는데 조 과장이 오니까 다시 생각이 나서 말이야. 뽑아봐!"

카드가 탁대 코앞으로 다가왔다. 탁대는 늘 하던 대로 맨 위의 것을 뽑았다. The Sun, 태양이었다.

"아하핫, 이번엔 내가 이겼군."

은 과장은 태양 카드를 보더니 배를 잡고 웃었다. 그 소리에 은돌과 송가연도 은 과장을 바라보았다.

"짜잔!"

은 과장은 품에 숨겨두었던 카드 한 장을 뽑아냈다. 탁대가 단골로 뽑아 올리던 데쓰였다.

"이번에는 아예 치워 버렸지. 가끔은 다른 것도 뽑아야 설명할 맛이 날 거 아닌가?"

"아, 예……."

"흐음, 태양이라… 역시 대단하단 말이지."

은 과장은 손으로 턱을 괴고는 미소를 뿜어냈다.

"좋은 건가요?"

예의상 탁대가 물었다. 사실 하나도 궁금하지 않은 일이었다.

"정방향 아닌가? 완전 왔다지. 조 과장의 창창한 미래를 말해주고 있잖나? 여름날 작렬하는 햇살처럼!"

"말씀이라도 고맙습니다."

"이것 참… 실력자는 운도 따라주는군. 끝없는 태양의 에너지라? 이솝우화를 보면 사나이의 옷을 벗기는 것도 결국은 바람이 아니라 태양이었지?"

"과장님도……."

"조 과장은 잘될 거야. 암, 나중에 도청으로 가서 관리관까지 해봐야지."

"과찬이십니다."

"그나저나 이제 사무관도 달았으니 나랑 골프 어때? 내가 요즘 그 재미에 푹 빠졌거든."

'골프?'

"앞으로 승승장구하려면 골프도 배워야 한다네. 높으신 양반들은 죄다 골프 마니아잖나?"

"누구랑 치시는데요? 전에는 안 치셨잖아요?"

"왜? 업자 꼬드겨서 칠까 봐?"

은 과장이 웃으며 물었다.

"별말씀을… 혹시 PGA 코치라도 붙였나 해서요."

"다른 사람들은 구린 부킹도 하지만 나는 절대 안 해요. 나는 떳떳하게 내 돈 내고 치네. 내기해도 고작 식사 내기 정도고."

"구린 부킹도 있나요?"

탁대는 시치미를 뚝 떼며 물었다.

"그럼. 그런 거 밝히는 인간들이 지구 상에서 멸종되는 줄 아나? 쉬쉬해도 알 사람은 다 알지."

은광비의 말에는 가시가 걸려 있었다. 분명 누군가를 겨냥하고 있는 것이다. 탁대는 그 과녁을 진완모에게 맞춰보았다. '인간' 이라고 비하한다는 건 자기보다 높은 사람이 아닐 가능성이 높았기 때문이었다.

'진완모.'

은 과장이 나간 후에 탁대는 골똘히 생각에 잠겼다.

초고압 변전소 설치!

처음에는 대상 지역이 네 곳이었다. 봉황시와 인접한 행복시, 평화시, 그리고 한강시… 법을 뒤져 보니 문제가 되는 건 전원개발촉

진법이었다. 무려 수십 년 전의 개발 우선 시대에 만들어진 무소불위의 법. 이 법은 발전소에게 무한 파워를 안겨주고 있었다.

법의 의하면, 결정하고 필요한 토지에 대해 보상만 하면 끝이었다. 송전선로 주변 지역 등에 대한 보상 대책은 안중에도 없었고 송전선로를 설치할 때도 땅 소유자의 동의를 받을 필요도 없었다.

이 법을 배경으로 발전소 측에서 내세우는 주장은 수도권의 안정적 전기 공급.

지난번 문제가 되었을 때 나온 대안을 보니 주민들은 선로 지중화와 초전도 케이블 대안을 요구했다. 하지만 발전소 측은 가볍게 무시했다. 765㎸의 선로 지중화는 세계적으로 개발된 사례가 없는데다 기술적으로 어렵다고 앵무새처럼 앵앵거린 것이다. 한마디로 시키는 대로 해라, 이거였다.

봉황시는 즉각 반발했다. 변전소 건립으로 전력이 안정화되고 일자리가 일부 늘어난다지만 다른 규제와의 형평성이 문제였다.

봉황시는 수도권정비계획법상 자연보전권역으로 묶여 대학이나 공장 하나 제대로 짓지 못하도록 규제를 받는 실정. 그런데 주민의 희생은 아랑곳없이 변전소를 짓겠다니 반발하는 것도 당연했다.

소환!

그러고 보니 검찰이 그리웠다. 검찰에서는 범죄 혐의가 의심되면 소환장을 발부하면 되었다. 하지만 봉황시는 달랐다. 부시장의 명이 떨어졌다고 해도 수사권을 행사할 수 없는 것이다. 그러니 애로가 이만저만이 아니었다.

"나, 부시장님 방에 좀 다녀올게."

탁대는 자리를 털고 일어섰다. 궁리만 하다가는 산통이 깨지기 십상이었다.

"바람을 잡아 달라?"

탁대의 방문을 받은 부시장 성낙준이 말했다.

"예, 그래야 진전이 있을 거 같습니다."

"아직 나온 건 없지?"

"몇 가지 풍문 수준인데 도움이 될 만한 건 없습니다."

"조 과장 능력으로도 말인가?"

"저도 부시장님과 똑같은 사람입니다."

"그래? 신문기사 같은 걸 보니까 조 과장이 사람의 심리를 읽는 탁월한 능력이 있다고 해서……."

"그거야 검찰에는 거짓말 탐지기가 있지 않습니까? 게다가 심리 수사관도 많고 불려온 사람들도 검찰이라는 심리적 부담감 때문에 수사가 수월하기 때문입니다."

탁대는 대충 둘러댔다.

"하긴 그렇겠군."

부시장은 고개를 끄덕였다.

"그나저나 바람이라면 뭘 말하는 건가?"

"대상자 중에서 이 사실을 알고 있는 사람이 있습니까?"

"그건 나도 모르네. 나야 요로를 통해 알았다지만 다들 나름 정보통이 있을 테니."

부시장의 말은 맞았다. 국장급이나 과장급쯤 되면 수도권 일간지나 도청, 나아가 검경에도 선이 닿는 경우가 많았다. 피차 업무상 필요한 일이 많았기 때문이었다.

"그럼 일단 회의를 주재하십시오. 그 자리에서 제가 검찰 핑계를 대고 반응을 떠보겠습니다."

"음, 그거 좋겠군. 조 과장은 검찰 출신이니까."

"원래는 봉황시 출신입니다."

탁대는 웃으며 정정했다. 어디를 가나 꼬리표처럼 따라다니는 '출신'. 그러니 출신을 논한다면 제일 먼저 공직 밥을 먹은 봉황시 출신으로 불리는 게 옳았다.

봉황시의 거물들이 회의실에 모여들기 시작했다. 회의실 준비를 맡은 건 총무과 여직원과 송가연이었다.

"회의 중에는 아무도 못 들어오게 하세요."

탁대는 가연에게 엄명을 내리고 마지막으로 입장했다.

"오늘은 무슨 안건입니까?"

착석과 동시에 총무국장이 부시장을 향해 물었다.

"큰 안건은 없어요. 아무래도 시장님이 공석이고 선거기간이니 공직기강 확립 차원에서 모셨습니다."

부시장은 황 과장을 바라보며 말꼬리를 붙였다.

"감사실, 어때요?"

"기강확립차원에서 근태 점검에 만전을 기하고 있고 선거기간 정치적 중립을 훼손하지 않도록 계도하고 있습니다."

황천수가 서류를 넘기며 대답했다.

"직원들 하나하나 세심하게 관리들 하세요. 언론이나 시민단체가 눈에 불을 켜고 있으니 공연히 책잡히지 않도록요."

"예!"

부시장의 말에 참석자들이 입을 모아 대답했다.

"총무과장, 투개표 지원자 명단 준비도 차질 없지요?"

"야간 개표는 다음 날 업무에 지장이 없도록 유념하면서 편성하고 있습니다. 걱정 마십시오."

부시장은 참석 과장들의 업무를 하나하나 짚어나갔다.

"다들 고생이 많겠지만 어쩌겠습니까? 어떤 분이 당선되든 시장님이 올 때까지는 시정에 공백이 생기지 않도록 최선을 다해주세요."

"예! 부시장님!"

다시 합창하는 참석자들. 그 사이에 부시장의 눈이 말석의 탁대와 마주쳤다. 탁대가 끄덕 신호를 보내자 부시장은 본론의 끈을 잡아 당겼다.

"그런데 좀 반갑지 않은 루머가 들어왔어요."

"루머라고요?"

총무국장이 먼저 반응을 했다.

"조 과장, 조 과장이 설명해요. 어차피 검찰 쪽에서 온 소스니……."

부시장은 넌지시 검찰이라는 운을 띄우며 탁대에게 공을 넘겼다.

"검찰 쪽 소스라니? 무슨 일이야?"

잠자코 있던 하 국장이 탁대를 돌아보았다. 탁대는 자리에서 일어나 좌중을 향해 꾸벅 묵례를 올렸다.

"뭐 대단한 일은 아닙니다만……."

탁대는 담담하게 말을 이었다.

"아시겠지만 검찰에서는 공직 비리를 방지하기 위해 일상적으로 고위 공무원에 대한 정보를 수집하고 있습니다. 주로 지자체나 기관을 돌아가며 체크하는데 얼마 전에 봉황시 쪽에 포커스를 맞췄었나 봅니다."

봉황시!

그 단어가 나오자 좌중은 긴장하기 시작했다. 공무원 조직에서 가장 달갑지 않게 여기는 검찰과 감사원. 그중 하나가 거명된 것이다.

"우리를 타깃으로 내사 중이란 말인가?"

총무국장이 물었다.

"그냥 일상적인 조사입니다. 그런데 우리 봉황시의 일부 간부가 시의 중장기 마스터플랜 같은 비밀 정보를 공공연히 흘리고 다닌다는 첩보가 나왔답니다."

"……?"

좌중의 눈은 일제히 탁대에게 쏠려왔다. 자그마치 12명. 그러니까 24개의 눈동자였다.

8 대 1.

탁대는 세무공무원을 조사할 때를 떠올렸다. 그때의 여덟 명보다도 무려 4명이나 많은 상황이었다.

"알아보니까 다행히 내사 계획 같은 건 잡지 않은 모양인데 유사한 일이 한 번이라도 더 발생하면 수사의 칼이 겨눠질 수도 있습니다. 그러니 혹시 의도치 않게 유출 경로가 짚이는 분이 계시면 제게 귀띔을 좀 해주시기 바랍니다. 수습할 수 있으면 수습해 보겠습니다."

말을 맺으며 탁대는, 좌중을 세 덩어리로 나눠 순간 독심을 발현시켰다.

—이 친구, 검찰에 있다 오더니 지금 누구 겁주나?

—아, 검찰 그놈들은 참 할 일도 없네.

—검찰이고 나발이고 나야 꿀릴 게 없으니까.

몇 가지 반응이 나왔다. 탁대는 특별히 진완모 과장을 집중해 보았다. 그도 별다른 낌새는 없었다.

다만 주택과장 나수미의 속내가 마음에 걸렸다. 지나치게 떨고 있었기 때문이었다.

회의를 파하자 총무국장이 탁대를 눌러 앉혔다. 모두가 나간 회의장. 총무국장이 입을 열었다.

"내사 계획은 확실히 없다던가?"

"그런 거 같습니다."

"다른 건?"

"검찰에서 일어나는 일을 다 알 수는 없습니다. 이 일은 제가 업무인계를 하다가 전해들은 말입니다."

"뭐라도 나오면 나한테 바로 알려주게. 그래야 조치를 취하지."

"그렇게 하겠습니다."

"중장기 마스터플랜이라… 대체 뭐가 새어 나간 거야?"

총무국장은 고개를 갸웃거리며 회의실을 나갔다.

'또 노가다 전략으로 나가야 하나?'

단서를 잡지 못했다. 그러니 하나하나 각개격파를 시도해야 하는 것. 그건 탁대에게도 부담스러운 일이었다. 그런데, 탁대가 일어서려할 때 한 사람이 다시 회의실로 들어섰다. 나수미 과장이었다.

“뭐 두고 가신 거 있으세요?”

탁대가 묻자 그녀가 조심스레 입을 열었다.

“할 말이 있어서요!”

나수미 과장.

그녀는 주택과장이다. 봉황시에 몇 안 되는 여자 사무관. 평소에도 인품이 좋고 업무 능력이 탁월해 과를 이끄는 데 별 잡음이 없었다. 또한 소소한 주택행정 비리도 눈에 띄게 개선했다는 평을 받아 김성곽의 신임도 상당한 간부였다.

“무슨 말씀이신지…….”

탁대는 조용한 미소로 응대했다.

“아까 그 말…….”

“우리 시 장기 마스터플랜 정보요?”

“그게… 혹시 검찰에서 입수한 게 뭔지 알 수 있나요?”

나수미는 편치 않은 표정을 지었다.

“마음에 걸리는 게 있으시군요?”

“아무래도 그때 그 일이…….”

나수미의 눈동자가 불안하게 움직이기 시작했다.

“잠깐만요!”

탁대는 수화기를 들고 송가연에게 지시를 내렸다. 곧 차 두 잔이 준비되었다.

“드시고 편하게 말씀하세요.”

탁대, 검찰에서 다양다종한 협의자들을 다뤘던 경험이 있었다. 그들 중에는 이 나라를 좌지우지하는 거물 국회의원도 있지 않았던가? 그러니 봉황시 공무원들 수준에서 보면 탁대의 행동은 차라리 노련하게 보였다.

"부담 갖지 마시고요, 범죄나 처벌 차원이 아니니까요."

"그게… 서너 달쯤 전이었을 거예요."

나 과장은 찻잔을 두 손으로 감싸 쥐고 말을 시작했다.

"관련 과장과 업무회의 자리였어요. 장기적으로 주택정책안을 마련하기 위해 회의 중이었지요. 창조도시과 김민구 과장하고……."

김민구 과장, 단어 끝에서 나수미의 복잡한 감정이 엿보였다.

"김민구 과장님께 보여드렸단 말인가요?"

"아뇨. 보여주지는 않고 회의 참고용으로만 썼어요. 아무래도 필요할 때 보면서 말을 해야 오류가 없기 때문에……."

'김민구.'

탁대의 머리가 파닥파닥 돌기 시작했다.

"거의 다 끝날 무렵에 전화가 왔어요. 우리 분과 시의원이 시장님 방문 마치고 가는 길이라고. 잠깐 인사를 해야 해서 일어서다가 서류를 건드려서 흩어지게 되었어요. 그래서 대충 모아두고 배웅 인사를 하고 왔는데……."

나 과장은 남은 차를 마저 털어 넣으며 말꼬리를 이었다.

"서류가 아까보다 더 헝클어져 있는 거예요. 기분이 좀 이상하긴 했지만 김 과장에게 물어보기도 그렇고……."

나 과장은 말을 아꼈다. 그녀의 실수가 선행된 것이니 단정적으로 말하기 곤란한 모양이었다.

"다른 상이점은요?"

"헝클어진 것 말고는 없어요……."

"회의실에 남은 건 김 과장님 한 분이었고요?"

"예. 다시 회의실로 오다 보니 그 양반도 저만큼 가고 있더라고요."

"알겠습니다. 만약 그런 게 유출 경위라면 큰 문제 있겠습니까? 마침 담당 검사를 제가 아니까 이해가 되도록 말씀드리겠습니다."

"부탁해요. 실은 나도 그 서류는 비상 회의 때나 보지 잘 꺼내지 않는데 그날따라 컨디션이 안 좋아서 보면서 설명하느라……."

"아닙니다. 자세히 말씀해 주셔서 감사합니다."

탁대는 정중히 그녀를 챙겼다. 나 과장은 마음이 놓이는지 조금 홀가분한 걸음으로 회의실을 빠져나갔다.

청문담당관실로 돌아온 탁대는 팔호를 통해 김민구 사무관의 인사 서류를 넘겨받았다.

김민구!

당 56세. 25살에 행정 9급으로 들어와 주요 부서를 두루 거친 경력. 하지만 그는 그렇게 튀는 공무원이 아니었다. 그렇기 때문에 탁대와도 큰 인연이 없었다.

탁대는 그가 거친 부서를 따라 인맥을 짚어나갔다. 처음으로 눈에 띄는 사람은 경제국장 백기윤이었다. 그가 주임일 때 같은 팀이었고, 사무관일 때는 팀장으로 데리고 일한 적이 있었다. 무려 세 번이나 함께 근무한 경력.

다음으로는 총무국장 장재기. 그는 팀장일 때 주임인 김민구와 함께 일했다. 하지만 기간은 2년 이내로 길지 않았다.

마지막으로 눈에 띄는 사람은 황친수 감사과장이었다. 그가 주택과의 팀장일 때 함께 근무를 했다고 나와 있었다.

그런데!

밖에 나갔던 은돌이 하얗게 질린 얼굴로 들어섰다.

"채 주사님, 어디 아파요?"

놀란 송가연이 물었다.

"그게 아니고 지금 핵폭탄이 떨어졌어요."

"핵폭탄요?"

생각에 골똘하던 탁대가 고개를 들었다.

"제가 수도신문 기자 놈을 좀 알거든요. 방금 전화가 왔는데 우리 봉황시에 핵이 투하될 거랍니다."

"무슨 소리예요?"

"그게… 저번에 시끄럽던 초고압 변전소 부지가 우리 시로 결정될 거 같다고……."

"……?"

디롱디롱!

그 말이 끝나기 무섭게 탁대 책상의 전화기가 울렸다.

부시장이었다.

"얘기 들었나?"

부시장실에 들어서기 무섭게 성낙준이 물었다.

"방금……."

"보시게."

부시장이 출력물을 내밀었다. 신문에 앉기 전의 생 원고였다.

"수도일보에 연락해서 기사를 받았네. 지금 윤전기가 돌아가고 있다니 두 시간 후면 쓰나미가 몰아닥칠 걸세."

탁대는 서둘러 기사 원문을 읽었다.

중부권 발전소의 고위 임원은 논란이 일던 수도권 전력안전화 사업의 변전소 부지에 봉황시가 최적지로 꼽히고 있다고…….

"……!"

탁대의 눈이 깜박임을 멈췄다.

터졌다!

기어이 우려하던 일이 터진 것이다. 하지만 최악은 아니었다. 확정이 아니라 최적지에 꼽힌다는 것이 그것이었다. 아직 결정되지는 않았다는 뜻이었다.

"낭패일세. 우리가 늦은 거 같네."

부시장의 입에서 탄식이 새어 나왔다.

"아직 포기할 때는 아닙니다."

"늦었어. 신문이 나오면 당장 지역 주민들이 벌 떼처럼 들고 일어날 걸세. 지역의원과 단체장이 당선 확정되고 취임하려면 아직도 많은 시간이 필요하네."

"부시장님!"

탁대는 천천히 고개를 들었다. 긴장이 역력한 눈빛이지만 흔들림은 없었다.

"그런 말이 있더군요. 하늘은 스스로 돕는 자를 돕는다……."

"……?"

"송구하지만 제가 피의자 사살 건으로 국회에 불려갔을 때도 그랬습니다. 포기란 포기할 때 비로소 포기가 된다고 생각합니다."

"어쩌자는 건가? 우리 측 정보제공자는 단서도 나오지 않았다면서?"

"기왕 이렇게 된 거 감사실을 정식으로 투입해 주십시오. 이제는 스피드가 필요한데 제 위치에서는 효율적인 조사가 어렵습니다. 청문담당관은 감사실과 다르니 설령 해결이 된다고 해도 두고두고 월권 잡음이 나올 소지가 있습니다."

"할 수 있겠나?"

"일단은 부시장님 의지에 달렸습니다."

"나?"

"부시장님이 할 수 있다면 할 수 있습니다. 하지만 부시장님이 아니라면 할 수 없지요. 조직이란 단체장의 의지에 따라 결정되는 걸로 알고 있습니다."

탁대는 불을 뿜었다. 지난한 결정, 최고 난이도의 난관에 부딪쳤을 때 단체장이 필요하다. 그때가 바로 그들이 한 방을 보여줄 때였다.

"그렇군. 내가 잠시 본분을 망각했어. 지금은 내가 시장인데 자꾸 시장님이 올 때까지 공백만 메우려 했으니……."

"황 과장님을 부를까요?"

"그러게. 만사 팽개치고 튀어오라고 하게나!"

부시장의 눈에서도 후끈 열기가 튀어나왔다.

"와아아!"

"무능 시청 자폭하라!"

"김성곽은 후보를 사퇴하라!"

신문이 나오고 두 시간도 되지 않아 시민들이 몰려들었다.

"공무원은 각성하라. 봉황시를 말아먹냐?"

시민들은 기세를 올렸다. 조사실에 들어온 탁대는 그 광경을 내다보았다. 시민들은 맹대우의 방호원들과 경찰들이 막고 있었다. 그들은 광장을 죄다 차지하고서 북과 꽹가리를 쳐댔다.

"과장님, 김 과장님 오십니다."

문을 연 건 팔호였다. 그는 은돌이 수행해 오는 김민구를 조사실로 안내했다.

"나, 참……."

김민구는 불쾌한 표정이 역력했다. 평온하던 청사에는 단숨에 살벌한 바람이 몰아쳤다. 감사실이 전면에 나서자 온갖 구설과 풍문이 퍼진 것이다.

"죄송합니다. 사무관 이상은 전부 형식적이나마 조사를 해야 해서요."

조사의 전면에는 이팔호가 실무자로 나섰다. 그는 이제 감사실의 베테랑 공무원. 그러니 탁대는 옆에서 지원하는 형식을 취하고 있었다.

"뭔지 모르지만 바쁘니까 간단히 끝내. 사무관이 무슨 봉이야?"

김민구가 불평을 토해냈다. 탁대는 팔호에게 미리 입을 맞춘 조사를 시작하도록 신호를 보냈다.

"외부에 시 정책과 관련한 기밀정보를 누설한 적 있습니까?"

"없어!"

"변전소 설치 건에 대해서는 어떻게 생각하십니까?"

"당연히 반대지. 지금 바깥 상황 보면 몰라?"

김민구의 짜증 강도가 슬슬 높아갔다.

"소속 과 직원의 동향은요?"

"내 밑에는 그런 정신 나간 놈들 없어."

"다른 부서에서 들은 적은요?"

"없다고!"

"알겠습니다. 협조해 주셔서 감사합니다."

팔호는 거기서 조사를 끝냈다.

"지금 이게 뭐하는 짓이야? 밖에서는 시민들이 공무원 죽이려고 하는데 안에서는 우리끼리 죽이려는 거야?"

"죄송합니다."

"에잉!"

김민구는 기염을 토하고 나갔다.

탁!

문소리와 함께 짧은 정적이 찾아왔다. 탁대는 말이 없었다. 가만히 서류를 넘길 뿐. 탁대의 스타일을 아는 팔호 역시 침묵으로 호흡을 맞췄다.

'김민구는 아니다.'

탁대는 아직 가닥조차 잡지 못한 퍼즐이 혼란스러웠다. 이전에 조사를 끝낸 나수미도 혐의가 없었다.

그녀의 혐의라면 보안 서류를 흩트린 것뿐. 그녀 다음에 차례로 불려온 주택과의 팀장들과 주임급 직원들도 별다른 기색은 없었다.

나수미의 발언으로 혐의 선상에 올랐던 김민구. 그런데 그는 생각보다 쿨했다. 조직의 위기에 대처하려는 부서장의 일단이 드러날 뿐 기밀을 누설한 흔적은 없었던 것이다.

마음에 걸리는 건 두 사람 관계가 그리 좋지 않다는 것. 그건 감사실에서도 이미 파악하고 있던 사안이었다.

"다음은 장 국장님 차례입니다."

팔호가 슬쩍 운을 떼었다. 그 목소리에는 부담이 가득했다. 사실 장 국장, 자기가 먼저 전화를 걸어 조사가 필요하면 솔선수범하겠다며 절반의 자청을 한 것이다.

"모셔!"

"괜찮을까요?"

팔호가 걱정스레 물었다.

"뭐가?"

"지금까지 나온 게 없으니……."

"어차피 의례적인 조사잖아?"

탁대는 웃으며 대꾸했다.

장재기 국장!

그가 들어서자 주객이 전도되고 말았다. 팔호가 조사를 하는 게 아니라 오히려 상황 보고를 하는 꼴이 되고 말았다. 시의 살림을 책임진 총무국장이었으니 그럴 만도 했다.

"이거 괜한 일을 벌이는 거 아닌가? 발전소에서 어떤 이유로 우리 시를 낙점한 건지 알지도 못하는 상황 아닌가?"

"그렇긴 하지만 부시장님 지시라……."

팔호는 노련하게 둘러댔다. 공무원은 상명하복. 그러니 기관장의 명령이 떨어지면 죽이 되든 밥이 되든 이행하는 게 의무였다.

"어허, 이럴 때일수록 직원들을 다독여서 사기를 올려야 할 텐데……."

국장은 혀를 차며 아쉬움을 표했다.

"최대한 빨리 끝내도록 노력하겠습니다."

탁대는 국장의 입장을 고려한 멘트를 띄웠다.

"검찰에서 무슨 귀띔이 온 건 아니지?"

"그건 아닙니다."

"그럼 조 과장의 의중은 뭔가?"

"……."

"나한테도 비밀인가? 조 과장이 나선 거 보면 총대를 멘 거 아닌가? 그럼 무슨 말을 해야 지원을 하든지 할 거 아닌가?"

장재기는 탁대를 닦아세웠다. 국장의 위엄으로 윽박지르는 것이다.

'어쩐다?'

탁대는 잠시 갈등에 잠겼다. 그러다 결정을 내렸다.

장재기에게 완전 오픈하는 쪽으로. 총무국장이면 다른 사람보다 다양한 정보를 가지고 있을 터. 어쩌면 쓸 만한 정보가 있을 수도 있었다.

"일단 가장 주목하는 건 나수미 과장님 동선입니다."

"나수미? 주택과장?"

장재기는 그리 놀라지 않았다. 단지 놀라는 척할 뿐. 탁대는 그게 마음에 걸렸다. 그래서 좀 더 질러보기로 했다.

"예!"

"무슨 이유로?"

"부서 업무협의 때 의도치 않게 장기 마스터플랜 서류를 노출시켰던 모양입니다."

"그럼 나수미를 조사하면 될 거 아닌가?"

장재기, 미세하나마 태도가 적극적으로 바뀌었다.

"했습니다만 혐의가 나오지 않았습니다."

"주택과 직원들은?"

집요하게 탁대를 쏘아보며 캐묻는 국장. 마침 탁대도 그 얼굴을 보던 터라 눈동자가 허공에서 부딪쳤다. 국장은 '큼' 하며 콧날을 움찔거렸다.

"그 서류에 접근권을 가진 주임급 이상을 전부 조사했는데 아무 이상도 없었습니다."

"누가 조사를 했나?"

"제가 이 주무관과 함께 했습니다."

"약해. 아예 경찰에 고발하게."

장 국장이 잘라 말했다.

"예?"

놀란 팔호가 고개를 들었다.

"내가 조 과장 실력은 알지만 여긴 검찰이 아닐세. 좋은 말로 해서 누가 시인을 하겠나? 일 시끄럽게 만들지 말고 경찰에 고발해. 그럼 간단하게 끝날 일이야."

"그건 곤란합니다."

장 국장이 밀어붙이자 탁대가 제동을 걸었다.

"뭐가 안 돼? 내가 부시장님께 말씀 드리겠네. 뻔한 일 가지고 애들 이래? 이건 시의 미래가 달린 일이야."

"그건 압니다만……."

고개를 든 탁대는 차분하게 말을 이었다.

"혐의자가 나수미 과장님만은 아니거든요."

"혐의자가 또 있다?"

"예!"

"그게 누군가?"

"……."

"누구냐니까?"

잠시 침묵하던 탁대는 결국 입을 떼고 말았다.

"국장급입니다!"

국장급!

봉황시의 국장이라고 해봤자 고작 열 명 수준. 그중에서 보건소와 도시사업단장, 과밀인구 읍장 등을 제하면 남는 건 여섯 명. 그러니 과장단에 비하면 확 좁혀지는 수준이었다.

"누군가?"

장 국장은 작심한 듯 캐물었다.

"미리 말씀드리지만 확증은 아닙니다."

탁대가 말했다.

"나도 그쯤은 아니까 걱정할 거 없어."

"첫째는 백 국장님입니다."

"백기윤?"

"두 번째는……."

탁대는 장 국장을 바라보며 계속 말을 이었다.

"장 국장님이십니다."

"……?"

국장의 얼굴이 굳는 게 보였다. 하지만 그 얼굴은 오래지 않아 바로 펴졌다.

"하핫!"

그리고 호탕하게 웃어버리는 국장.

"좋아. 일단 누구든 혐의의 대상에서 완전히 배제될 수는 없겠지. 하지만 나는 왠가? 기왕 이 자리에 섰으니 알려주시겠나?"

"국장님은 우리 시의 모든 기밀과 보안 사업을 꿰고 있는 분 아닙니까? 그러니 당연히 배제 대상이 아니지요."

"단순히 그런 이유로?"

"물론 그건 아닙니다."

"빙빙 돌리지 말고 말씀하시게. 나 그렇게 속 좁은 인간 아니야."

두 사람이 약간의 신경전을 벌이는 동안 팔호는 숨을 죽이고 있었다.

"나수미 과장님이 보안 서류를 가지고 있을 때 김민구 과장님이 동석하고 있었습니다. 그래서 김 과장님 쪽 퍼즐을 맞추다 보니 국장님이 나오더군요. 아래 직원으로 데리고 계신 적이 있었죠?"

"그렇지. 꽤 오래 전이지만……."

"백 국장님도 마찬가지입니다."

"오라, 그러니까 연관된 사람은 다 혐의 선상에 올려두었다?"

"조사의 기본 아닙니까?"

"그럼 우선순위만 다르지 우리 시청 직원들 대다수가 혐의를 받고 있는 건가?"

"그렇습니다. 우선순위 순으로 조사를 해나갈 생각입니다."

탁대는 거침없이 대답했다. 옆에 선 팔호는 내심 고개를 저었다. 일이 이상한 방향으로 흐르고 있었다.

지금 탁대가 말하는 게 조사의 기본인 것은 맞았다. 하지만 그런 기본은 세 살 먹은 아이도 알고 있는 일이다. 동시에 가장 비효율적이며 코웃음을 살 만한 조사법이기도 했다.

"조 과장 지금 제정신인가?"

장 국장이 미간을 찡그리며 물었다.

"시간이 촉박한 관계로 감사실 직원을 더 투입할 생각입니다."

"허어!"

"국장님은 어떻습니까? 제가 듣기로 나수미 과장님과 김민구 과장님은 사이가 안 좋다고 하던데 김민구 과장님이 나 과장님 엿 먹이려고 장난을 친 것 아닌가 싶어서요."

"그 친구, 업무 문제로 나 과장과 충돌한 적은 있지만 그럴 사람은 아니야."

"국장님도 물론 아니실 테죠?"

"조 과장님!"

탁대가 이상한 방향으로 질러가자 팔호가 슬쩍 제지를 해왔다. 하지만 탁대는 말을 듣지 않았다.

"어차피 장 국장님도 조사할 예정이었잖아? 그러니 이 기회에 끝내면 우리도 시간을 벌 수 있어."

"……?"

팔호의 입이 점점 벌어지기 시작했다.

"다른 분 짚이는 건 없습니까?"

탁대는 내쳐 달렸다.

"없네."

"협조해 주셔서 감사합니다. 그렇잖아도 국장님들 조사하기가 껄끄러웠는데 국장님이 스타트를 끊어주셨으니 한시름 덜었습니다."

탁대의 헐렁한 말에 장 국장의 눈길이 박혀왔다. 허술하게 풀린 탁대의 미소를 쏘아보는 장국장. 하지만 탁대의 내심은 벼린 칼날을 세우고 장 국장에게 순간 독심을 걸고 있었다.

—한심한 놈…….

—이런 걸 과장으로 특채하다니 김성곽이도 돌았지.

—어디 잘 놀아 보거라. 마웅이 당선되면 너도 꼴까닥일 테니…….

'마웅?'

탁대, 결국 뇌리를 비집는 단어 하나를 캐내고 말았다.

"제가 보기엔 아무래도 나수미 과장님 같은데 어떻게 생각하십니까?"

탁대는 다시 한 번 헐렁한 질문을 날렸다.

"그걸 알아내려고 자네가 나선 거 아닌가?"

국장은 냉소를 뿜어냈다.

—이놈… 걱정할 필요가 없겠군.

—아무튼 기특하긴 하군. 그래도 나수미를 걸고넘어지고 있으니…….

"제가 보기엔 나수미가 맞습니다."

한 번 더 강조하는 탁대.

—그래. 나수미, 나수미 노래를 부르거라.

—그날 그 회의실에는 귀신이 다녀갔을 뿐이니까.

'귀신이 다녀가?'

그 말은 탁대를 후끈 달아오르게 만들었다. 그러나 탁대는 잘 버텨냈다.

아무런 내색도 없이 장 국장을 배웅한 것이다.

"조 과장님!"

국장이 나가자 팔호가 펄펄 뛰고 나섰다.

"왜?"

"대체 왜 이러십니까? 시나리오하고 완전 딴판으로 나가셨어요."

"그랬어?"

"무슨 감이 온 겁니까? 아니면……."

"맞아. 그분이 오셨다."

탁대는 그쯤에서 씨익 웃음을 날려 팔호를 안심시켰다.

"그분이 왔다고요? 그럼 단서를?"

"잡았지!"

"어, 어떻게요?"

"그거 알아? 범인은 범행 현장에 반드시 나타난다는 거?"

"말은 들었지요."

"우리 장 국장님, 왜 솔선수범을 한 걸까?"

"그거야 국장단 중에서도 책임이 있는 위치니까……."

"반은 맞고 반은 틀렸어."

"그럼?"

"국장님은 궁금했던 거야. 상황이 어떻게 돌아가고 있는지……."

"당연한 일 아닙니까? 지금 밖이 저 난리인데?"

"상식적으로 그것도 맞는 거 같지만 실은 누리시고 싶었던 것 같아."

"누려요?"

"나 잡아봐라 하면서!"

탁대의 입가에 야릇한 미소가 스쳐 갔다.

"그럼 설마 장 국장님요?"

"쉬잇!"

"……!"

"아직 확증이 나온 건 아니야. 이제부터 너하고 나하고 퍼즐을 완성시켜야지."

"저는 대체……."

"설명은 나중에 할 테니까 감사실에 가서 금기열이 좀 오라고 해. 그 친구가 목소리 크지?"

"그, 그렇습니다만……."

"그리고 팔호 너는 말이야……."

탁대는 팔호를 당겨 귀엣말을 전했다. 아주 은밀하게!

잠시 후, 나수미가 다시 불려오자 조사실에서는 간간히 고성이 흘러나왔다.

"그게 말이 됩니까?"

"솔직히 말씀하세요."

"지금 상황 안 보여요? 출처가 될 만한 곳은 과장님뿐인데 숨긴다고 될 일이 아니라고요!"

"자꾸 이러시면 경찰에 고발하는 수밖에 없습니다!"

금기열의 목소리는 복도까지 새어 나갔다.

그때 탁대는 계단을 오르고 있었다. 복도에는 몇몇 직원이 보였다. 조사실 안의 풍경에 귀를 기울이는 것이다. 그러다 탁대가 등장하자 언제 그랬냐는 듯이 자취를 감췄다.

"왜 이렇게 시끄러워요?"

탁대가 들어서며 물었다.

"죄송합니다. 제가 하도 답답해서……."

금기열이 머리를 벅벅 긁었다. 창졸간에 당한 나수미 역시 얼굴이 벌겋게 변해 있었다.

"이거 번거롭게 해드려서 죄송합니다."

"이런 말 뭣하지만 김 과장님도 이렇게 조사했나요?"

"당연하죠."

"그럼 할 말 없군요."

나수미는 눈살을 펴지 않았다. 심히 불쾌한 모양이었다.

"조사 끝나려면 아직 멀었나요?"

탁대는 금기열을 바라보았다.

"아닙니다. 다 끝났습니다."

금기열이 대답했다.

"그럼 그만 돌아가시도록 모셔요."

탁!

문이 닫혔다.

또각또각!

나수미의 발소리가 거칠게 멀어졌다.

"시키는 대로 했습니다만 좀 찜찜한데요."

나수미가 나가자 금기열이 머쓱한 표정을 지었다. 사무관을 닦달했으니 마음이 편치 않은 것이다.

"알아요. 하지만 진상을 규명하려면 어쩔 수 없는 일이니까 이해하세요."

"이해는 무슨 이해? 다 시를 위하는 일인데 기꺼이 해야지."

탁대의 말이 끝나기 전에 황천수가 들어섰다.

"황 과장님!"

"잘되고 있어?"

"그럭저럭요."

"애들 밤 새워 시켜먹어도 되니까 마음대로 굴려. 그저 다들 뺀질뺀질……."

"괜찮습니다. 오늘 일은 다 끝났습니다."

"끝났다고?"

황천수가 진지하게 물었다.

"어차피 서둘러서 될 일도 아니고… 해서 시원하게 치맥이나 한잔 꺾으려는데 과장님도 가시겠습니까?"

"……!"

"아니지. 과장님은 바쁘실 테니……."

탁대는 서류를 챙겨 일어섰다. 먼저 나오는 탁대의 뒤통수에 황천수의 눈길이 따갑게 걸렸다. 마뜩치 못하다는 표정이었다.

퇴근 시간, 탁대는 은돌과 송가연을 퇴근시키고 혼자 남았다. 탁대의 신경은 핸드폰에 가 있었다. 얼마 후에 벨이 울렸다.

전화를 건 사람은 표강일이었다. 그는 작금의 사태를 걱정하고 있었다.

탁대는 곧 해결될 거라고 하고 전화를 끊었다. 잠시 후에 김성곽도 전화를 해왔다. 그의 우려도 표강일의 것과 다르지 않았다. 탁대는 표강일에게 한 말을 그에게도 해주었다.

그리고 마침내 기다리던 전화가 왔다. 팔호였다.

잠시 후에 탁대가 모습을 드러낸 곳은 상가 거리였다.

"여깁니다."

기다리던 팔호가 손을 흔들었다. 그는 조용한 일식집 앞에 서 있었다.

"자리 잡았어?"

"아는 사람 통해서 간신히 잡았습니다."

"그럼 들어가지."

탁대는 팔호보다 먼저 일식집으로 들어갔다.

국(菊)실!

탁대는 세 번째 내실에 들어섰다. 그리고 바로 팔호에게 신호를 보냈다.

"으아, 과장님 되니까 쏘는 것도 다르시군요?"

팔호는 대뜸 큰 소리를 쏟아냈다.

"마음대로 먹어. 나 예전의 조탁대가 아니야!"

탁대의 목소리도 따라 올라갔다. 누가 들으면 완전 허세에 쩐 목소리였다.

"그래야겠습니다. 높은 분을 조사하려니 여간 힘들어야 말이죠."

"아, 감사실 짬밥이 몇 년인데 그런 말이야? 그냥 막 조져. 검찰에서는 새파란 검찰서기가 국회의원도 조진다고!"

"그래요? 역시 검찰은 다르군요."

"그나저나 나수미 과장 지독하네. 뻔한 일을 황새한테 놀란 조개처럼 입 딱 다물고 안 여니……."

"내일은 제가 다시 족쳐 보겠습니다. 안 되면 조사 나온 거 수합해서 경찰에 넘기자고요. 그것만 해도 과장님은 잘하시는 겁니다."

"그렇지? 역시 너는 나랑 잘 통한다니까."

"으아, 이게 바로 참돔 아닙니까? 껍질까지 있네요?"

"자자, 마시자. 내일 또 조뺑이치려면 에너지 채워둬야지."

한바탕 설레발을 친 탁대는 옆방을 향해 투시를 날렸다. 그 방에서 귀를 기울이는 건 놀랍게도 장 국장과 지적과 배진혁 팀장이었다.

"저 화장실 좀 다녀오겠습니다."

팔호가 소리 높여 내실을 나가자 탁대는 장 국장을 목표로 순간 독심을 발현시켰다.

—이놈들아. 하는 짓을 보니 차마 꼴불견이구나.

—그래. 잘들 놀아 보거라. 그래야 이 장재기의 시대가 오지.

—네놈들이 찾아 헤매는 범인은 여기 있다. 이놈들아!

여기?

그렇다면 배진혁?

탁대의 머리에 불이 확 들어왔다. 배 팀장이라면 주택과 회의실을 복도 하나 사이로 마주한 지적과의 팀장.

"자, 물 빼고 왔으니 또 마셔볼까요?"

일부러 시간을 보내고 돌아온 팔호가 또 바람을 잡았다.

"아니야. 도미도 슬슬 질리는데 다른 데 가서 2차 뛰자고!"

탁대는 팔호의 손을 잡고 밖으로 나왔다.

"과장님!"

영문을 모르는 팔호가 눈을 동그랗게 뜨며 물었다.

"쉬잇, 시청으로 가자고."

"시청으로요?"

팔호가 눈자위를 구기는 사이에 탁대는 벌써 시동을 걸고 있었다. 술이라야 그저 목만 축인 상태였으므로 문제가 될 건 없었다.

"……!"

방호장 맹대우를 앞세워 지적과 문을 연 탁대는 숨도 쉬지 않았다. 배 팀장의 책상은 뒷문에 접해 있었다. 그걸 열고 나오니 바로 주택과 회의실 문이었다.

두 발이면 닿을 수 있는 거리. 이번에는 회의실 문까지 열어두고 걸음을 쟀다. 빨리 움직이면 10초 안에 들어갔다 나올 수 있는 거리였다.

"과장님? 그럼 지적과 배 팀장이?"

"쉬잇!"

탁대는 조용하라는 사인을 보내고 실제 상황에 맞춰 점검을 했다.

지적과 뒷문에서 나와 회의실로 들어간다.

테이블 위의 서류를 펼친다.

사진을 찍는다.

돌아 나온다.

소요 시간은 정확히 8초였다. 이번에는 팔호를 회의실에서 나오게 한 후에 다시 재연해 보았다. 김민기가 복도 끝으로 걸어간 상황을 재니 6~8초가 걸렸다. 그 정도라면 나수미가 인사를 건네기 어려운 거리였다.

"과에 가서 전화 좀 해봐. 혹시 김 과장님이 사무실에 남아 있나."

탁대, 복도를 바라보며 팔호에게 지시를 내렸다.

다행히 김민구는 사무실에 있었다. 밀린 업무가 많은 데다 싱숭생숭한 까닭에 귀가하지 않았던 모양이다.

"또 뭘?"

탁대가 도시과에 들어서자 김 과장은 인상부터 긁었다. 과에 남은 직원은 두 명이었다.

"딱 한 가지만 여쭤보면 됩니다."

"말해보게. 어차피 구긴 체면인데……."

"그날 나수미 과장님과 회의실에서 업무 협의를 하고 나오셨지 않습니까?"

"그거 몇 번을 말해야 하나?"

일단 짜증부터 발사하는 김 과장.

"나와서 지적과 사무실 문 쪽으로 걸었죠?"

"그래서?"

"혹시 거기서 누굴 만났습니까?"

"아니, 이젠 사람을 시분초로 나눠서 캐묻는 건가?"

김민구가 각을 세우며 물었다.

"중요한 일이라서 그럽니다."

"권 주임 봤어. 그게 뭐?"

"권 주임?"

권 주임!

열쇠가 하나 더 나왔다.

3장

속 시원한 응징

권 주임!

그는 누구인가? 탁대가 팔호를 돌아보았다. 검찰에 가 있는 동안 시청에 이동이 있었기 때문이었다.

"지적과 주임입니다."

"……?"

"내가 지적도 하나 부탁한 거 있는데 마침 복도 끝에 서 있다가 손을 흔들더라고. 그래서 만나서 받아갔는데 그게 무슨 잘못이라도 되나?"

"아닙니다. 고맙습니다."

탁대는 꾸벅 인사를 남기고 도시과를 나왔다. 아까보다 한결 가벼운 발걸음이었다.

이 상황은 나수미에게서도 확인이 되었다. 그녀 역시 김민구가 권 주임 쪽으로 가는 걸 보았단다. 그래서 인사도 하지 않았다고 했다.

단서가 잡히자 그림도 조금 더 진전이 되었다.

우선 나수미!

김성곽이 나름 미는 여성 공무원이었다. 다리에 장애가 있는 명백한 장애인 공무원. 게다가 여성. 이런 공무원이 간부에 포진해 있으면 소위 기관 '가점'이라는 게 있다. 여성과 장애인이라는 두 가지 팩트를 우대한 모범 지자체가 되는 것이다.

물론 나수미는 능력이 있었다. 하지만 단체장으로서는 기왕이면 다홍치마. 이래저래 차기 국장감 물망까지도 오른 사람이었다.

거기서 사건 동기에 대한 감이 잡혔다. 장재기… 표면적으로는 총무국장직을 맡고 있지만 김심(金心)의 대변자라기보다 탕평책에 의해 발탁된 사람. 따라서 그 지위는 불안정할 수도 있었다.

김성곽이 재선되면 다시 장기 비전을 바탕으로 조직 개편을 할 테니 자칫 조기 퇴직 압박을 받을 수도 있는 몸. 그렇기에 토사구팽을 우려해 자구책을 쓴 것 같았다. 마웅 쪽에 붙어 영달을 누리고 싶은 것이다.

그 조짐은 군데군데 남아 있었다. 따지고 보면 팔호가 전한 변전소 찬성설도 그의 전략이었다. 상황에 따라 교묘하게 주민 의견으로 포장해서 여론을 호도하고 있었던 것.

마지막 꼼수는 나수미를 빌미로 김성곽을 연결하는 일!

'알고 보니 김성곽이 뒤로 호박씨 까며 초고압 변전소 유치 꼼수를 부렸다.'

그 시나리오를 성립시키려면 김성곽이 아끼는 과장의 한 사람,

나수미만 한 적격자도 없었다. 그러자면 나수미와 김민구를 엮는 조합도 딱이었다. 둘은 서로 사이가 좋지 않았으니까.

'약아빠진…….'

탁대는 치를 떨었다. 총무국장의 지위를 이용해 상황을 쥐락펴락 조절해 가는 장재기. 매 순간을 확인하며 실소를 금치 못하고 있을 걸 생각하니 분노가 치솟았다.

다음 날, 일찌감치 출근한 탁대는 차에서 내리지 않았다. 직원들의 출근이 꼬리를 물고 이어질 때 배진혁 팀장의 차량이 들어왔다.

"배 팀장님!"

탁대는 차에서 내리는 그를 잡아 세웠다.

"어, 조탁대……."

배진혁은 말끝을 흐렸다. 어느 정도 된 고참 6급들에게서 볼 수 있는 반응이었다. 얼마 전까지만 해도 9급이었던 탁대. 훌쩍 5급이 되었지만 기꺼이 인정하기는 싫은 것이다.

"급한 일이 좀 있어서요."

탁대는 웃으며 말했다.

"무슨……."

"저랑 같이 좀 가시겠습니까?"

"출근 체크도 못 했는데……."

"하시고 오세요."

탁대가 현관을 가리키자 배진혁의 이마에서 땀이 흘러내렸다. 잠시 후, 그는 결국 탁대 차의 조수석에 앉게 되었다. 탁대가 계속 재촉을 했기 때문이었다.

"시는 각성하라!"

"봉황시민 배신하는 공무원은 자폭하라!"

다시 시위대가 늘어나고 있었다. 탁대는 그들을 뒤로 하고 차량의 속도를 올렸다.

"여긴?"

배 팀장이 내린 곳은 바로 초고압 변전소 후보지로 꼽히는 땅이었다. 산자락으로 이어지는 숲 사이로 군데군데 비닐하우스가 보일 뿐 사람은 없었다.

"여기 어딘지 아시죠?"

탁대, 숲을 바라보며 비로소 포문을 열었다.

"글쎄……."

"모르신단 말입니까?"

"그게… 뭘 묻는지를 알아야……."

배 팀장은 뒷말을 흐렸다. 탁대의 속내를 모르니 일단 경계부터 하는 것이다.

"여기가 바로 초고압 변전소 후보지 아닙니까?"

"그러니까 그게 뭐?"

"우리 시청 간부 중에서 이곳과 관련된 보안 정보를 유출한 사람이 있습니다.

"……."

"그리고 제가 그걸 조사하는 특명을 받았고요."

그 말과 동시에 탁대는 배 팀장을 쏘아보았다. 배 팀장은 얼굴을 붉히며 탁대를 외면했다.

"그런데 왜 나를?"

두어 번의 헛기침과 함께 슬쩍 오리발을 내미는 배 팀장. 순간 탁대가 그의 정곡을 찔러 버렸다.

"범인이잖습니까?"

"내, 내가?"

놀란 배 팀장이 뒷걸음질을 쳤다. 하지만 그의 발은 땅에서 떨어지지 않았다. 이미 작심하고 나온 탁대. 접착 마법으로 그의 몸을 붙여 버린 것이다.

"이, 이게 왜 이래?"

"자수하시죠."

탁대는 묵직한 목소리로 배 팀장을 조여들었다. 순간 배 팀장의 가슴이 철렁 내려앉았다. 고속 승진의 조탁대. 하지만 그래봤자 임용된 지 몇 년 안 된 햇병아리. 그저 운이 좋았겠지라며 폄하하던 배 팀장은 탁대의 진면목을 보게 되었다.

이미 검찰밥을 먹은 탁대였다. 게다가 이제는 직급도 배 팀장 위의 서열. 지위와 관록까지 더하니 함부로 볼 일이 아니었다.

배 팀장이 당황하는 기색을 보이자 탁대는 결정타를 날렸다.

"배 팀장님 입장을 고려해 조용한 데로 모셨는데 협조하지 않으면 검찰에서 검사를 불러 인계하겠습니다."

'검사?'

"여보세요? 방 검사님?"

탁대는 아예 생각할 기회도 주지 않고 몰아붙였다. 전화기를 들자마자 통화를 눌러 버린 것이다.

"조, 조 과장님. 왜 이러십니까?"

배 팀장의 반응은 전격적이었다. 그는 탁대의 손목을 잡고 늘어졌다.

"……?"

"말, 말할게요. 말할 테니 검찰은……."

"아, 예. 수사 의뢰를 할 게 좀 있었는데 좀 더 보강이 필요하네요. 다시 연락드리겠습니다."

탁대는 대충 둘러대고 통화를 끝냈다.

"말씀하시죠."

탁대의 시선이 다시 배 팀장에게 향했다.

"그, 그게 그러니까……."

—아, 미치겠네. 이걸 다 말해야 하나?

—대체 뭐야? 사무관 이상만 조사한다더니…….

—이거 말 안 하면 검찰에 딸려가고 말하면 장 국장님이 난처해질 판…….

장 국장!

탁대는 순간 독심으로 배 팀장의 마음을 읽어냈다. 역시 장 국장이 그 핵심에 포진하고 있었던 것이다.

"장 국장님 지시였죠?"

탁대는 번민하는 배 팀장을 조여들어 갔다.

"……."

"배진혁 팀장님!"

탁대의 목소리가 확 올라갔다.

"그만 둡시다. 시간 낭비하기 싫으니 검찰에 가서 말하세요."

탁대는 숨 돌릴 틈도 주지 않고 다시 전화기를 뽑아 들었다.

"왜, 왜 이러십니까? 솔직히 나는 큰 죄 지은 거 없어요."

"시 보안 사항을 외부인과 공모해 유출하고도 죄가 없다고요?"

기선을 제압한 탁대가 핵심을 표면화시켰다.

"외부인과 공모라고요? 그건 오해입니다. 난 그저 심부름 하나만 했을 뿐이에요."

"심부름이라고요?"

"나는 국장님 지시로 나 과장님과 김 과장님이 회의하는 회의실에 들어가 서류를 흐트러트린 것밖에……."

"자세히 말하세요."

"그게 다예요. 내가 무슨 공모를 했다고 이래요?"

배 팀장은 계속 항변을 했다.

순간 독심!

탁대가 그 마음 속으로 들어갔다.

—뭐야? 일이 어떻게 돌아가는 거야?

—내가 무슨 공모…….

흐음, 배 팀장은 거짓말을 하는 게 아니었다.

"좋아요. 그럼 일단 그날의 일을 상세히 말해보세요. 하나도 빼먹지 말고……."

"그게……."

"배 팀장님!"

"알았어요, 알았다고요. 그러니까 그날……."

배 팀장은 마른침을 넘기고 나서 뒷말을 연결했다.

"우리 방이 그 회의실 코앞이잖아요. 나 과장이 나오고 바로 김 과장이 나왔어요. 아까도 말했다시피 그때 들어가서 서류를……."

"어떻게 타이밍을 잡았죠?"

"타이밍요?"

"기가 막혔지 않습니까? 나 과장이 나오고 곧 이어 김 과장님이 나왔어요. 때맞춰 주택과 권 주임은 복도 끝에서 김 과장님을 불렀고……."

"그건 문 틈으로 내다보다 마침 과장님들이 그렇게 움직이길래……."

"지금 장난합니까?"

"예?"

"배 팀장님 눈에는 내가 아직도 어리바리한 9급 신규로 보입니까?"

"누, 누가 그렇답니까?"

"자랑은 아니지만 여야의 거물 국회의원 비리도 파헤친 납니다. 내 앞에서 그런 뻔한 거짓말이 통할 거라고 생각합니까?"

"……."

"딱 한 번!"

탁대는 배 팀장을 쏘아보며 으름장을 놓았다.

"한 번만 더 기회를 드리죠."

그리고 전화를 손에 들었다. 마음에 안 들면 바로 검찰을 부르겠다는 으름장이었다.

—이건 내가 덮어써야겠군.

—장 국장님이 살아야 나도 살 것이니…….

배 팀장이 잔머리를 굴릴 때 탁대가 쐐기를 박았다.

"장 국장님 무사하지 못합니다. 괜한 충성으로 일 그르치지 마세요?"

—뭐, 뭐야? 내 생각을 알고 있어?

"모를 거 같습니까? 얼굴에 다 쓰여 있는데?"

"……?"

—조, 조탁대……. 필 받으면 사람의 얼굴 표정으로 생각을 알 수 있다고 했던가?

—그럼 내가 권 주임을 시켜 김 과장 시선을 잡은 것도?

"알고 있어요. 당신이 딱 그 시간에 권 주임을 내보내 김 과장님 시선을 붙잡은 사실."

"……?"

놀란 배 팀장이 뒤로 물렀다. 그러자 바로 엉덩방아를 찧었다. 접착 마법은 그새 해제되어 있었다.

"하던 말 계속해야죠?"

쓰러진 배 팀장 앞에 우뚝 버티고 선 탁대. 그건 차마 거인의 모습이었다.

"국장님 지시였어요. 두 분이 회의를 열자 전화가 왔었습니다. 그래서… 권 주임을 복도 끝에 세워두었어요."

사색이 된 배 팀장의 입에서 술술 진실이 흘러나오기 시작했다.

"나 과장님은요? 그쪽에도 손을 쓴 거죠?"

"그건 장 국장님이……."

"옵션은 뭐죠?"

"옵션?"

"기브 앤 테이크. 꼭 말해야 압니까?"

"그… 그……."

"말하세요."

"마웅이 당선되면 내게 과장 자리를……."

"서류는 누구누구한테 유출했어요?"

"그건 맹세코……."

"배 팀장님!"

성난 탁대가 소리치자 배 팀장은 기겁을 하며 돌아보았다. 등 뒤에서 후끈한 열기가 터진 것이다. 돌아보니 보이는 것 없었다. 허공에 가득한 화기(火氣)뿐!

"진짜입니다. 국장님도 그냥 흐트러트리기만 하라고 했어요."

"……!"

탁대의 머리에 빛 하나가 스쳐 갔다. 이제야 짐작이 되었다. 장재기는 쇼를 한 것이다. 그 서류는 장재기도 가지고 있다. 어쩌면 그 이전에 이미 유출시켰을 수도 있다. 그러니까 장재기가 원하는 건…….

'상황 만들기!'

탁대는 고개를 끄덕거렸다. 상황 만들기. 의심을 살 만한 정황. 그거면 충분했다. 오히려 배 팀장을 구슬리기 딱 좋은 조건이었다. 단순히 서류만 흩트리는 것과 사진이나 복사까지 해서 빼오는 것. 후자에 비하면 전자는 별 가책을 갖지 않아도 될 일이었다.

"몇 번 만났어요?"

생각이 정리되자 탁대는 좀 더 질러 나갔다.

"장 국장님 말입니까?"

"마웅!"

"……!"

"어차피 장 국장님 하수인 노릇을 했으니 만났을 거 아닙니까?"

"……."

"말하세요."

"두 번……."

완전히 궁지에 몰린 배 팀장. 순순히 털어놓았다.

"아는 대로 말하세요."

"조 과장님, 이러면 저 짤리는 거 아닙니까?"

저!

극겸손이 나왔다. 이제야 발등에 떨어진 불이 얼마나 심각한 줄 아는 모양이었다.

"협조해 주시면 문제 삼지 않겠습니다."

"정, 정말입니까?"

"약속하죠. 대신 다시는 정치에 관여하지 않겠다는 자술서를 쓰셔야 합니다."

"하, 하죠. 뭐든지 시키는 대로 하겠습니다."

"마웅!"

탁대의 목소리에서 위엄이 뿜어져 나왔다.

"장 국장님, 마 후보를 미는 거 맞습니다. 김 후보가 되면 자기는 밀려날 거라고… 얼굴마담 국장은 싫다고 했어요. 그래서 같이 도와주면 다음 승진에서 과장 자리 보장해 준다고……."

"마웅도 동의했나요?"

"예, 그 양반… 표강일이 출마하지 않았다지만 그래도 김 후보에 비해 열세다 보니……."

"또 누구누구예요?"

"마 후보 지지공무원들 말입니까?"

"단순 지지자는 상관없어요. 장 국장 편에 붙어서 은밀하게 도와주는 사람들 말입니다."

"그게… 열성지지자들은 복지과장과 농정과장, 그리고 도시개발과장……."

"마지막에 누구라고요?"

탁대, 귀를 의심하며 다시 물었다.

"도시개발과장 류청봉……."

"……!"

탁대의 입이 쩌억 벌어졌다.

류청봉!

그가 누구인가? 황천수, 장광혁 등과 더불어 봉황시의 청렴 공무원 3인방의 한 사람. 그런데 그가 정치에 관여하고 있다니.

"그 말 책임질 수 있지요?"

"그, 그럼요. 저도 사실은 류 과장 추천으로 마 후보를 만났습니다."

"……?"

"류 과장 같은 사람도 밀길래 김 후보보다 비전이 있을 거 같아서……."

"다음 모임은 언제 갖죠?"

"오늘 저녁……."

"어디에요?"

"계곡으로 이어지는 영양탕 집."

'영양탕.'

"일어나세요."

거기까지 들은 탁대가 손을 내밀었다. 배 팀장은 탁대의 손을 잡고 일어섰다.

"협조해 줘서 고맙습니다."

"나, 검찰에 고발하지 않는 거죠?"

"그건 걱정하지 말고 지금 당장 며칠 여행을 가세요."

"갑자기요?"

"장 국장님과 소속 과장에게 전화하세요. 친척 상(喪)을 당해서 멀리 지방에 다녀온다고……."

"그러죠."

배 팀장은 바로 장국장과 통화를 했다.

"다녀오면 모든 게 다 정리되어 있을 겁니다. 전화는 제게 맡기고 가세요."

탁대가 손을 내밀었다. 배 팀장은 마지못해 전화를 넘겨주었다.

류청봉!

사무실에 돌아와서도 그 이름이 뇌리를 떠나지 않았다. 3룡의 한 사람 류청봉. 탁대가 황천수에 못지않게 존경하는 공무원이었다.

실력과 청렴을 겸비한 사람. 그 역시 한직을 떠돌다 사무관에 임용된 지 오래되지 않았다. 그런데 벌써 권력의 향배를 따라 기웃거리다니. 탁대는 거의 멘붕 직전까지 치달았다.

"과장님, 부시장님이십니다."

생각에 골똘할 때 송가연이 수화기를 들고 말했다. 너무 골똘하다보니 벨이 울리는 것도 못들은 탁대였다.

"예, 조탁대입니다."

전화를 옮겨 받자,

—내 방으로 좀 오시게.

부시장의 호출이 떨어졌다.

"제 고장을 팔아먹는 공무원은 자폭하라!"

"세금도둑 양심도둑 공무원을 물러가라!"

오늘도 청사 마당에는 시위대가 들끓었다. 그 앞을 막아서는 의경들과 방호원들이 가여워 보였다. 저들은 왜 저 고생을 하고 있는가? 정작 비열한 음모를 자행한 사람들은 좋은 책상에 앉아 한가롭게 커피나 마시는 판에.

갑자기 슬퍼졌다.

입으로는 한 방향을 외치면서 끊임없이 자기 이익과 영달을 추구하는 사람들. 딱히 공무원 조직에 한정된 일은 아니지만 청사 안에 있다 보니 공무원 조직을 먼저 생각지 않을 수 없었다.

부시장실에는 봉황시의 유력인사들이 가득했다. 상황을 모르고 들어선 탁대는 그들을 향해 꾸벅 인사를 올렸다.

"이 사람이 바로 조탁대 과장입니다."

무슨 말이 오갔던 걸까? 부시장은 각설하고 탁대를 소개했다. 좌중의 시선이 따갑도록 탁대에게 쏠려왔다.

"앉아요."

부시장이 자리를 권했다.

"괜찮습니다."

탁대는 사양했다. 구석에 빈자리가 있었지만 편안히 앉을 상황이 아니었다.

"이번에 청문담당관을 맡았다고요?"

백발의 인사가 묵직하게 입을 뗐다.

"예……."

"작금의 상황에 대해 어떻게 생각합니까?"

"……."

"하긴 얼마 전에 검찰에서 왔다니 무슨 책임이 있겠습니까만 그래도 누군가가 대책을 내놔야 하는 거 아닙니까? 대대로 수려한 녹색도시로 살아온 우리 시에 초고압 변전소가 웬말입니까?"

백발 인사의 목소리가 높아지는 만큼 탁대는 고개를 숙였다. 죄인이다. 더구나 시의 간부가 서류를 빼돌려 협력한 바에야 무슨 할 말이 있겠는가?

"부시장 말이 당신이 이 사태를 해결할 유일한 방안이라던데 한마디 해보세요."

"그래요, 대책이 진짜 있는지 없는지 속 시원히 얘기나 들어봅시다."

유력인사들이 입을 모아 탁대를 다그쳤다.

"이 일은……."

탁대는 인사들을 바라보았다. 수심에 가득한 부시장의 시선이 탁대에게 옮겨왔다. 탁대는 좌중을 바라보며 조용히 말을 이었다.

"해결될 수 있습니다."

"……?"

방 안의 눈동자들이 일제히 뒤집어졌다.

"해결될 수 있다고?"

백발이 캐물었다.

“예!”

“이봐, 지금 순간을 모면하자는 건가? 무슨 방법으로 해결한다는 거야?”

백발 옆에서 지팡이를 든 원로가 고함을 쳤다.

“그건 보안 사항이라 말할 수 없지만 믿어주십시오.”

“믿으라고? 그럼 이번 사태는 우리가 공무원 안 믿어서 생겼나? 언제나 말만 그렇게 하지 일은 엉망으로 하니까 이러는 거잖아?”

원로는 점점 더 기세를 올렸다.

“알고 있습니다. 이는 저를 비롯한 공무원들이 백배사죄할 일입니다. 하지만 지금은 그보다 이 사태를 해결하는데 역량을 모을 때입니다. 공무원에 대한 질타는 그 후에 하셔도 늦지 않습니다.”

“저놈도 다 똑같아. 저 주둥이 나불대는 것 좀 보라지.”

흥분한 원로가 지팡이를 날렸다.

퍽!

지팡이는 탁대의 이마를 정통으로 맞췄다.

주르륵!

단박에 피가 흘러내렸다. 피 덕분일까? 인사들 틈에서 신중론이 나왔다.

“이러지 맙시다. 이럴수록 우리가 힘을 합쳐야 하는 건 맞습니다. 공무원들 하는 짓이 밉지만 어쨌든 저들이 앞장서야 해요. 그러니 이렇게 에너지를 낭비하면 안 됩니다.”

코를 타고 내려온 피가 턱을 타고 떨어졌다. 유력인사들은 호통을 남기고 퇴장했다. 탁대는 그때까지도 피를 닦지 않았다. 얼굴은 온통 피범벅이 된 후였다.

"조 과장……."

부시장이 휴지를 내밀었다.

"괜찮습니다."

탁대는 휴지를 받지 않았다.

"이해하시고 닦게나. 워낙 흥분을 하셔서……."

"저는 지금 할 일이 있으니 피는 그 후에 닦도록 하겠습니다."

"조 과장……."

"초고압 변전소 일… 보시다시피 한 시가 급하지 않습니까?"

"되겠나?"

"오늘 밤에 결정적 단서가 나올 겁니다. 그러니 잘하면 내일이나 모레에……."

"자네만 믿네."

"최선을 다하겠습니다."

탁대는 끝내 피를 닦지 않은 채 돌아섰다.

"과장님!"

조사실 문을 연 팔호와 은돌은 놀라 어쩔 줄을 몰랐다. 테이블에 앉은 탁대의 얼굴에 피떡이 가득했던 것이다.

"장 국장님을 모셔오세요."

탁대의 음성은 그 어느 때보다도 묵직했다.

'아아, 자리가 사람을 만든다더니.'

은돌은 전율하고 말았다. 비록 과장에 올랐지만 간간히 엿보이던 어린 탁대의 모습. 그 헐렁함은 간 데가 없었다.

"피라도……."

깨진 이마가 훤히 드러난 탁대를 본 팔호의 눈에도 눈물이 그렁거렸다. 탁대는 대답대신 완강한 눈빛을 뿜었다. 탁대의 신념을 잘 아는 팔호는 더 말하지 않았다.

"젠장, 이거 일이 대체 어떻게 되고 있는 거야?"

복도로 나온 은돌이 초조하게 말했다.

"잘되고 있는 겁니다."

옆에서 걷던 팔호가 대답했다.

"잘돼? 과장님이 저 꼴인데 뭐가 잘된다는 거야?"

은돌이 버럭 화를 냈다.

"그러니까 잘되고 있는 거라고요. 우리 과장님, 당신이 저 모양이라면 단서 잡은 겁니다. 이제 변전소와 관련해 보안 서류 누출한 인간들은 끝장이에요."

팔호는 확신했다. 적어도 그가 아는 탁대라면!

"……!"

조사실에 들어선 장재기를 맞이한 건 섬뜩한 분위기였다. 탁대가 아직도 피투성이로 있었던 것이다.

"무슨 일인가?"

"별일 아닙니다."

"아플 거 같은데?"

"입신양명에 눈 먼 공무원 때문에 아파하는 시민들 가슴만이야 하겠습니까?"

"……?"

"일단 앉으시죠."

"나를 오라고 한 이유가 뭔가?"

"실은 범인을 알아냈습니다."

"뭐라?"

"뜻밖에도 지적과 배진혁 팀장이었습니다."

"……?"

"그가 나 과장과 김 과장님이 업무 협의를 하던 회의실에 들어갔다 나온 걸 봤다는 익명투서가 들어왔습니다. 정황을 보니 그가 서류를 찍어 빼돌린 거 같습니다."

"사실인가?"

"아직 확인은 하지 못했습니다. 공교롭게도 그가 상을 당해 지방으로 갔다고 해서……."

"허어."

잠시 숨을 돌린 장 국장, 탁대를 보며 물었다.

"그가 어떻게?"

"그 서류를 핸드폰으로 찍거나 아니면 가지고 사무실로 가서 복사를 했겠지요. 그런 다음에 발전소 측에 넘긴 거 같습니다."

"그런 정황도 나왔나?"

"제가 밝혀내겠습니다. 일단 그 회의실에 들어간 것만 인정받으면 나머지는 뻔한 거 아닙니까?"

—뻔해?

—허어, 단순한 친구 같으니 그 서류 넘긴 사람은 바로 나라네.

—아무튼 각본대로 놀아주니 고맙군.

—그러고 보면 발전소 유 이사가 머리가 좋아. 그렇게 꼬아놓으면 혹시 뒤탈이 나도 빠져나갈 구멍이 있을 거라더니.

유 이사.

침묵하던 탁대의 눈동자가 흔들렸다. 하지만 탁대는 티를 내지 않았다. 순간 독심으로 마침내 잡아낸 결탁의 고리. 그걸 허투루 망칠 탁대가 아니었다.

"부시장님께는 방금 보고를 드렸습니다. 그리고… 국장님께도 보고를 드려야 할 것 같아서……."

탁대는 계속 헐렁한 자세를 이어갔다.

"배진혁이는 그럴 사람이 아닌데?"

"단서가 나왔지 않습니까? 연가원을 보니 3일을 냈던데 돌아보면 바로 조사에 착수하겠습니다."

"다른 단서는?"

"조사를 하다가 간부들 몇몇이 이번 선거에 모 후보를 밀고 있다는 정보를 잡았는데 어떻게 할까요?"

"누구?"

"국장님 한 분 하고 과장, 고참 팀장 몇 몇입니다."

"김 후보인가 마 후보인가?"

"김성곽 후보입니다."

탁대는 거꾸로 말했다.

"이런 썩은 인간들을 봤나? 공무원은 선거 중립이거늘……."

"그건 오늘 중으로 조사를 마쳐서 바로 보고하겠습니다."

"그러시게. 그런 인간들은 바로 고발 조치해서 본때를 보여줘야 해."

"알겠습니다."

"이제 끝났나?"

"예……."

"그럼 피나 좀 닦네. 가슴이 다 철렁 내려앉았잖아?"

"이해해 주십시오. 이래야 저도 일하는 것처럼 보이지 않습니까?"

"그, 그런 이유로?"

장 국장의 입가에 냉소가 스쳐 갔다.

"밤중이라도 조사가 끝나면 연락을 드릴까요?"

"그러시게. 그런 보고라면 자다가도 받아야지."

"역시 국장님이시군요. 앞으로 잘 부탁드립니다."

탁대는 자리에서 일어나 공손히 허리를 조아렸다. 충성심을 보여 장재기의 경계심을 허물려는 의도였다. 장 국장은 흐뭇한 미소를 머금고 조사실을 나갔다.

유 이사! 그 신상을 캐는 건 하나도 어렵지 않았다. 발전소 홈페이지에 떡하니 사진까지 올라와 있었기 때문이었다.

'이 인간이었군. 우리 봉황시에 구린내를 진동하게 한 게.'

얼굴을 확인한 탁대는 바로 은돌에게 전화를 때렸다.

"지금 당장 나가서 말이죠……."

통화를 하고 시계를 보니 오후 3시 반. 그제야 탁대는 느긋하게 복도로 나갔다.

"어머, 과장님!"

총무과를 다녀오던 수애가 놀라 소리쳤다.

"괜찮아. 아까 다녀간 지역 유지들께서 머리 좀 식히라고 구멍을 내주셨지 뭐야?"

탁대는 휘파람까지 불며 화장실로 들어갔다.

* * *

오후 6시 40분.

드디어 장 국장 차가 나갔다. 그 뒤를 이어 복지과장과 농정과장 차도 나갔다.

'류청봉…….'

아니나 다를까? 류청봉의 차도 시동을 걸었다. 배 팀장이 말한 멤버들이 출동하는 모양이었다. 그때 탁대의 전화가 울렸다. 봉황타임스의 마해종이었다.

—조 과장님, 마해종입니다.

"준비 끝났습니까?"

—그럼요. 말씀만 하십시오.

"그럼 슬슬 출발하세요."

탁대는 한마디를 남기고 전화를 끊었다. 복도로 나오자 팔호가 보였다.

"출발입니까?"

"그래."

주차장으로 내려온 탁대는 시동을 켰다. 조수석에는 팔호가 앉았다.

"조 과장님, 충성!"

입구로 나오자 하루 종일 고생한 맹대우가 경례를 붙였다. 오늘이 당직인 모양이었다. 탁대는 차에 두었던 바까쑤 몇 병을 건네주었다.

"으아, 역시 조 과장님뿐이라니까요."

맹대우는 음료수 몇 명을 행복하게 받았다. 주는 사람이 더 기쁠 지경이었다.

도로로 나오니 밖은 이미 어두웠다. 하루 종일 선거운동을 한 운동원들이 삼삼오오 돌아가고 있었다.

"넌 후보들한테 줄 안 섰지?"

운전하던 탁대가 물었다.

"그랬다간 과장님한테 죽으려고요."

"나를 겁내면 안 되고 시민을 겁내야지."

"그건 알지만 법은 멀고 주먹은 가깝다고 과장님이 더 무섭다고요."

"동향은?"

"몇몇 투서가 올라오긴 했는데 평년 수준이에요. 원래 진짜들은 소리 없이 움직이고 피라미들이 눈치 없이 파닥거리잖아요."

"오늘 월척 몇 명 건질 거다."

"예? 진짜요?"

탁대의 말에 바로 긴장하는 팔호.

"그럼 지금 변전소 서류 유출한 인간들 잡으러 가는 게 아니라?"

"겸사겸사야. 내친김에 쓸어 담으면 좋지 뭘 그래?"

"그런데 은돌 형님은 어디로 보낸 거예요?"

팔호가 물었다.

"곧 알게 될 거다."

탁대는 앞만 바라보았다. 저 멀리 어둠에 묻힌 계곡이 덩어리를 드러내고 있었다.

끼익!

차는 계곡 입구에서 멀리 떨어진 곳에서 멈췄다.

"아직 멀었는데, 왜요?"

팔호가 주변을 두리번거리며 말했다.

"만날 사람이 있거든."

오래지 않아 탁대가 기다리는 차량이 다가왔다. 차에서 내린 사람은 넷이었다. 마해종 기자와 서울에서 온 일간지 기자, 그리고 그들의 제보를 받고 온 선관위 직원 두 명…….

"팔호, 이제부터는 네가 운전해라."

탁대는 핸들을 팔호에게 넘겨주고 출발을 지시했다.

"저기예요."

한참을 달리자 계곡으로 이어지는 길이 보였다. 하지만 그 앞에는 차량과 함께 남자들이 보였다. 마웅의 지지자들이 입초를 서고 있는 모양이었다. 당장 뒤따르던 마 기자 차에서 전화가 왔다.

"그냥 들어가면 저들이 연락을 할 텐데요?"

"제가 조치했으니까 걱정 마십시오."

탁대는 마 기자의 우려를 일축했다.

"멈춰요, 더 들어가면 안 됩니다."

짐작대로 남자들 두엇이 팔을 흔들며 차량을 세웠다.

"어쩌죠?"

팔호가 물었다.

"그냥 가."

탁대는 아무렇지도 않게 대답했다.

'에라, 모르겠다.'

팔호는 지시대로 차량을 몰았다. 그랬더니… 정말 아무 일도 일어나지 않았다. 마웅의 지지자들은 멀뚱히 서 있을 뿐이었다. 탁대의 마법 때문이었다.

그 시각, 허름한 영양탕 집 안에서는 은밀한 비밀 회동이 이어지고 있었다.

"아하하핫!"

상석에 앉은 마웅은 너털웃음을 터트렸다. 오늘 발표된 여론조사 때문이었다.

"감축드립니다. 마침내 김성곽을 추월하셨습니다."

입에 침이 마르는 사람은 장 국장이었다.

"이게 다 여러분 덕분 아닙니까? 특히 장 국장님, 내가 이 은혜는 시장실에 들어가서 보답하리다."

마웅이 기염을 토했다.

"저뿐만 아니라 여기 모인 과장들도 다 힘을 합쳤습니다. 아, 봉황시의 미래를 위해서 당연한 일 아니겠습니까?"

장 국장은 충성스레 꼬리를 흔들었다.

"오다가 들으니 김성곽 진영이 초상집이 되었다고 하더군요. 그러게 있을 때 직원들 인심을 잃지 말아야지."

"김 후보는 안 됩니다. 마 시장님 같은 분들이 떡하니 들어오셔서 시정 중심을 잡아주셔야……."

복지과장도 아부신공에 가세를 했다. 분위기는 벌써 선거에 이긴 듯해 보였다.

"이제 주마가편입니다. 앞으로 여론조사가 한 번 남았죠?"

장 국장이 마웅을 바라보았다.

"그래요. 오늘 추월했으니 가속도가 붙을 겁니다. 이제 김성곽은 끝났어요. 변전소에 대해 시민들 반응은 어떤가요?"

마웅이 말했다.

"대단하죠. 하지만 걱정 마십시오. 그건 오롯이 김성곽이 흠 아닙니까? 시장님은 그저 전임 시장의 과오로 돌리시면 됩니다. 취임식하기 전에 제가 다 정지 작업을 해두겠습니다."

"그러세요. 난 장 국장님만 믿습니다."

"자, 우리 신임 시장님을 위해 건배 한 번 합시다!"

장 국장이 잔을 들어 올렸을 때였다. 느닷없이 방문이 열리며 카메라 세례가 이어졌다.

펑펑펑!

"뭐, 뭐야?"

마웅과 장 국장 등이 놀라 소리쳤다.

"선관위 직원입니다. 당신들은 선거법을 위반했습니다."

카메라 세례에 이어 등장한 두 명의 선관위 직원이 신분증을 내밀었다.

"이봐, 우린 그저 개인적인 친목을 위해……."

변명하는 장 국장의 코앞에서 마해종의 카메라가 터졌다.

"치워! 이게 무슨 짓이야?"

장재기가 손을 휘저으며 고함을 쳤다. 하지만 그는 바로 입을 다물고 말았다.

선관위 직원과 기자들에 이어 입실한 탁대 때문이었다.

"조탁대?"

"말했잖습니까? 늦게라도 선거에 줄 대는 간부들을 적발해 보고 드리겠다고?"

"……?"

"현장에 있으시니 굳이 번거롭게 보고 절차를 밟지 않아도 되겠군요."

"읏!"

상황을 파악한 장 국장이 마해종을 밀치고 밖으로 튀었다.

"잡아!"

마해종이 밖을 향해 소리쳤다. 그러자 은돌이 국장을 덮쳤다.

"이 새끼… 9급 말단 따위가 감히 국장에게?"

두 팔을 제압당한 국장이 몸부림을 치며 소리쳤다. 그 앞으로 탁대가 성큼 다가왔다.

"이놈… 조탁대……! 나를 농락했구나?"

"농락한 건 당신이야. 당신은 봉황시와 공무원 조직을 농락한 거야."

"이 대가리에 피도 안 마른 놈이 공무원에 대해 뭘 안다고……."

쫘악!

탁대는 버둥거리는 장 국장의 따귀를 후려갈겼다.

"……?"

"내가 때린 게 아니라 시민이 때린 겁니다."

쫘악!

"이건 봉황시의 선량한 공무원들이 때린 거."

제대로 강타당한 국장의 코에서 피가 주륵 흘러나왔다.

쫘악!

이어 세 번째 파열음이 어두운 하늘을 흔들었다.

"이건 때린 게 아니라 당신 피 닦아준 거!"

탁대의 눈에서 후끈 위엄이 뿜어져 나왔다. 그 눈에 압도된 국장은 입술만 움찔거릴 뿐 한마디도 뻥지 못했다.

딜롱!

그때 국장의 핸드폰에 문자가 들어왔다.

유장대 이사.

발신자 이름은 별빛처럼 또렷했다.

"확인하세요."

탁대가 핸드폰을 내밀었다. 장 국장은 순순히 패턴 암호를 풀었다.

—오늘 귀빈을 만나신다고요? 일찍 끝나면 야화로 오세요. 12시까지는 있을 겁니다.

"야화 아세요?"

탁대가 은돌과 팔호를 돌아보았다.

"내가 압니다."

은돌이 손을 들었다.

장 국장과 마웅 등은 선관위 직원들의 신고를 받고 출동한 경찰에 연행되어 갔다.

"조 과장님!"

마해종 기자가 탁대 차 쪽으로 다가왔다.

"수고 많으셨습니다."

"아닙니다. 덕분에 특종 하나 건졌어요."

"저도 덕분에……."

마 기자와 동행한 일간지 기자도 인사를 잊지 않았다.

"그보다 녹음 파일 확인하셨나요?"

탁대가 물었다.

"아, 예… 내가 설치했지만 기똥차게 나왔습니다. 완전 돌비 서라운드 스테레오예요."

"경찰서 가실 거죠?"

"당연하죠. 취재도 해야 하고 그 인간들 헛소리하면 증언도 하고……."

"가시는 길에 제게 그 파일 좀 넣어주세요."

"쓸데 있으세요?"

"예……."

"그러죠. 어차피 조 과장님 소스로 건진 건이니까요."

마 기자는 기꺼이 대답했다.

"팔호, 너도 마 기자님 따라 경찰서에 가서 상황 좀 지켜봐."

탁대가 팔호에게 지시를 내렸다.

"알겠습니다. 실시간으로 보고 올리죠."

"큰 형님은 제 차 좀 모세요."

탁대는 키를 은돌에게 넘겼다.

"또 지원 필요하면 언제든 연락하세요!"

마 기자가 손을 흔들었다. 탁대도 손을 들어 답례했다.

"으아, 아까는 조마조마해서 혼났습니다."

차가 도로에 올라서자 은돌이 가슴을 쓸어내렸다.

"업무 시간 지났고 단 둘이 있는 거니까 말 안 올려도 돼요."

"아이고, 그런 말씀 마세요. 이제 내 우상인 공무원이신데……."

"우상요?"

"솔직히 속 모르는 우리 마누라는요, 동기인데다 나이도 새까맣게 어린데 같이 근무하게 되어서 어쩌냐고 그러더라고요. 그래서 내가 이놈의 마누라 혼꾸멍을 내줬습니다. 아, 말이야 바른말이지 과장님이 보통 과장님입니까?"

"보통 과장 맞아요."

탁대가 웃었다.

"에이, 너무 겸손하지 마십시오. 오늘 직접 겪고 보니까 과장님은 공무원 아이콘 맞습니다. 일찍 와서 저 인간들 몇 시간이나 동태 감시하다가 느낀 건데 진짜 대단하십니다. 마웅이 오고, 장 국장님까지 왔을 때 숨 막혀 죽는 줄 알았다니까요."

"성실하게 부탁을 따라줘서 고마워요."

"부탁이라뇨. 지시, 아니 명령이죠. 제가 좀 둔하지만 그래도 뚝심은 남 못지않으니까 팍팍 시켜먹으세요."

"그런데… 류청봉 과장님이 안 보이더군요."

"에? 류 과장님도 이쪽 패거리입니까?"

은돌도 놀라는 표정이 역력하다. 당연한 일이다. 그 역시 봉황시의 공무원. 따라서 류청봉에 대한 풍문을 듣지 못했을 리가 없었다.

"아닙니다. 운전이나 잘해주세요."

"그럴 겁니다. 각오하세요."

은돌은 거수경례를 하고 속도를 높였다.

부우웅!

창밖으로 풍경이 빠르게 지나갔다.

'류청봉.'

왜 오지 않았을까? 어쩌면 다른 일이 있는지도 몰랐다. 탁대는 차라리 여기까지만 현실이길 바랬다. 류청봉이 쏙 빠진 상태의 공무원 선거 개입. 그러면 마음속에 심어둔 멋진 선배를 잃지 않아도 되니까.

띠롱!

그 사이에 마 기자로부터 파일이 들어왔다. 탁대는 이어폰을 쓰고 녹음 내용을 들었다. 녹음은 잘되어 있었다. 마웅과 장재기 일파들. 그들은 어떤 변명을 대더라도 선거법 위반에서 벗어날 수 없을 것 같았다.

'하지만!'

탁대는 장 국장의 전화에 들어온 문자를 떠올렸다.

유장대 이사!

더 급한 건 이쪽이었다. 장 국장이 선거법 위반으로 걸린다고 해서 초고압 변전소 건이 백지화되지는 않기 때문이었다. 봉황시로서는 변전소 백지화가 더 중요한 일이었다.

탁대는 야화 앞에서 내렸다. 야화는 고급 바 형식의 술집이었다.

"기다리세요!"

탁대는 은돌에게 당부를 남기고 계단을 밟았다. 아래로 이어지는 계단이 퍽 길어보였다.

유장대!

그는 다른 중역과 둘이 바에 앉아 술을 마시고 있었다. 둘 다 화색이 좋아보였다. 아직 장 국장의 비보를 모르는 두 사람. 그렇다면 오늘의 여론조사를 즐기고 있기에 충분했다. 장 국장의 의도대로라면 이들도 마웅이 당선되기를 바랄 테니까.

탁대는 슬쩍, 그들 옆의 빈자리에 앉아 '패닉 오브 파이어' 라는 칵테일을 한 잔 시켰다. 불의 충격, 이름이 마음에 들었다.

"역전입니다 역전, 이제 승부 끝났습니다."

유장대는 다소 흥분해 있었다.

"유 이사 진짜 대단해. 일을 이렇게 퍼펙트하게 몰고 가다니."

"그러게 제가 뭐랬습니까? 이 일은 된다고 하지 않았습니까?"

"이렇게 되면 우리도 전격적으로 움직여야겠어."

"내일 당장 발표하시죠. 지금이 적기입니다."

"송영철은 괜찮을까?"

"오늘 여론조사 보니까 그 양반도 서울에서 상대방 후보에게 허덕거리고 있더군요. 지역구도 옮긴 마당에 무슨 미련이 있겠습니까? 그냥 밀어붙이면 끝납니다."

"하긴 마웅이 당선되면 모든 과(過)를 김성곽에게 돌리면 그만이지."

"지금 봉황시는 쑥대밭입니다. 이때 못 박아버리면 땡입니다."

"장 국장이 온다나?"

"올 겁니다. 그 친구도 오늘을 얼마나 기다렸는데요."

"일단 들지."

중역이 잔을 들자 유장대도 잔을 들었다. 두 사람은 가볍게 잔을 부딪치고 입으로 가져갔다. 그래도 술을 넘기지는 못했다. 느닷없이 손에 붙어버린 것이다.

"……?

둘은 움찔거려 보지만 잔은 떨어지지 않았다. 알고 보니 잔만이 아니었다. 엉덩이도 의자에 붙어 옴짝달싹하지 않았다.

"미안하지만 봉황시 쑥대밭 아니거든요."

칵테일을 집어든 탁대가 나지막이 입을 열었다. 둘은 고개가 움직이지 않는 까닭에 뱁새눈으로 탁대를 바라보았다.

"조탁대?"

다행인지 불행인지 유장대는 탁대를 알아보았다.

"유장대, 당신이지? 봉황시 공무원을 매수해 이따위 파렴치한 작업을 꾸민 사람……."

"……."

"장 국장을 사주해 시의 보안 서류를 빼내고 그 책임을 돌리기 위해 김성곽 후보의 측근으로 꼽히는 나수미를 희생양으로 삼은 치졸함……."

"……."

"장 국장의 흔들리는 입지를 교묘하게 파고들었어. 거기까지는 박수!"

짝! 짝!

탁대는 간결하게 두 번의 박수를 쳤다. 바텐더가 잠시 눈길을 줬지만 별것 아니라는 사인을 보내 관심을 끊었다.

"하지만 한 가지를 간과했어. 그게 뭔지 알아?"

"으……."

"봉황시 공무원을 너무 물렁하게 보았다는 것."

"……."

"보아하니 나에게 관심이 있는 모양이군. 그럼 기억하시려나? 내가 검찰에서 난해한 사건들을 해결한 거."

"으……."

"그리고… 필이 꽂히면 피의자의 얼굴에서 생각을 읽어낼 수도 있다는 거."

"……."

"지금 필 제대로 꽂혔거든!"

"으……."

탁대가 후끈 위엄을 뿜어내자 둘의 신음이 더 높아졌다.

—제기랄, 장 국장이 걸린 건가?

—이놈이 다시 봉황시로 왔다길래 찜찜하더니만…….

"장 국장, 걸렸어!"

"……!"

"그리고 찜찜하면 그만 물러났어야지."

"……!"

단 두 마디의 응수에 유장대는 혼비백산을 했다. 매 순간 자기의 생각을 읽고 있지 않은가?

"지금 장 국장을 경찰에 처넣고 오는 길이야. 확인해도 좋아."

탁대의 말과 동시에 유장대는 바로 접착 마법에서 풀려났다.

쨍그랑!

덕분에 잔이 손에서 떨어져 박살이 났다. 탁대는 친절하게도 앞에 쌓인 잔 하나를 밀어주었다. 그리고 더 친절하게 유장대의 핸드폰을 가리켰다.

"여, 여보세요……."

유장대는 벌벌 떨며 통화를 했다. 그는 몇 마디 묻고는 바로 전화를 끊었다.

"나는 알고 있어. 당신이 어떤 잔머리를 굴렸는지. 이미 장 국장에게서 다 들었거든."

"……!"

"그걸 언론에 밝히면 어떻게 될까? 발전소가 정당한 방법으로 변전소 후보지를 물색한 게 아니라 매수와 수뢰, 뇌물과 불법을 동원해 선정한 걸 국민들이 알면?"

탁대의 준엄한 시선이 두 사람에게 쏟아졌다. 기선을 제압당한 둘은 여전히 한마디도 대꾸하지 못했다.

"온당한 방법이라고 국민들이 박수를 쳐 줄까?"

"……."

"시민의 이름으로 명령하건대 내일 당장 이 더러운 후보지 선정 공작을 백지화하고 정당한 방법으로 후보지를 물색해."

"……."

"그리고 적정하게 선정한 후보지라고 해도 송전철탑 대안으로 선로 지중화와 초전도 케이블을 설치할 것."

"그, 그건 어렵습니다."

유장대가 간신히 입을 열었다.

"왜?"

"아직 세계적으로 765㎸는 개발된 사례도 없고 기술적으로도……."

"기술이 없으면 이 따위 편법 공작이나 하고 다닐 시간에 개발하면 될 것 아닌가? 그리고 세계적 사례가 없으면 연구해서 그 기술을 수출하면 되고!"

탁대가 소리쳤다. 잔머리 굴릴 시간은 있고 기술 개발할 시간은 없단 말인가? 뇌물 먹이고 술 처먹일 돈은 있고 투자할 돈은 없어?

"이건 봉황시민만의 명령이 아니야. 당신네 더러운 작태를 파헤친 내 명령도 아니야. 낡은 법을 믿고 잔머리만 굴려대는 파렴치한 당신네 기관에 내리는 국민 전체의 명령이라고!"

"으으……."

"아니면 내일 이맘때, 당신들은 경찰서에서 장 국장을 만나 사이좋게 세세세 하게 될 거야."

탁대는 그 말을 끝으로 일어섰다.

"아!"

순간 탁대는 뭔가 잊은 게 있는 듯 돌아섰다. 탁대가 잡은 건 아직 입도 대지 않은 칵테일이었다.

좌악!

탁대는 칵테일을 둘을 향해 뿌렸다. 그리고 이 한마디를 잊지 않았다.

"당신들이 마셨으니 같이 계산하도록!"

밖으로 나오자 잠시 현기증이 났다.

"과장님!"

은돌이 달려와 탁대를 부축해 주었다.

"괜찮습니까?"

"예, 덕분에……."

"일은?"

"모르죠. 마지막 선택은 언제나 사람이 하는 거니까요."

탁대는 하늘을 보았다. 한없이 푸른 밤하늘에서 별빛 몇 개가 반짝이고 있었다.

류청봉!

출근시간이 되기도 전에 탁대는 조사실에서 류청봉을 기다렸다. 옆에는 팔호가 서 있었다. 탁대의 말을 전해 들은 팔호 역시 한숨을 쉬었다. 팔호에게도 그건 안타까운 일이었다.

밤사이에 청사는 한 번 더 뒤집혔다. 마웅과 장 국장 등의 선거개입 뉴스가 나간 것이다. 현직 고위 공무원들이 집단으로 연루된 대사건. 경찰은 참고인으로 수십 명의 간부를 소환한 마당이었다.

"조 과장!"

부시장과 긴급회의를 마친 황천수가 문을 열고 들어왔다.

"황 과장님……."

"미치겠군. 일이 이렇게 될 줄이야……."

"……."

"장 국장 이 양반, 사단을 내도 분수가 있지 이거 시민들 앞에 얼굴을 들 수가 있나?"

"……."

"자네는 언제 알았나?"

"어제……."

"허어, 그래도 자네가 봉황시로 왔으니 망정이지……."

"충격이 크십니까?"

"말이라고 하나? 시가 생긴 이후로 최악이야."

"제 마음은… 그 최악에 방점이 하나 더 남았습니다."

"……?"

탁대의 말을 간파한 황 과장이 파뜩 고개를 들었다.

"충격파가 아직 남았단 말인가?"

"예."

"누군가?"

"……."

"말하시게. 이 마당에 감출 게 뭐야?"

"류청봉 과장님입니다."

"류… 누구?"

"유감스럽지만……."

"류청봉?"

"예."

"세, 세상에……."

황 과장이 휘청 중심을 잃고 넘어갔다. 팔호가 다행히 그를 부축해 주었다.

"그게 사실인가?"

"거의……."

"허어, 그 친구가 왜? 이제 과장까지 단 마당에……."

"지금 오실 겁니다."

탁대의 말이 끝나기 전에 류청봉이 조사실 문을 열었다.

"류 과장!"

"죄송합니다!"

복도에서 들은 걸까? 류청봉은 이미 체념한 모습이었다.

"우리 조 과장에게 찍혔다면 빼도 박도 못하겠지요. 정말 면목이 없네."

"자네가… 자네가 마웅 편에?"

"……."

"왜? 왜 그랬나? 이제 사무관이 되어 꿈을 펼 수도 있는 판에?"

"피해 의식이지요, 뭐."

류청봉이 씁쓸하게 미소 지었다.

"피해 의식?"

"우리 셋… 일만 죽도록 하며 고생 좀 했잖습니까? 그러다 과장 자리 하나 차지하게 되니 그 생각이 나는 겁니다. 그래서 이참에 줄 좀 잘 서서 다시는 아부꾼들에게 밀리지 않는다는 게……."

"이, 이 사람……."

"하필이면 마웅이 또 내 중학교 선배 아닙니까? 자기 밀어주면 차기 국장 자리 하나 만들어준다기에 이런저런 자문을 하다 보니 깊이 엮이고 말았습니다."

"류 과장……."

"어쩐지 어젯밤 모임에 가기 싫더라고요. 그래서 핑계 대고 빠졌는데 그런다고 뭐가 변하겠습니까? 그러던 참에 조 과장이 보자기에 다 끝났구나 싶었지요."

"허어!"

"이놈의 자리가 뭔지… 내가 잠시 눈에 뭐가 쓰였던 모양입니다."

"허어, 허어!"

"경찰에 가서 다 말할 생각입니다. 장 과장님은 따로 못 뵈었는데 정말 미안하다고 전해주십시오."

이미 결단을 내린 듯 류청봉은 황천수를 향해 꾸벅 인사를 올렸다.

탁!

"……."

문 닫히는 소리와 함께 침묵이 찾아들었다. 탁대도, 황 과장도, 팔호도 입을 열지 않았다. 침묵은 전화벨 소리로 인해 깨졌다.

"감사합니다. 감사실 이팔호입니다."

팔호가 전화를 받았다.

"조 과장님, 지금 당장 부시장님 실로 오시라는데요?"

"알았어."

그렇잖아도 무거운 분위기에 눌렸던 탁대는 바로 복도로 나왔다. 그런데 복도가 술렁이고 있었다. 슬쩍 총무과 안을 바라보니 직원들이 죄다 텔레비전 앞에 모여 있는 게 보였다.

"부시장님!"

탁대는 부시장실을 열었다. 그러자 부시장이 한달음에 달려와 탁대를 안으며 소리쳤다.

"이 사람, 자네가 해냈어. 해냈다고!"

"……?"

"보게나. 발전소 측에서 봉황시 초고압 변전소 설치 건을 백지화하고 추후 신기술의 개발 추이를 봐서 적합한 후보지를 다시 결정하겠다고 발표했어!"

와아아!

여기저기서 벅찬 환호가 터져 나왔다. 각 과의 사무실과 민원실, 심지어는 마당의 시위대들 사이에서도.

"그나저나 장 국장 일은 어떻게 된 건가?"

잠시 흥분이 가라앉자 부시장이 물었다.

"……."

"말하기 곤란한가?"

"일단 경찰이 수사 중이니……."

"나는 선거법 위반이 아니라 초고압 변전소 건을 묻고 있는 걸세."

"장 국장님이 보안 서류를 유출한 건 사실입니다."

"관련자는?"

부시장이 탁대를 바라보았다.

"없습니다!"

탁대는 잘라 말했다.

"없어?"

"이 일은 이쯤에서 덮어두시는 게 좋을 듯싶습니다."

"으음……."

부시장이 장고하기 시작했다.

덮고 가기.

탁대는 이 문제에 대해 심각하게 생각해 보았다. 보안 서류 유출에 관계된 사람은 배 팀장. 하지만 그는 실제 서류 유출에는 관계하지 않았다.

기타 장 국장 지지파들은 서류 유출보다는 선거관련자들. 그런데 그들은 지금 경찰 조사를 받고 있다. 장 국장 역시 현장에서 잡힌 몸. 그것만으로도 그는 처벌을 면할 수 없다. 그러니 서류 유출

문제는 더 쑤시지 않는 게 이득이라고 판단했다.

지금은!

흐트러진 조직을 일으켜 세울 때였다.

"조 과장 의견을 참고하겠네."

부시장도 결단을 내렸다. 그 역시 노련한 행정전문가. 선거 열풍의 와중에 조직을 들쑤시는 게 바람직하지 않다는 건 탁대보다도 잘 아는 까닭이었다.

"그러고 보면 전임 시장님의 신의 한수였군."

"네?"

"조 과장 말이야. 이럴 줄 알고 조 과장을 스카웃해 온 것 같지 않나?"

"우연입니다."

"아닐세. 나도 실은 며칠 동안 잠을 못 잤네. 변전소 건이 해결되지 않았다면 봉황시는 변전소가 완공될 때까지 반목과 불화로 날을 새웠을 걸세. 첨예한 대립과 갈등이 계속될 테니까."

"……."

"이건 개인적인 생각이지만 김성곽 후보가 당선되었으면 좋겠군. 이런 혜안이시라면 나도 최선을 다해 다시 모시고 싶네."

"그럼……."

부시장의 미소를 바라본 탁대가 질문 하나를 던졌다.

"지역의원 선거는 어떻게 생각하십니까?"

"글쎄… 의원 선거는 내심 이종갑 지지자네만……."

"그분의 공약이 마음에 드시나보군요?"

"그건 아닐세. 실은 표강일 씨가 인물이나 역량 면에서 발군이지만 그분 때문에 변전소 건도 돌출된 거 아닌가? 그 양반이 송영철 의원 자리를 밀고 오는 바람에 힘의 공백이 생기면서……."

"그렇군요."

탁대는 더 말하지 않았다. 부시장 역시 표강일을 지지하고 있다. 다만 인간은 감정의 동물. 그렇기에 시에 평지풍파를 야기한 아쉬움에 대한 토로일 뿐이었다.

"아무튼 수고했네. 오늘 밤부터는 발 뻗고 잘 수 있겠어."

탁대는 부시장의 신임을 어깨에 걸고 복도로 나왔다.

"조 과장님!"

언제 모여든 것일까? 복도에는 사람이 많았다. 너무 많아서 한 발도 더 나갈 수 없었다.

"얘기 들었습니다. 이번 일 수훈자가 조 과장님이시라면서요?"

맨 앞줄에는 맹대우가 서 있었다. 그 뒤로 보이는 팔호와 은돌, 그리고 수애, 용석봉 팀장과 수많은 얼굴들…….

"아닙니다. 다 여러분 덕분입니다."

탁대는 겸허하게 대답했다.

"여러분, 우리 조 과장님을 위해 박수 한 번 쳐드립시다."

용석봉이 바람을 잡자 일동 손바닥이 터져라 박수를 치기 시작했다.

"진짜 고맙습니다. 시위대 막느라 고생했는데 이제 한숨 놓게 생겼어요."

가장 좋아하는 사람은 맹대우와 방호원, 청원경찰들이었다. 청사 방호와 안전이 그들의 직무였기에 가장 고생을 한 탓이었다.

"저기요 방호장님!"

탁대는 맹대우의 귀에 대고 가만히 속삭였다.

"예? 정말입니까?"

맹대우의 눈이 휘둥그레졌다.

"그럼요, 이따 봬요."

탁대가 찡긋 윙크를 날렸다.

"충성!"

그러자 맹대우가 복도가 떠나가도록 큰 소리로 경례를 붙여왔다. 그걸 바라보던 은돌과 팔호, 재광 등도 얼떨결에 경례를 붙였다.

"과장님, 진짜……."

사무실로 돌아오자 은돌의 눈이 출렁거렸다. 아직도 감격을 다 내려놓지 못한 모습이었다.

"왜 그래요? 눈병 걸렸어요?"

탁대는 모른 척 염장을 질렀다.

"그래요. 눈병 걸렸습니다. 왜요?"

"그럼 안과 다녀오시든가……."

"진짜 고맙습니다. 과장님!"

"또 뭐가요?"

"저를 과장님 밑으로 끌어주셔서……."

"끌긴 누가 끌어요. 젊고 새파란 신입 하나 보내 달랬더니 다 늙은 동기를 보내서 일 시켜먹기도 편편치 않은데……."

탁대는 공연히 투덜거렸다.

"아무렇게나 말해도 다 압니다. 과장님이 내 생각 많이 해주는 거…….”

“아, 진짜… 그렇게 물러터져서 어디 8급 달겠어요?”

“네? 8급요?”

“달기 싫어요? 이만한 공 세웠으면 이번 승진에서 8급은 문제없을 텐데…….”

“과장님!”

“분위기 괜찮을 때 승진 밀어볼 테니까 의젓하게 좀 구세요. 9급으로 퇴직할 수는 없잖아요.”

“으악, 과장님!”

은돌의 눈에서 결국 눈물이 한 방울 떨어지고 말았다.

“어휴, 과장님은 진짜 왜 저까지 울리고 그러세요.”

옆에 있던 송가연도 눈시울을 붉힌다. 기쁨이란 원래 전염성이 강한 법이다.

“송 주임은 채 주사님의 공적 조서나 하나 만드세요. 봉황시에서 최고로 삐까번쩍 고급지게!”

“간부급 선거 개입 일망타진이라고요?”

“뭐 그것도 나쁘지 않죠.”

“에이, 일망타진은 과장님이 한 거잖아요.”

“어허, 저러니까 아직도 승진을 못 하고 있지. 원래 과장 공로가 직원 공로고 직원 공로가 과장 공로예요.”

“에? 그런가요?”

“됐으니까 내려가서 도시과장님하고 주택과장님 좀 모셔 와요. 옆쪽 조사실로.”

“알겠습니다.”

은돌은 거구를 뒤뚱거리며 뛰어나갔다.

"채 주사님, 꼭 애기 같아요."

그 모습을 본 송가연이 쿡 하고 웃었다.

"그래도 대단하신 분이에요. 50대 중반에 공무원 시험 도전, 그거 아무나 하는 거 아니거든요."

"그건 저도 존경해요. 우리 아빠 같으면 어림도 없어요."

"송 주임, 인사주임 알죠?"

"예… 전에 같이 근무한 적 있어요."

"이번에 8급 자리 나면 무조건 채 주사 밀어달라고 하세요. 나도 여기저기 지원할 테니까요."

"뭐, 제가 이번 사안 보니까 채 주사님 무조건 승진이세요. 원래도 승진 서열인 데다 조 과장님 휘하잖아요."

"내 휘하요?"

"모르세요? 지금 여직원들이 저 부럽다고 난리예요. 과장님 잘 만났다고요."

"하핫, 얌전한 고양이가 부뚜막에 전문적으로 올라가는 거 모르세요?"

"네?"

"아, 그런 게 있어요."

탁대는 웃음으로 대화를 마무리했다. 어떤 말을 해도 나쁘지 않은 날이었다.

김민구 과장!

나수미 과장!

서열상으로는 나수미가 위였다. 비전도 나수미가 앞섰다. 이제 김성곽의 당선은 확정적이었다. 선거법 위반 현장을 들킨 마웅이 사퇴할 건 뻔한 이치기 때문. 아니 설령 무죄가 어쩌고 정치 공작이 저쩌고 하며 버틴다고 해도 승산은 거의 없었다. 그렇다면 김성곽 라인으로 분류되는 나수미가 더욱 압권.

하지만 그건 나중의 일이다. 당장은 사건 조사로 불거진 두 사람의 앙금을 가라앉혀 주어야 했다.

"앉으세요."

두 과장이 조사실에 들어섰다. 탁대는 자리를 권했다. 둘은 아무 말 없이 의자를 당겨 앉았다.

"먼저 두 분께 심심한 사과를 드립니다."

포문은 탁대가 열었다.

"아시겠지만 워낙 사안이 중대한 일이라 경우 없이 조사를 하게 되었습니다. 그 와중에 결례가 많았을 테니 일천한 제 경력을 고려해 양해해 주시면 고맙겠습니다."

"……."

두 과장은 여전히 침묵했다.

"다행히 변전소 문제는 해결되었지만 회의실 서류 문제는 아직 해결이 안 되었죠?"

자리에서 일어난 탁대가 나 과장을 바라보았다. 그녀의 입술은 완강하게 닫혀 있었다. 반대편의 김 과장도 마찬가지였다. 서류에 손도 대지 않고 오해를 받은 김민구. 그 역시 불쾌할 수밖에 없었다.

"그 범인은 제가 잡았습니다."

창문 옆으로 다가선 탁대가 천천히 운을 떼자 두 과장이 고개를 들었다.

범인!

탁대는 테이블 가운데 놓아둔 서류를 바라보았다. 등 뒤에서 바람이 느껴졌다. 처음부터 열어둔 창문 하나. 순간, 탁대는 창문 하나를 더 열었다.

휘잉!

바람은 테이블 위의 서류를 뒤집어놓았다. 탁대는 얼른 창문을 닫았다.

"방금 두 분은 범인을 보셨습니다."

탁대의 눈은 테이블 위에서 흐트러진 서류에 꽂혀 있었다. 두 과장의 눈도 서류 쪽으로 향했다. 그 날과 똑같지는 않지만 멋대로 흩어진 서류들. 그걸 보고서야 나수미의 눈에서 힘이 빠지기 시작했다.

"그날 회의실의 범인은 바람이었습니다. 제가 몇 번이고 실험해 보았거든요."

물론 거짓말이었다. 그러나 충분히 가능한 일이기는 했다.

"그럼 누가 서류를 유출했다는 거죠?"

나수미가 비로소 입을 뗐다.

"제가 발전소 측 관계자들을 만났는데 유입 경위는 함구하고 있습니다. 누군가 의도치 않게 누설하거나 우연의 일치일 수도 있는데 아무튼 변전소 건설이 백지화되어 우리의 목적이 달성되었으니 일일이 따질 사안이 아니었습니다. 우리도 선거법 위반으로 많은 간부들이 딸려가 뒤숭숭한 판이라……."

"됐네. 나는 내가 범인이 아닌 거면 족해."

듣고 있던 김 과장이 말했다.

"그럼… 나도 미안하게 되었어요. 김 과장님을 의심한 건 정말 아닌데 자칫하면 내가 의심받을 처지가 되다 보니……."

그게 신호였을까? 나수미의 목소리도 누그러지기 시작했다.

"나도 마찬가지지요. 뭔지도 모르는 서류를 내가 유출했다니 말이 되어야 말이지."

"여러 모로 제 조사가 신중하지 못했습니다. 사안이 워낙 촉박하여 두 분 입장을 충분히 고려하지 못했으니 섭섭한 건 죄다 제게 돌리시고 모쪼록 두 분은 오해 없으시기 바랍니다."

"아니에요. 그렇잖아도 부시장님께 불려갔었는데 부시장님이 조 과장님에게 전권을 주었다고 하더군요. 그 와중에 섭섭한 게 있더라도 무조건 이해하라고……."

"뭐, 그건 나도 마찬가지라네."

김민구 과장도 한마디 거들었다.

두 과장의 반목은 그렇게 끝났다. 김 과장이 손을 내밀었고 나수미가 잡은 것이다.

'다행이야!'

탁대로서는 마음의 짐 하나를 내려놓는 순간이었다.

"여기 세워요."

점심시간, 탁대는 은돌에게 기사식당을 가리켰다.

"여기 말고 다른 데로 가시죠. 좋은 데도 많은데……."

"그냥 세워요."

탁대가 말하자 은돌은 좁은 주차장을 비집고 들어갔다.

"기사 식당은 택시기사들만 가는 데인 줄 알았어요."

뒤에서 내린 가연이 말했다.

아직도 이런 사람들이 많다. 기사식당은 택시기사 전용. 중소기업은행은 중소기업 전용. 그럼 전주 식당은 전주 사람들만, 대구 식당은 대구 사람만 가야 하는 걸까?

"자, 들어갈까요?"

탁대는 익숙하게 앞장을 섰다.

드륵!

문이 열리자 바로 낯익은 얼굴들이 쏟아져 들어왔다. 맹대우와 우만기 등의 방호원과 청원경찰들이었다.

"조 과장님!"

나이 먹은 맹대우가 먼저 달려와 탁대를 반겼다.

"자, 조 과장님에게 박수!"

맹대우, 툭하면 박수다. 테이블 세 개를 차지한 무리가 박수를 치자 식당 안이 떠들썩하게 변했다.

"죄송합니다."

탁대는 머쓱한 듯 다른 손님들에게 양해를 구했다.

"아이고, 절대 괜찮습니다. 저기 맹 반장님에게 다 들었어요. 우리 시에 초고압 변전소 못 들어오게 하신 분이라면서요? 가게가 떠나가도 좋으니까 박수 마음껏 치세요!"

옆자리의 손님이 호응하자,

"당연하죠. 어떤 놈이 뭐랍니까? 누가 뭐라면 우리한테 말씀만 하세요."

하고 뒤편 테이블도 호응을 해왔다.

"자자, 앉으세요."

맹대우가 권한 건 상석이었다.

"그 자리는 방호장님이 앉으세요."

탁대는 오히려 맹대우에게 자리를 양보했다.

"에이, 그래도 과장님이신데… 더구나 그냥 과장님입니까? 우리 시에서 제일 멋진 분이신데……."

"그거 알아주는 사람이 바로 방호장님이시거든요. 그리고 오늘 자리는 제가 고생하신 여러분에게 쏘는 자리니까 당연히 고생한 사람이 앉아야죠. 뭐해요? 채 주사님."

탁대는 은돌에게 눈짓을 보냈다. 한 덩치 하는 은돌은 반 완력으로 맹대우를 상석에 눌러 앉혀 버렸다.

"하핫, 좀 봐주십시오. 우리 과장님 한 번 한다면 하는 거 아시죠?"

은돌은 사람 좋게 웃었다.

"에라, 모르겠다. 조 과장님이 챙겨줄 때 앉아야지 다른 과장이 누가 우리 같은 걸 챙겨주나?"

맹대우가 너스레를 떨자 일동이 또 웃음바다를 터트렸다.

테이블을 장식한 건 돼지갈비와 김치찌개였다. 기사식당인 까닭에 10여 명이라야 10만 원도 되지 않았다. 아직 호봉이 높지 않은 탁대. 적은 돈은 아니었지만 기꺼이 쏠 용의가 있었다.

"잘 먹겠습니다!"

맹대우와 우만기를 필두로 일동 합창을 해왔다. 그리고 우적우적 잘도 먹었다. 소외받은 직종의 직원들. 잘나가는 과라면야 이런 수고 뒤에 당연히 따를 회식이지만 이들에게는 그런 것조차 없었다. 그렇기에 작은 대접조차 이렇게 고마워하는 것이다.

하지만!

이들의 밀알 같은 수고가 없다면 어떻게 시청이 돌아갈 수 있을까?

어느 암 병동의 청소부가 말했다. 자기는 의사와 똑같은 고귀한 사명을 수행 중이라고. 비록 청소를 하고 종이나 쓰레기를 치우는 업무지만 그 또한 환자들에게는 진료만큼 중요한 일이란다.

의사는 알까?

그가 있어 그 병원이 아름답게 유지가 되는 걸? 탁대는 그런 생각을 하며 김치를 입에 밀어 넣었다. 아주 잘 익었다. 겸손하게 자신을 낮춘 사람들과의 식사. 돈은 탁대가 낸다지만 조금 얇아지는 지갑대신 마음이 빵빵해지는 것만 같았다.

"과장님!"

오후가 시작되는 시간, 은돌이 뽑아온 커피를 마실 때 팔호가 쳐들어왔다.

"어, 커피 타임요?"

팔호가 은돌을 바라보았다.

"잘나가는 감사실이 커피 타임도 없나?"

"잘나가긴 뭐가 잘나가요? 그나저나 오늘 방호원들하고 외식하고 왔다면서요?"

"너, 우리 과장님 뒷조사 들어갔냐?"

은돌이 눈을 부라리며 물었다.

"아이고, 그런 말 마세요. 전에도 내가 조 과장님 털다가 얼마나 식겁을 했는데……."

팔호는 손사래를 쳤다. 옛날 일이 생각나는 모양이었다.

"에? 그거 진짜냐?"

사연을 모르는 은돌은 믿기지 않는다는 표정이다.

"에이, 아무튼 그런 거 있어요. 그나저나 나만 쏙 빼놓고……."

팔호는 섭섭한 눈치였다. 심정적으로 황 과장보다도 탁대를 따르는 그였으니 그럴 만도 했다.

"섭섭해하지 마. 나중에 따로 한턱낼 테니까."

탁대가 웃으며 응수했다.

"으악, 진짜죠? 여러분이 증인입니다."

신이 난 팔호가 은돌과 가연을 향해 너스레를 떨었다.

"야, 증인이고 나발이고 남의 사무실에 와서 소란 피우지 말고 용건이나 말해라."

"에이, 형님은 진짜 한 번 털어야겠네."

"그래, 털어라 털어. 그래봤자 중늙은이 개기름 냄새하고 살비듬밖에 더 나오겠냐?"

은돌은 아예 몸을 들이밀었다.

"됐어요. 형님 보러 온 거 아니고 과장님 보러 왔다고요."

팔호는 몸서리를 치며 뒷말을 이었다.

"장 과장님이 오셨는데 황 과장님이 좀 모셔 오래요. 얘기 좀 하자고……."

장광백 과장!

그가 왔다면 류청봉 때문일 것 같았다. 탁대는 바로 팔호를 따라

나왔다.

"조 과장님!"

감사실에 들어서자 윤아가 손을 흔들었다. 수애도 그랬다. 아직까지도 감사실은, 탁대에게 있어 친정 같은 곳이었다.

탁대는 황천수와 장광백을 따라 회의실로 들어갔다.

"마셔!"

황천수는 녹차를 밀어주었다. 누구라도 쉽사리 입에 걸기 어려운 류청봉의 일. 그러니 분위기를 만들기 위해 시간을 버는 것이다.

"날씨 좋네?"

황천수의 눈이 창으로 향했다. 마음이 답답한지 창문을 열었지만 바람은 아까처럼 시원하지 않았다.

"구속이래?"

찻잔을 만지작거리던 장 과장이 결국 운을 뗐다.

"……."

"뜸 들이지 말고 얘기해. 경찰에서 통보 왔을 거 아냐?"

경찰과 감사실. 서로 업무 협조를 할 때가 많다. 그런 까닭에 황천수도 이제 경찰에 상당한 인맥을 갖고 있었다.

"젠장, 알면서 뭘 물어?"

그 한마디가 답이었다.

류청봉은 구속!

"미치겠군. 다른 사람도 아니고……."

장광백은 녹차를 원샷해 버렸다.

"컥!"

"열 길 물속은 알아도 한 길 사람 속은 모른다잖아?"

뜨거움을 달래는 장 과장에게 황 과장이 한마디를 보탰다.
"말 타면 종 앞세우고 싶다?"
"아마……."
"미친놈… 과장님, 과장님 하니까 눈에 뵈는 게 없었군. 제 분수 모르면 한 방에 훅 가는 줄도 모르고 말이야."
"……."
"이거, 나도 이제 물러날 때 되었나 보다."
"무슨 소리야?"
"다음에 권고사직 나오면 받아들이련다. 하긴 우리가 오래도 버텼지. 조 과장이 아니었으면 진작 옷 벗었을 주제들이……."
"장 과장님!"
가만히 듣고 있던 탁대가 나섰다.
"이거야 원 조 과장 앞에서 얼굴들 면목이 있나?"
"죄송하지만 그럴수록 모범을 보여주셔야죠."
"모범? 3룡의 하나가 진흙탕 속에서 뒹구는 걸 보고도 그런 말이 나오나?"
"그렇다면 세 분은 애당초 3룡이 아니라 쌍룡이었습니다."
"쌍룡?"
"제가 검찰에서 잡은 여야 거물 국회의원 사건 아세요?"
"당연하지. 조 과장 일은 손바닥 보듯 다 챙기고 있었어."
"제 생각이지만 그 두 사람은 처음부터 위민구국의 인물이 아니었습니다. 그저 그런 척 가식으로 위장하고 있었을 뿐."
"무슨 말을 하려는 건가?"
"청솔의 푸르름이 얼마나 위대한지는 겨울이 되어봐야 알 수 있다더군요.”

“…….”

“어려움이 닥쳐 봐야, 그 자리에 가봐야 그 사람의 능력을 알 수 있다는 거죠. 제가 보기에 류 과장님은 팀장 그릇이었습니다. 그 정도 자리라면 공무원으로서의 사명에 충실할 수 있었을 텐데 과장이 되니까 엉뚱한 생각이 든 거죠.”

“조 과장…….”

“하지만 두 분 과장님은 다릅니다. 지금 잘하고 계시잖아요. 그런데 왜 더불어 짐을 싸신단 말씀입니까?”

“…….”

“용이 아닌 사람이 위장막을 잃고 이무기가 되었습니다. 진정 봉황시정을 염려하는 분들이라면 이무기를 물어야 하는 거 아닙니까?”

“……!”

“공무원이라면 공사 구분이 분명해야 한다고 생각합니다. 두 분이 지금까지 명예롭게 봉황시정의 축을 지탱해 오셨다면 허튼 동정이나 갈등은 잘라내 주셨으면 합니다.”

탁대의 말은 제대로 먹혔다. 특히 장광백은 연신 고개를 끄덕거렸다.

“허어, 제대로 한 방 먹었군. 역시 큰물에서 놀다온 고기는 달라.”

그러자 황 과장이 바로 정정을 했다.

“고기가 아니고 조탁대!”

퇴근이 임박할 무렵, 탁대는 지역 유지들과 시민단체 임원들의 방문을 받았다. 그들은 탁대의 노고를 치하해 주었다. 특히 지팡이를 날렸던 원로는 인삼까지 싸들고 와 사과를 전했다.

"정말 미안하게 되었네."

"아닙니다. 공무원이 제대로 일을 못하면 당연히 야단을 맞아야죠."

탁대는 담담하게 대답했다.

"이거 먹고 힘내시게. 솔직히 고소하면 위자료도 군말 없이 물어줄 생각이네."

"고소라니요. 당치않은 말씀 마시고 인삼은 여러 어르신들이 드십시오. 그간 워낙 신경을 많이 쓰셨으니……."

"어허, 이거 거절하면 우리 또 시청 마당에 드러누울지도 몰라."

"아이고, 조 과장. 내 얼굴 봐서라도 그냥 좀 받아줘요."

유지들과 동행한 부시장이 웃으며 애걸을 했다. 그 바람에 탁대는 별수 없이 인삼을 받아 들었다. 방문객들이 돌아가고 조금 한가해질 무렵, 탁대 책상의 전화가 울렸다.

"감사합니다. 청문담당관 조탁대입니다!"

—탁대니?

수화기 속의 목소리는 마더였다.

"마더? 웬일이세요?"

—왜 이렇게 전화를 안 받아?

"아, 예… 중요한 방문객들이 오셔서……."

—지금은 통화 가능해?

"네."

—그럼 축하해. 네 딸이 나왔어.

"네?"

—혜자가 공주를 나았다고. 괜찮으면 빨리 좀 와.

"혜자가 애기를 나았다고요?"

탁대, 자기도 모르게 목청을 높이고 말았다. 그 바람에 은돌과 가연의 시선이 쏠려왔다.

"알겠습니다. 마침 일도 마무리되었으니까 지금 바로 튀어갈 게요. 아참, 혜자는 괜찮죠?"

—뭐가 괜찮아? 자연 분만할 때 애를 먹어서 너 오면 그냥 안 둔대. 각오해라.

마더는 웃음 섞인 협박으로 통화를 끝냈다.

공주!

살림 밑천이라는 첫 딸. 탁대는 심장이 쫄깃해지는 걸 느꼈다. 사실, 분만 예정일은 모레였다. 그래서 잠시 잊고 있었는데 상황이 바뀐 모양이었다.

"과장님, 득녀예요? 축하드려요."

"과장님, 축하합니다!"

가연과 은돌이 인사를 건네 왔다. 탁대는 바로 부시장에게 퇴근 보고를 하고 차에 올랐다. 그러자 은돌이 뒤따라 튀어나왔다.

"과장님, 운전은 제가 합니다."

"채 주사님이 왜요? 퇴근이나 하세요."

"왜 이러십니까? 방금 부시장님 특명 떨어졌어요. 첫 딸이라 흥분해서 사고 낼지도 모르니 병원까지 무사히 모셔다 드리라고요."

"부시장님이?"

탁대가 고개를 들자 4층의 부시장실이 보였다. 부시장 성낙준은 그 창가에서 손을 흔들고 있었다. 탁대는 꾸벅 묵례로 세심한 배려에 보답했다.

빵빵!

정문을 나설 때 은돌이 괜한 경적을 울려댔다. 차량 안내를 하던 맹대우가 고개를 빼들었다.

"방호장님, 우리 과장님 공주님 낳았답니다!"

거기다 대고 동네방네 광고를 하는 은돌.

"어? 그래요? 축하드립니다!"

"고맙습니다. 지금 병원 가야 해서 긴 말씀 못 드립니다. 내일 뵙겠습니다."

탁대는 맹대우를 향해 손을 흔들어주었다.

"조 과장님 아니에요?"

그때 청사 쪽에서 우만기가 나왔다.

"득녀하셨대."

"우와, 진짜요?"

"이거 받고 튀어가서 방호원들 하고 청경들 몇천 원씩 걷어서 꽃다발 준비해. 우리가 낄 자리는 아니지만 꽃은 보내드려야지?"

맹대우는 지갑에서 만 원짜리 하나를 기꺼이 뽑아 들었다.

"마더!"

병원으로 달려온 탁대는 신생아실 앞에 대기 중인 마더에게 다가갔다.

"아이고, 빨리 좀 오지."

마더가 손으로 허공을 긁었다. 탁대가 바쁜 걸 뻔히 알지만 애타는 심정에서 나온 말이었다.

"애기는요?"

"지금 씻기고 있대. 어여 들어가 봐."

마더는 병실 안으로 탁대의 등을 떠밀었다.

"오빠……."

침상의 혜자가 탁대를 보고 울먹였다.

"괜찮아?"

"오빠……."

그러더니 기어이 눈물샘을 터트린다. 그녀의 곁에 있던 장모도 토끼눈을 하고 고개를 돌렸다.

"예정일이 아니었잖아?"

"이 사람아, 그게 어디 혜자 마음인가? 뱃속의 아가가 나오고 싶다는 걸 어쩌라고……."

장모가 웃으며 말했다.

"신호가 오면 전화를 하지……."

"봉황시가 비상이잖아요? 그래서 보란 듯이 낳고 나서 연락하려고……."

"어이구, 이 바보……."

탁대는 혜자를 감싸 안았다. 출산 때문에 온통 비릿한 냄새들. 그래도 탁대는 그 냄새가 향기롭기만 했다.

"공주님 나와요."

잠시 후에 신생아 목욕을 마친 간호사가 들어왔다.

"아이고, 인물이 훤하네. 요 녀석 나중에 미스코리아는 문제없겠네? 그죠?"

아기 얼굴을 본 마더가 장모에게 덕담을 건넸다.

"미스코리아는 몰라도 제 아빠 닮아서 인기는 좋겠어요."

장모도 마더에게 화답했다.

아기는 세 여자를 거치고서야 탁대 품에 안겼다. 야무지게 다문 입과 꼭 움켜쥔 손. 신기하게 꼬물거리는 모습은 차라리 기적에 가까웠다.

"이름 불러줘요."

함박 같은 미소를 머금은 혜자가 말했다.

조은정!

좋은 정(情)이라는 의미다.

동환이 짓고 마더와 처가의 승인까지 떨어진 이름. 탁대는 아가를 바라보며 천천히 이름을 불렀다.

"은정아!"

무럭무럭 자라서 따뜻한 마음으로 세상에 기여하는 공주님이 되렴. 탁대는 숭고한 마음으로 뒷말을 이었다.

* * *

"지금부터 총선과 지방선거 개표를 진행하겠습니다."

은정이가 태어난 지 사흘 후에 선거가 끝났다. 마지막 여론조사에 나온 결과에서 표강일과 김성곽은 당선 안정권을 유지했다.

표강일은 턱밑까지 추격해 온 이종갑의 상승세를 잘 막아냈다. 김성곽은 반전을 이루어냈다. 선거 막판 초고압 변전소 건설 건이 터지면서 마웅에게 역전당했던 지지율이 마웅의 구속과 사퇴로 반등한 것이다. 그는 3위권이었던 후보의 선전을 무력화하면서 20% 가까운 격차를 벌렸다.

선거 결과에는 이변이 없었다.

표강일 당선!

그는 이종갑을 1만여 표 차로 여유 있게 따돌리며 금배지를 달았다.

김성곽 당선!

그 역시 전국 최고 지지율로 당선이 되었다. 마웅의 모함이 오히려 득이 된 셈이다.

"와아아!"

당선 확정이 된 자정 무렵, 탁대는 표강일의 선거사무소 앞에 있었다. 안에서는 환성이 들려오고 자정이 가까운 시간임에도 불구하고 화환들이 줄지어 도착했다.

'표 의원님.'

이제는 표 사장이 아니라 표 의원이었다.

그와 처음 만난 날, 돈 몇 푼 벌기 위해 땜빵 알바를 나갔던 탁대. 그 인연은 여기까지 달려왔다. 탁대는 그를 살렸고, 그는 탁대를 살렸다. 돌아보면 탁대의 삶에 있어 로르바흐만큼이나 숭고한 인연이었다.

'축하합니다. 진심으로!'

탁대는 잠시 김성곽 시장 쪽으로 기억을 옮겨갔다.

김성곽!

그와 탁대의 인연도 범상치 않았다. 그는 검찰에서 부유하던 탁대를 살렸고, 탁대 또한 선거에서 김성곽을 살렸다.

그러나 김성곽 앞에 선행한 건 표강일이었다. 그가 빅딜을 하지 않았더라면 어떻게 김성곽이 당선될 수 있었을까? 그랬더라면 김성곽은 오늘 패자가 되어 고개를 떨구었을 것이다. 당선의 영광은 꼼수를 쓴 마웅의 차지가 되었을 것이므로.

탁대는 공무원인 관계로 이렇게 축하를 대신했다. 마음이야 들어가 인사라도 전하고 싶지만 그건 모양이 나쁜 일이었다. 누군가 보면 줄이라도 대러 온 걸로 오해받기 십상이니까.

먼 곳에 세워둔 차를 향해 걸을 때 뒤에서 경적이 울렸다.

빵빵!

돌아보니 나 실장이 손을 흔드는 게 보였다.

"조 과장님!"

그는 바로 차에서 내려 달려왔다.

"나 실장님……."

"왜 그냥 가세요? 왔으면 들어오시지……."

"아닙니다. 신분이 공무원이다 보니……."

"아, 그렇군요. 제가 너무 좋아서 깜빡……."

"축하한다고 전해주십시오. 나중에 조용해지면 찾아뵙겠습니다."

"아뇨, 그럼 제가 의원님께 경을 칩니다. 잠깐만, 잠깐만 기다려 주세요!"

나 실장은 그 말을 남기고 사무실 쪽으로 뛰었다.

잠시 후에 표강일이 뛰어나왔다.

"조 과장!"

그는 한 달음에 달려와 두 팔을 벌렸다.

"축하드립니다. 표 의원님!"

"고맙네. 누구보다 조 과장의 축하를 받고 싶었거든."

표강일은 두 팔이 터지도록 탁대를 끌어안았다.

"초고압 변전소 건하고 마웅이 사건… 다 조 과장 작품이지? 최고였네!"

"저야 그저……."

"할 일을 했다고?"

"네!"

"당연하지. 조 과장은 할 일을 했어. 그런데 이 빌어먹을 놈의 나라가 제 할 일도 안 하는 인간들 투성이니까 이러는 거 아닌가?"

"의원님이 국회로 가면 제대로 잡아주십시오. 추락해 가는 이 나라의 기강과 정서를……."

"같이하세. 백지장도 맞들면 나은 법이야."

"제가요?"

"자네는 할 자격이 있어."

"그럼 저는 제 자리에서……."

"나는 내 자리에서……."

표강일이 환한 미소로 손바닥을 내밀었다. 탁대는 허공을 찢을 듯 하이파이브를 날렸다. 소리는 한없이 청명했고 둘을 지켜보는 나 실장의 미소도 가뜬해 보였다.

"조 과장!"

이틀 후에 김성곽이 당선 인사차 시청에 들렀다. 간부들은 다투어 그를 맞았다. 싫으나 좋으나 앞으로 4년간 지자체 공무원들의 명줄을 쥐게 될 김성곽. 그러니 눈도장을 찍는 건 당연한 일인지도 몰랐다.

김성곽!

재선 시장은 달랐다. 그는 전보다 중심이 잡혀 있었고 허튼 행동도 하지 않았다. 김성곽은 의전에 맞추려는 듯 부시장에 이어 국장들과 악수를 나누었다. 탁대의 차례는 과장 중에서도 늦었다. 과장 중에 가장 연소하고 나중에 마련된 자리이기에 탁대가 알아서 말석에 선 까닭이었다.

"이따가 들리겠네."

김성곽은 메모 한 장을 탁대 손에 쥐어주었다.

"이어, 조 과장!"

국 · 실 · 과에서 당선 사례를 마친 김성곽이 청문담당관실로 왔을 때는 정오가 가까운 시간이었다.

"시장님!"

탁대는 은돌, 가연과 함께 새 시장을 맞이했다.

"득녀를 했다고? 축하하네."

"고맙습니다."

"이번에 애 많이 썼어."

"저는 그저 시정을 위해서……."

"아니야. 자네가 아니면 그 일을 누가 했겠나? 그렇잖아도 오는 길에 표 의원님 집에 들러 감사를 하고 왔다네."

"표강일 의원님요?"

"솔직히 나도 자네를 봉황시로 다시 복귀시킬 욕심은 있었네만 마음뿐이었는데 그 양반 말이 도화선 아니었겠나? 게다가 도청하고 행자부 쪽에도 힘을 많이 써줘서……."

"아, 네……."

"장재기… 미련한 사람이지. 사실 재선이 되어도 그 친구 중심으로 공약을 챙겨 나갈 생각이라서 공약 사항 의논도 많이 했는데 그것도 마웅이에게 죄다 넘겼던 모양이더라고."

"……."

"생각해 보게나. 잠깐 쓰고 말 사람이면 진작 바꾸었지 뭣 하러 선거 때까지 두겠냔 말일세. 사람 그릇이 그것밖에 안 되니……."

"원래 좋은 분인데 시절이 어수선하니 잠시 판단을 그르친 것 같습니다."

탁대는 더 이상 장 국장을 헐뜯지 않았다.

"그건 그렇고 자네한테 이 원수를 어떻게 갚아야 하나? 부시장도 뭔가 포상을 해야 하지 않겠냐고 하던데?"

"포상이라니 당치 않습니다."

"뭐가 당치 않아? 좋은 말로 할 때 미리 얘기하시게. 아니면 내 멋대로 화끈하게 챙겨줄 테니까."

김성곽은 아예 협박조로 나왔다.

"그렇다면 원하는 게 있습니다."

"뭔가? 말씀하시게."

"사실 이번 사안은 해결하기가 쉽지 않았습니다."

"그야 당연하지. 나도 느닷없이 변전소 건설안이 새어 나오길래 낙선인가 보다 했다네. 때가 때이다 보니 간부들이나 자네를 만나 상의도 할 수 없고……."

"다행히 주변 직원들이 사명감 있게 도와줘서 진실을 밝힐 수 있었으니 제 능력이라기보다는 시장님 복인 거 같습니다."

"어허, 그만 말 돌리고 어여 본론!"

"이번에 저를 돕느라 특별히 애를 먹은 사람은 두 사람입니다. 여기 채은돌 주무관과 감사실의 이팔호 주무관……."

"……?"

채은돌! 이팔호!

탁대의 입에서 두 명이 호명되자 당사자인 은돌은 물론 김성곽도 어안이 벙벙한 표정을 지었다. 탁대는 당연한 듯 뒷말을 이었다.

"채은돌 주무관의 공이 컸으니 8급 서기로 승진시켜 주시기 바랍니다. 제가 보기엔 일을 열심히 했지만 주민센터에서 공직을 시작하고 너무 나이 먹은 관계로 표창 한 번 받지 못했고 근평 작성도 요령이 없어 매번 심사 탈락을 한 것 같습니다. 나아가 이팔호는 사명감을 가지고 임한 바, 그에 합당한 표창을 내려 사기를 올려주면 장차 봉황시의 주축 공무원으로 커나갈 양분이 되리라 생각합니다."

"푸하핫!"

탁대의 이야기를 들은 김성곽은 너털웃음을 지었다.

"시장님!"

"주지!"

김성곽이 잘라 말했다. 그러자 탁대의 얼굴이 환하게 변했다.

"하지만 다음에도 양보하면 안 돼. 그러면 내 마음대로 할 걸세."

"알겠습니다."

탁대는 토를 달지 않았다.

다음 일은 또 다음에 생각하면 되니까.

"과장님……."

김성곽이 나가자 은돌의 얼굴이 하얗게 변했다. 하지만 탁대는 시치미를 뚝 떼고는 다그치듯 한마디를 날렸다.

"남들 다 하는 8급 승진이에요. 빨리 8급 달고 막판에 7급도 한 번 노려보라고요!"

* * *

김성곽의 취임식은 처음과 사뭇 달랐다.

그는 특별한 식을 열지 않았다. 비서실장과 측근 한둘을 데리고 국실과를 돌았을 뿐이다.

'일하는 시!'

그가 새로 내건 캐치프레이즈였다. 6급 이상 간부들을 죄다 한 자리에 모아놓고 위엄을 떨치려 하던 처음과는 완전 딴판이었다.

선거 중간에 위기에 몰렸다가 기사회생한 게 결정타였다. 그때 김성곽은 완전히 해탈을 했다. 언제든 잘못하는 순간, 한방에 훅 갈 수 있다는 걸 통감한 모양이었다.

공석 중인 총무국장 자리는 이대열 환경보호과장에게 돌아갔다. 좌로도 우로도 튀지 않는 공무원. 따라서 잠시 흩어진 조직을 추스르는 데 적임자로 꼽혔다.

더불어 선거법 위반으로 자리가 빈 과장 자리 인사도 이어졌다. 탁대와 인연이 깊은 용석봉 팀장도 사무관 반열에 올랐다. 류청봉의 뒤를 이어 복지과장이 된 것이다.

하위직 인사가 도미노를 이루며 은돌도 결국 8급 행정서기 사령장을 받았다. 나이 든 은돌은 눈시울을 붉혔다. 동기 중에서는 꼴찌에서 3등. 그나마 그 둘은 민원에 휘말려 징계를 받은 사람들이었다.

"과장님!"

사령장을 받은 은돌은 제일 먼저 탁대에게 달려왔다.

"축하해요."

탁대는 진심으로 말했다.

"고맙습니다."

은돌은 아직도 상기되어 있었다. 어차피 없는 관운, 그저 9급으로 일하다 자동 승급이나 하고 퇴직하리라 체념했던 은돌이었다. 그런 차에 바로 승진이 되었으니 감회가 남다른 모양이었다.

"제가 한 턱 쏘겠습니다. 과장님!"

"아뇨!"

탁대는 고개를 저으며 말을 이었다.

"내가 쏴야죠. 그동안 채 주사님 밀쳐 두고 저 혼자 막 올라갔는데……."

"그런 말씀 마십시오. 활약으로 치면 과장님은 1급 관리관이 되어도 모자랍니다."

"아닙니다. 나도 채 주사님과 별다른 거 없어요. 다만 이런저런 일들이 나한테 집중되었을 뿐."

"그러니까 말입니다. 저라면 그 무게를 못 이기고 벌써 도망갔을 걸요?"

"아무튼 내가 쏴요. 채 주사님은 그 돈 아꼈다가 가족들에게 쏘세요. 알았죠?"

"그럼 맛있는 걸로 쏴주십시오. 기왕 얻어먹는 거……."

"어머, 채 주사님, 바로 뺀질이가 되시네."

돌변한 은돌의 태도에 송가연이 배꼽을 잡고 웃었다.

끼익!

점심시간, 탁대의 차는 봉황종고 근처에 멈췄다.

"이쪽은 괜찮은 집이 없을 텐데요?"

은돌이 고개를 빼며 말했다.

"딱 한 집 있어요."

탁대는 차에서 내려 앞서 걸었다. 그가 멈춘 곳은 바로 짜장면집이었다.

"여기 기억나세요?"

"아, 그때 우리가 9급 공무원 시험보고?"

그제야 은돌도 그곳이 어딘 줄을 알았다. 바로 역사적(?)인 짜포가 탄생한 그 곳이었다.

"들어가세요."

탁대가 은돌의 등을 밀었다. 허름한 문이 열리자,

짝짝짝!

박수가 쏟아져 나왔다. 먼저 와 있던 수애와 재광이었다.

"어, 노 주임님, 재광이?"

은돌이 수애와 재광을 가리켰다.

"어머, 8급 달더니 7급 무서운 줄 아네요? 전에는 수애야, 수애야 하더니……."

팔호에 이어 일찌감치 7급을 꿰찬 수애가 웃었다.

"당연하지. 내가 말이야 조탁대 과장님을 모시는데 동기라고 탁대야, 탁대야 하면 되겠어?"

아무런 격의 없이 만나 한 배를 탄 짜포 4인방. 그래서 그런지 은돌의 입은 자꾸만 벌어졌다.

"어머, 그러면서 은근히 과장님 이름을 부르시네. 그거 하극상인 거 몰라요?"

"에이, 그냥 예를 들어 말한 거니까 한 번 봐주세요. 감사과 노주임님!"

"좋아요. 오늘은 8급 첫날이니까 봐줄게요."

"아이고, 이거 감사과 주임님 무서워서 짜장면이 코로 들어가겠네."

은돌이 너스레를 떨자 일동은 웃음바다를 이루었다.

메뉴는 그냥 짜장면이었다. 그래도 은돌에게는 곱빼기를 안겼다. 음식에는 추억이 서려 있는 법. 비록 짜장면 한 그릇이지만 짜포 4인방에게는 어떤 진수성찬 못지않았다.

"그러고 보면 짜포 4인방 막강하네요. 조 과장님을 필두로 감사과 노수애, 그리고 뚝심의 큰 형님……."

재광이 입에 걸린 면발을 호로록 빨며 말했다.

"오랫동안 내가 너무 무심했어요. 승진하는 동안 여기도 한 번 초대 못 하고……."

탁대가 말했다.

"과장님, 우리 대접 안 해도 되니까 계속 쭉쭉 뻗어가세요. 과장님과 같은 동기라는 것만 해도 우리는 큰 위안이니까요."

수애는 탁대를 이해해 주었다. 그건 재광과 은돌도 마찬가지였다. 오랜만에 들린 짜장면집. 탁대는 거기서 푸짐한 정을 먹고 나왔다.

"아!"

탁대는 넋을 놓았다.

사방은 온통 꽃의 세상이었다. 그 꽃 안에 은정이 있었다. 꽃 중의 꽃이었다. 누가 말했던가? 자식은 눈에 넣어도 아프지 않다고. 이제 아빠가 된 탁대는 그 말을 실감했다.

꽃은 은정을 살포시 밀어냈다. 은정이 하늘에서 무지개로 변하자 로르바흐가 모습을 드러냈다.

"대마법사님!"

"축하하네. 인사가 늦었지?"

"아닙니다. 제가 바쁘다 보니……."

"좋은 일이라네. 바쁘다는 건."

"이해해 주시니 감사합니다."

"아니면? 나야 그대의 세입자 아닌가?"

"대마법사님도……."

"어떤가? 축하 페스티벌로는 괜찮았나?"

로르바흐가 허공을 가리켰다. 어느새 온통 꽃바다가 되어버린 하늘이 보였다.

"굉장하네요."

"그대가 변하듯 나도 변한 것 같네. 그렇지?"

"어떤?"

"과거의 나는 마법의 궁극이 파워라고 생각했네. 힘 위의 힘 말일세."

"아, 네……."

"그런데 오랫동안 그대의 꿈속에서 소일하다 보니 그 반대편을 보게 되었네. 강함의 상대편에 서 있는 부드러움……."

"……."

"뭐 그렇다는 것일세. 덕분에 눈 하나를 뜬 셈이랄까?"

"제 덕분에 말입니까?"

"놀라긴. 하찮은 것에서 배우는 사람이야말로 진정한 현인이라는 말이 있다네. 그대가 하찮다는 것은 아니고……."

"예……."

"그 사이에 또 큰 평파를 겪었지?"

"저야말로 대마법사님 덕분에 잘 헤쳐 나갔습니다."

"겸손이로고. 그건 그대의 의지가 만든 일이야."

"그렇다고 해도 그 출발은……."

"그렇게 출발을 따지자면 그대의 모친에게 돌아갈 공이지. 그대의 모든 출발은 모친에게서 비롯되지 않았나?"

"제 말은……."

"알고 있네. 굳이 따져 볼 필요 없는 일이야."

"이제 마지막 한 계단이 남았습니다."

탁대가 로르바흐를 바라보았다.

"그렇군. 어느새……."

"서기관은 자리도 많지 않아 한동안 기다리셔야 할 것 같습니다."

"상관없네. 나는 이제 꿈속에 적응했으니 현실을 살아가는 그대의 노고가 염려될 뿐이라……."

로르바흐가 두 손을 들었다. 그러자 허공에 가득하던 꽃들이 부드러운 빛이 되어 탁대에게 쏟아져 내렸다.

"응애응애!"

은정의 울음소리에 탁대는 잠에서 깨었다. 아침이 밝아오고 있었다.

'요 녀석.'

탁대는 버둥거리는 은정의 볼을 가볍게 눌러주었다. 고맙게도 은정이는 잘 먹고 잘 잤다. 그리고 잘 쌌다.

* * *

김성곽의 재선 집무가 슬슬 자리를 잡아갈 무렵, 사흘 연속 비가 쏟아졌다. 그날 오후, 탁대 사무실에 노크 소리가 들렸다.

"들어오세요!"

탁대와 함께 민원서류를 검토하던 은돌이 말했다. 문이 열리자, 허름한 노인 한 사람이 우산을 들고 들어섰다.

"어떻게 오셨어요?"

가연이 일어나 노인을 맞았다.

"여기 가면 민원을 들어줄 거라고 하던데?"

노인이 사무실을 훑어보았다. 단 세 명뿐인 사무실. 어쩐지 성에 차지 않는 눈치였다.

"우선 여기 앉으세요."

은돌은 노인을 테이블로 안내했다. 그런 다음 차 한 잔을 준비해 주었다.

"어떤 문제 때문에 그러시는 데요?"

은돌이 묻는 동안 탁대는 창가 화분에 물을 주고 있었다. 우선은 은돌에게 맡기는 것이다.

"내가 저기 봉황동 333번지에 산다오."

할아버지가 말을 꺼내기 시작했다.

"거기 연립 아래의 축대가 위험한데 아무도 내 말에 귀를 기울이지 않는군."

"축대가 이상이라도 있습니까?"

은돌이 물었다.

"있지. 내가 볼 때는 분명 있다고. 그런데 시청 안전 진단에서는 아무 문제가 없다네."

"그럼 어르신께서 과민하신 게 아닐까요?"

"이 사람도 민원실하고 똑같은 말을 하는군. 아, 당신도 내가 신경쇠약자나 정신이상자로 보이나?"

"죄송합니다. 그런 뜻이 아니라……."

"공무원들이라는 게 말이야, 그저 사고가 나야 허둥거리지 왜 다들 말귀를 못 알아들어? 내가 할 일이 없어 귀한 손자 놔두고 이런 데 왔다 갔다 하는 줄 알아?"

부아가 난 노인은 우산으로 바닥을 치며 짜증을 냈다.

"에이, 어떤 놈 하나 시민 말에 귀 기울이는 놈 없으면서 이리 가라, 저리 가라!"

노인이 일어서자 탁대가 그 앞을 막았다.

"아, 저리 비켜. 이 방 책임자도 신통치 않으니 시장한테 가든지 해야지 말이야."

"죄송하지만 이 방 책임자는 접니다."

"뭐야? 나이도 새파란 놈이 무슨 책임자?"

"죄송합니다. 아무튼 제가 책임자입니다. 화 푸시고 좀 앉으시죠."

"그러니까 저 인간이 책임자가 아니란 말이야?"

노인이 은돌을 돌아보았다. 셋 중에 나이가 훌쩍 많은 은돌이다 보니 오해를 한 모양이었다.

"채 주사님, 안전총괄과 전화해서 안전 진단 담당자 좀 불러주세요."

탁대는 노인을 달랜 후에 지시를 내렸다.

잠시 후에 안전과에서 주임이 올라왔다.

"거긴 두 달 전에 진단 끝났습니다. 외부에 금이 가긴 했는데 붕괴 위험의 문제는 없다는데도 저러서니……."

주임이 안전 진단 서류를 보며 설명했다.

"아, 또 그 소리여? 내가 말했잖아? 나 그 연립 지을 때부터 살았다고. 봄부터 옹벽에서 이상한 소리가 들렸는데 지금은 아주 심하다고!"

흥분한 노인이 역정을 냈다. 탁대에게 오기 전에 주임을 만난 모양이었다.

"잠깐요, 무슨 소리가 들린단 말입니까?"

탁대가 물었다.

"왜? 당신도 나 돌았다고 하려고? 들린다고. 벽이 무너지려는 소리가 들린다고!"

노인이 계속 목청을 높이자 주임이 슬쩍 탁대에게 신호를 보내왔다. 맛이 간 노인이라고.

"고 주임님, 현장에 나가봤어요?"

탁대가 주임을 바라보았다.

"그럼요. 하지만 그렇게 심각하지 않습니다. 막말로 대한민국 건축물에 실금 정도 안 간 곳이 어디 있습니까?"

"이놈아, 금 때문에 이러는 게 아니여. 그 벽은 곧 무너진다고!"

"진정하시고 천천히 말씀하세요."

"닥쳐, 이놈들아. 어째 시청 책상에 앉아 있으면 다 똑같은겨?"

흥분한 노인이 지팡이를 휘둘렀다.

"그만하시고 나가세요. 이분이 어려 보여도 과장님이라고요."

보고 있던 주임이 노인의 팔을 끌었다. 더 이상 시간 낭비 할 필요가 없다는 뜻이었다.

"잠깐요, 그러지 말고 어르신과 함께 현장에 나가보자고요."

탁대가 주임을 제지했다.

"지금요? 비도 이렇게 오는데요?"

"민원이시잖아요. 이렇게 불안을 느끼시는데 한 번 더 점검해 봐야죠."

"저는 안 됩니다. 당장 도청하고 국토부에 보고할 서류가 쌓였거든요."

"알았어요. 그럼 내가 일 차 다녀오죠."

탁대는 주임을 돌려보냈다. 민원인의 말만 듣고 타 부서의 직원을 다그칠 수는 없는 노릇이었다.

현관으로 나온 탁대는 우산을 펼쳤다.

그런데!

어이없게도 우산살이 홱 빠지며 손잡이와 분리가 되어버렸다.

'뭐야?'

불길한 징조였다.

4장

포기란 없다!

쏴아아!

잠시 무뎌지던 빗발이 다시 촘촘해지기 시작했다. 탁대는 직접 운전대를 잡았다. 아무래도 내 차는 내가 운전해야 편한 것이다.

"저기 좀 세워주시오!"

얼마를 갔을까? 노인이 한 대형 마트를 가리켰다.

"어르신!"

조수석의 은돌이 노인에게 눈총을 주었다.

"아, 살 게 있어서 그래."

노인은 퉁명스럽게 대꾸했다.

"이 차가 어르신 개인차입니까? 옹벽 보러 가시자는 마당에……."

"거 참, 융통성 없네. 내가 집에서 기다리는 손자 과자 좀 사가려고 그래. 그게 그렇게 어려우면 먼저들 가 있으라고. 바로 쫓아갈 테니."

노인은 또 역정을 냈다.

"아닙니다. 천천히 다녀오세요."

탁대는 노인 편을 들었다. 좀 어이가 없긴 하지만 봉황시는 도농복합도시. 중심지와 변두리의 마트의 수준이 다르니 시내에 나온 김에 들리고 싶은 마음을 이해했다.

"과장님!"

은돌의 목소리에 힘이 들어갔다. 못 마땅하다는 뜻이다.

"참으세요. 별거 아니잖아요."

"뭐가 별거 아닙니까? 이렇게 따라 나가주는 것만 해도 어딘데요?"

"……."

"솔직히 저 어르신 상태도 좀 이상하잖습니까? 안전 진단에도 문제가 없다는데 자기가 무슨 초능력자입니까?"

"채 주사님!"

탁대의 목소리가 비처럼 축축하게 새어 나왔다.

"네?"

"혹시 그거 기억하세요?"

"뭐… 요?"

"전에 봉황대교 무너진 거 말입니다."

"그, 그건……."

"그때도 안전 진단은 문제없었어요."

"……."

"그리고 우린 어차피 여기 나오나 사무실에 있으나 하루 보내는 건 마찬가지잖아요. 그럴 바에는 현장을 다녀오면 더 후련하지 않나요? 민원인께서도 그런 걸 바라는 거고……."

"죄송합니다. 제 생각이 짧았군요."

"이제 승진도 하셨잖아요? 9급일 때야 워낙 말단이니까 주임이나 팀장에게 기댈 수도 있지만 군대로 치면 이제 상병이세요. 오늘 돌아가면 청문담당관실의 업무에 대해 다시 숙지하세요. 민원인은 말이죠, 누구든 자기 말에 귀 기울여 주기를 바라는 거예요."

탁대는 부드럽게 주의를 주었다. 공무원이 자기 업무에 대해 귀찮아하면, 그 순간부터 망가지게 되어 있었다.

"이거 받아요."

5분여 만에 돌아온 노인이 캔커피 두 개를 내밀었다.

"공무원도 먹고 살아야지. 예쁜 아가씨가 타주는 것만큼 맛은 없겠지만 마셔요."

뽁!

노인은 자기 몫의 커피를 땄다. 그 옆에서는 과자 봉지 소리가 바스락거렸다.

"여기라오!"

차가 멈추자 노인이 옹벽을 가리켰다. 높이가 4~5미터에 달하는 옹벽. 그 위로 두 채의 4층 연립주택이 쌍둥이처럼 올라앉아 있었다.

"겉보기에는 별문제 없는 거 같은데요?"

우산 속에서 옹벽을 바라본 은돌이 말했다. 몇 군데 금이 보이긴 했지만 당장 무너질 기세는 아니었다.

"귀 기울여 봐요. 소리가 난다니까. 금 가는 소리가!"

노인은 몇 번이고 같은 말을 강조했다.

"알겠습니다."

탁대의 주의 때문이었을까? 은돌은 옹벽을 향해 집중했다.

"어때? 들리죠?"

노인이 은돌을 바라보았다.

"글쎄요. 저는 빗소리밖에는……."

"아이고, 거 좀 잘 좀 들어봐요. 건성으로 들으니까 그러지."

노인이 재촉할 때 4층에서 꼬마 목소리가 들려왔다.

"할아버지!"

창가에서 손을 흔드는 아이가 보였다. 5살쯤 먹은 남자아이였다.

"창문 닫아. 할아버지 금방 올라갈 테니까."

"까까 사왔어?"

"그래. 어여 창문 닫아."

노인은 연방 손짓을 해댔다. 그러고는 다시 은돌을 쪼아댄다.

"봐, 들리잖아. 갈라지는 소리, 물 소리……."

노인은 마치 다 보이는 것처럼 채근을 했다. 순간 탁대가 벽을 향해 순간 투시 마법을 뿌렸다. 어쩌면 치매끼가 있는 노인의 해프닝일 수도 있지만 마법 한 번 쓴다고 삶이 닳는 것도 아니니까.

'읏!'

벽 너머를 확인하려던 찰나에 발밑으로 묘한 진동이 왔다.

"과장님!"

그건 은돌도 마찬가지였다.

'오, 마이 갓!'

잔뜩 긴장한 채 옹벽을 투시하던 탁대는 놀란 눈을 연립 쪽으로 돌렸다.

우릉!

바로 그때였다. 마치 누군가 주변을 사납게 흔드는 듯한 진동이 이어졌다.

"……?"

불안을 느낀 노인은 창가의 손자 쪽으로 향했다.

"과장님!"

우릉!

은돌의 초조함을 뚫고 또 한 번의 진동이 일어났다. 그리고 거짓말처럼 옹벽이 부서진 과자처럼 조각조각 가라앉으며 거대한 맨홀을 만들었다. 황망했다. 뒤를 이어 앞 쪽의 연립 한 동이 움찔 흔들렸다. 모두 찰나의 일이었다.

"위험해요!"

탁대는 노인을 안고 먼 곳으로 뒹굴었다.

우르릉!

다시 한 번 이어지는 진동. 아아, 탁대는 차마 신음을 토해냈다. 옹벽 위의 연립이 모래성처럼 무너지고 있었다.

절반!

칼로 자른 듯이 절반이었다. 옹벽 위의 연립 절반이 숭덩 옹벽과 함께 흘러내렸다.

"과장님!"

겨우 몸을 일으킨 은돌이 달려왔다. 이미 탁대의 차량 앞까지 밀려온 토사물들. 백척간두처럼 깎여져 나간 옹벽. 그리고 아슬아슬하게 절반으로 지탱되고 있는 앞쪽의 연립 건물.

"우아앙!"

그 처참함 속에서 아이의 울음이 허공을 찢었다. 노인의 손자였다.

"상민아!"

노인이 소리쳤다. 하지만 그는 어쩌지 못했다. 앞을 가로막은 토사물 때문이 아니라 반쪽 남은 연립이 기우뚱 기울고 있었기 때문이었다.

"할아버지!"

손자는 베란다 난간을 잡고 절규했다. 어른이라도 혼이 나갈 상황. 어린 아이의 비명은 너무나 당연해 보였다.

"과장님, 무너집니다. 피하세요!"

은돌이 노인을 잡고 소리쳤다. 하지만 탁대는 꼼짝도 하지 않았다. 불행인지 다행인지 다른 칸에는 사람이 없는 것 같았다. 그러나 저대로 무너지면 아이는 토사물과 건물 잔해에 묻혀 버릴 판.

"채 주사님!"

탁대는 아이를 쏘아보며 은돌을 불렀다.

"예!"

"혹시 저 아이 받을 수 있겠어요?"

"예?"

"내 말은 혹시 저 아이가 충격으로 여기까지 날아오면 받을 수 있냐고 묻는 겁니다."

"그, 그런 일이 어떻게……."

"받으세요!"

탁대는 단호하게 말했다.

"네?"

"혹시 신의 가호가 있어 아이가 날아오면 목숨 걸고 받으라고요!"

"예……."

띠뽀띠뽀!

멀리서 119 구조대 사이렌 소리가 들렸다. 하지만 기다릴 여유는 없었다. 설령 저들이 도착한다고 해도 아이가 묻히면 구조하기 어려운 일이었다.

우릉!

한 번 더 진동이 오자 남은 반쪽의 건물이 움직이기 시작했다. 탁대는 후끈 열기를 끌어올린 채 자리를 이동했다. 아이가 있는 베란다와 맞은편이었다.

"상민아!"

노인의 절규가 찢어질 듯 허공을 흔들 때, 탁대의 의지는 아이 등 뒤의 거실을 겨누고 있었다.

'제발!

탁대는 간절한 염원을 안은 채 거실 안쪽 깊은 곳에다 강력한 공포 화염 마법을 작렬시켰다.

퍼엉!

폭음과 함께 팽창된 공기의 힘으로 아이가 튕겨 나왔다.

"받아요!"

맥이 풀린 탁대가 소리쳤다. 온돌은 집중했다. 공을 받는 게 아니었다. 자칫 실수하면 아이는 박살이 날 수도 있었다.

"상민아……."

바닥에 주저앉아 통곡하던 노인 비틀 일어섰다. 그의 퀭한 눈은 오직 손자의 안위를 향해 꽂혀 있었다.

"으아아아!"

은돌은 아이의 궤적을 향해 몸을 날렸다.

'닿았다.'

그리고 뭔가 물컹한 게 잡히는 순간, 그걸 안고 뒹굴었다.

"우워어어!"

노인의 입에서 괴성이 튀어나왔다. 하필이면 은돌이 맨홀 쪽으로 구른 것이다.

"……?"

은돌의 몸은 절반 넘게 맨홀 쪽으로 기울다 멈췄다. 때 마침 탁대가 달려와 다리를 잡아준 덕분이었다.

"아이, 절대 놓지 마세요!"

탁대는 사력을 다해 버텼다. 하지만 아이와 합친 은돌의 무게가 너무 과중했다.

'으윽!'

은돌이 구덩이 아래로 완전히 기울었다. 탁대는 힘이 빠지는 손을 대신해 접착 마법을 날렸다.

'붙어라. 붙어!'

절규와 함께 펼쳐진 접착 마법은 은돌의 몸을 붙여놓았다. 그 사이에 도착한 구조대들이 달려왔다. 그들이 은돌을 잡는 순간 탁대는 마법을 해제했다.

"후우!"

은돌이 구조되자 탁대는 겨우 안도의 숨을 쉬었다.

"할아버지!"

"상민아!"

아이는 노인에게 달려가 품을 파고들었다.

"피하세요. 추가 붕괴가 있을지 모릅니다."

구조대원이 소리쳤다.

우릉!

노인이 손자를 안고 물러서자 또 한 번의 진동이 일었다. 이번에는 뒤편의 연립이었다.

"으아아!"

몇몇 사람들이 창에서 비명을 질렀다. 뒤편의 연립도 이미 상당 기울어 있었다.

"건물이 흔들리면서 문이 뒤틀렸어요. 그래서 문이 열리지 않는 모양입니다."

구조대원이 말했다.

"헬기를 부르세요, 헬기!"

탁대가 소리쳤다.

"여기서 이러시면 안 됩니다. 여긴 저희에게 맡기고 물러서세요."

탁대를 모르는 대원이 탁대를 막아섰다.

"시청 담당공무원입니다. 건물이 많이 기울어서 대원들이 진입하기 어려울 테니 어서 부르세요!"

탁대가 재촉하자 구조대장도 결단을 내렸다. 그 역시 탁대와 같은 생각이었다.

타타타타!

오래지 않아 상공에 헬기가 나타났다. 구조헬기가 로프를 내리자 사람들은 그걸 잡으려고 몸부림을 쳤다. 그러자 건물 허리가 꿀럭 요동을 쳤다.

"무너집니다. 서두르세요!"

구조대원이 헬기를 재촉했다. 두 명을 구하고 남은 두 명을 구조하기 위해 건물 후미로 헬기가 움직일 때 올게 오고 말았다. 건물이 무너지기 시작한 것이다.

"으아악, 안 돼. 어머니, 어머니!"

사고 소식을 듣고 달려온 중년 남자가 절규를 했다. 창가에 매달인 노모 때문이었다.

"헬기, 바짝 붙여요!"

탁대가 무전기를 든 구조대원에게 소리쳤다.

"위험합니다. 자칫하면 헬기까지 폭발할 수 있어요."

"붙여요. 건물은 아직 안 무너집니다."

탁대의 눈이 불을 뿜었다. 아직은 포기할 때가 아니었다.

"어서 무전해요. 잠시 붕괴가 멈출 테니까 그때 구조하라고!"

"이, 이봐요!"

"어서!"

구조대원의 등을 민 탁대는 건물을 쏘아보며 거친 호흡을 토했다.

'바라거니와 멈춰라, 거기서 멈춰!'

탁대는 위태로운 연립을 향해 다시 한 번 접착 마법을 날렸다.

우릉!

야속하게도 또 한 번의 진동이 일었다. 덕분에 탁대의 몸이 흔들려 마법이 제대로 먹히지 않았다.

'으으아, 순간 접착, 멈추란 말이야! 멈춰!'

탁대는 남은 의지를 모두 실어 건물에 퍼부었다. 우수수 기울던 연립이 거짓말처럼, 잠시 흔들림을 멈췄다.

"건물이 멈췄어. 지금이야. 헬기 붙여!"

구조대원이 소리치자 헬기가 분주하게 움직였다.

"됐다. 됐어!"

"구한다. 구해!"

탁대 뒤쪽에서 인파들이 소리쳤다.

"물러서세요. 건물이 곧 무너집니다."

남은 두 명이 구조되자 구조대원들이 인파를 밀어냈다.

우르릉!

사나운 대지의 포효와 함께 탁대는 건물을 지탱하던 마법을 해제했다. 그러자 연립은 곤죽처럼 쏟아져 내렸다.

"과장님!"

탁대의 악몽은 은돌의 고함 덕분에 깨었다. 눈앞은 휑했다. 악몽보다 더 악몽 같은 맨홀이 멀쩡하던 연립 두 채를 삼켜 버린 것이다.

"고맙습니다. 자칫 포기할 뻔했는데……."

구조대원이 다가와 탁대에게 손을 내밀었다. 탁대는 그 손을 피해 삽을 잡았다.

"사람이 있을지 모릅니다."

탁대는 잔해를 헤치기 시작했다. 그걸 본 구조대원과 은돌도 힘을 합쳤다. 인파들도 하나둘 힘을 보탰다.

애앵애애앵!

뒤를 이어 긴급 복구 차량들이 달려왔다. 경찰도 오고 관련 부서 공무원들도 왔다. 그래도 탁대는 잔해를 헤쳤다.

어쩌면 이렇게 끝이 없을까?

늘 작은 방심 하나가 사고를 불러왔다.

'누군가!'

누군가 그 노인의 말에 귀를 기울였더라면.

그래서 조금 일찍 옹벽을 정밀 점검을 했더라면.

그 생각이 탁대의 뇌리에서 떠나지 않았다.

그래서 아이를 구한 것도, 집 안에 있던 사람을 구한 것도 기쁘지 않았다. 모두 다 사후 약방문에 불과한 일 아닌가?

"조 과장!"

미친 듯이 잔해를 헤집는 탁대의 귀에 낯익은 목소리가 들려왔다. 그제야 탁대는 삽질하던 손을 멈췄다. 목소리의 주인공은 김성곽 시장이었다. 옆으로 부시장과 신임 이대열 총무국장, 황 과장 등이 보였다.

"내가 부덕한 탓이네. 그러니 그만하시게."

"시장님……."

"아이를 구하고 구조대를 도와 주민을 구했다고?"

"……."

"그만하면 되었네. 자넨 늘, 적어도 우리보다는 낫지 않나?"

"시장님……."

"여긴 중장비에게 맡기세. 자네가 이러니 내가 얼굴들 면목이 없군."

시장이 손을 내밀었다. 탁대는 흙으로 범벅이 된 삽을 건네주었다. 그런 다음, 아이를 향해 걸었다. 막 구급차에 태워지려던 아이. 노인이 톡톡 건드리자 탁대와 은돌 쪽을 향해 고개를 돌렸다. 아이는 꾸벅 인사를 했다.

그게 오늘의 위안이었다. 지치고 지친 탁대에게!

"야, 이 우라질 공무원 새끼들아!"

다음 날, 탁대가 관계 공무원들, 피해 주민들과 함께 현장에서 가재도구를 수습 중일 때 한 남자가 달려들었다.

"이 새끼들아, 세금으로 월급 받아 처먹으면서 뭐했어? 엉? 뭘했길래 우리 집이 이 모양이냐고?"

남자는 맨 앞에 서 있던 안전총괄과장의 멱살을 잡아 조였다.

"진정하세요."

주임이 나서 말렸지만 남자는 말을 듣지 않았다.

"너 같으면 이 꼴을 보고 진정하겠어? 이게 보통 집인 줄 알아? 내가 평생을 바쳐 번 돈으로 겨우 장만한 집이라고!"

남자가 절규하며 소리쳤다. 아무도 더 나서지 못했다. 그의 분노가 두려운 게 아니라 그의 절규 때문이었다.

그 남자 앞으로 탁대가 나섰다. 은돌이 서둘러 탁대의 팔을 잡았지만 탁대는 가볍게 뿌리쳐 버렸다.

"면목 없습니다."

탁대는 남자를 향해 고개를 숙였다.

"넌 또 뭐야?"

남자가 기세를 올렸다.

"어제 현장에 나왔던 책임자입니다. 저희가 조금만 서둘렀더라면……."

"오라, 그럼 네가 여기 안전 진단한 놈이냐?"

남자는 안전과장을 밀쳐내고 탁대의 멱살을 잡았다.

"……."

안전과장은 아니다. 하지만 지금, 그게 중요한 때가 아니었다.

"이 개자식아, 어쩔 거야? 이제 어쩔 거냐고?"

악을 쓰는 남자의 뒤통수에 흙 묻은 슬리퍼가 날아왔다.

"아, 이 썅, 어떤 후레자식이!"

남자가 눈알을 부라린 곳에는 노인이 서 있었다. 어제 그 노인이었다.

"아버지!"

남자는 놀라는 기색이 완연했다. 알고 보니 부자지간인 모양이었다.

"그 손 놔라."

노인이 단호하게 말했다.

"아버지, 이 자식이 현장을 진단한……."

짜악!

순간, 노인의 손이 허공을 갈랐다.

"아버지……."

"이놈아, 그 양반이 네 아들 살린 분이야. 어디서 감히!"

"예?"

"그 양반이 그래도 내 말을 듣고 그 빗속을 뚫고 여기까지 와준

분이라고. 멱살을 잡아도 사람보고 잡아야지 하필 그 양반이냐?"
"……."
"빨리 그 손 못 놔?"
노인이 다시 손을 치켜들자 남자는 얼른 탁대를 밀어냈다.
"미안합니다. 제 아들놈인데 지방에서 소식을 듣고 달려오느라 경황이 없었나 봅니다."
노인은 탁대에게 사과를 했다.
"아닙니다. 질책받아 마땅하지요."
"그렇긴 하지만 이제 와서 누구 멱살을 잡으면 뭘 합니까? 이미 집은 무너졌는데……."
노인의 눈이 잔해더미로 옮겨갔다. 거기 멈춘 노인의 눈빛은 잔해와 더불어 격렬하게 무너지고 있었다. 한 사람의 꿈이자 안식처인 집. 여덟 가구가 사는 연립 두 동이 무너졌으니 최소한 16가구주의 꿈이 잔해에 묻힌 셈이었다.
"미안하게 됐수다."
남자가 퉁명스레 말을 건네 왔다.
"괜찮습니다. 미안한 건 저희들이지요."
"그리고 고맙수."
"……."
"나도 늘그막에 본 아들인데……."
"……."
"어이구, 이제 어떻게 사나?"
남자는 그래도 막막한지 끝내 바닥에 주저앉고 말았다.
그때 안전과장이 탁대의 어깨를 톡톡 건드렸다. 그를 따라가자 한숨부터 내쉰다. 그러더니 엉뚱한 말을 쏟아놓기 시작했다.

"조 과장, 거 행동 좀 조신하게 했으면 좋겠어."

"조신요?"

"아, 왜 그렇게 저자세야? 그러면 민원인들이 기가 살아서 날뛰는 거 몰라?"

"예?"

"아니, 이게 왜 우리 잘못이냐고? 이게 우리가 건축한 집이야?"

"과장님!"

"안전 진단도 외부 전문가들 불러다 했고 그 사람들이 아직 안전하다는데야 어쩌란 말인가? 금 좀 갔다고 헐고 다시 지으라고 하면 어떤 사람이 가만히 있겠어? 잘못되면 다 공무원 탓이라고 하는데 우리가 무슨 잘못이 있냐고?"

"과장님!"

"아무튼 이쪽 수습은 나한테 맡기고 조 과장은 더 개입하지 마시게. 이렇게 예, 예 하고 나가면 공무원을 호구로 본다고."

"아니, 지금 그게 중요합니까?"

"아니면? 막말로 조 과장이 어쩔 건데? 집 새로 지어줄 거야? 그런 법이라도 있어?"

"과장님……."

"자네 얘기는 귀에 못이 박히도록 들었고 일 열심히 하려는 것도 인정하네. 하지만 이런 일에는 무조건 관망 자세가 좋아. 이러다 전부 공무원 잘못으로 돌아오면 어떻게 감당하려고?"

"겨우 그런 이유 때문에 이러시는 겁니까?"

"뭐가 겨우 이런 이유야? 이게 얼마나 중요한데?"

"뭐가 중요합니까? 집을 잃은 사람들은 저분들입니다. 집은 잃었지만 지금부터 해줄 수 있는 건 최대한 해줘야죠."

탁대의 목소리가 올라갔다.

"어이구, 이 친구 혼자 정의로운 척하네? 아니, 누구는 정의롭지 않아서 이래? 어차피 법에 의해서 우리가 해줄 수 있는 별로 없다고. 기껏해야 부실시공업자를 경찰에 고발하고 이재민들에게 쉴 곳을 제공하는 것밖에."

"……."

"우리만 그래? 도는? 중앙정부는? 콧방귀라도 뀔 줄 알아? 막말로 사람도 안 죽고 이재민도 50명도 안 돼. 500명, 5,000명 정도면 모를까 다들 나 몰라라 할 거라고."

"그래서 우리도 얼렁뚱땅 넘어가자는 겁니까?"

"누가 그렇대? 공연히 우리 책임인 양 일을 떠안지는 말자는 거지."

안전과장은 조금도 굽힘이 없었다. 딱 전형적인 공무원상이었다. 주어진 상황에만 기계적으로 임하는 자세. 거대 조직인 공무원 사회가 만들어낸 일그러진 현실이었다.

튀면 밟힌다.

소나기는 피하라.

일 많이 하면 처벌도 많다.

한참 열을 올리던 안전과장은 바로 입을 다물었다. 소리 없이 등장한 김성곽과 성낙준 때문이었다. 둘은 탁대와 안전과장의 논쟁을 빠짐없이 들었다. 하지만 그들도 현실을 아는지라 쓰다 달다 말하지 않았다.

"두 과장이 여기서 현장 대책을 논의 중인가?"

노련한 부시장이 에둘러 질책을 해왔다. 탁대는 부시장에게 묵례를 올렸다.

"조 과장은 나 좀 보세."

어색한 분위기를 뒤로 하고 김 시장이 탁대를 향해 손짓했다.

"애로가 많군."

"……."

"손님이 오실 걸세."

"누구……?"

"표강일 의원!"

"……?"

"그 양반이 이제 우리 시 지역구 의원 아니신가? 오전까지 국회에서 할 일이 많았던 모양이야. 겨우 마무리를 하고 바로 오신다더군."

표강일!

이제는 봉황시의 지역구 의원. 그라면 힘이 될 수 있었다. 하지만 법의 잣대로 보자면 안전과장의 말대로 재해는 어중간했다. 국회 차원이나 중앙정부의 도움이 내려올 사안이 아닌 것이다.

이게 바로 법의 맹점이었다.

대한민국은 사고를 당하더라도 단체로 죽어야 제대로 대책이 나오는 나라였다. 같은 사고라도 한 명이 죽으면 개죽음이다. 아무도 쳐다보지 않는다.

100명이 죽으면 나라가 난리가 난다. 중앙정부와 정치인들부터 법석을 떨며 온갖, 초법적인 보상까지도 들이대 준다. 이 또한 힘의

논리가 아닐 수 없었다.

대한민국은 민주공화국. 민주주의는 다수결 원칙.

그 안에는 소수를 존중하라는 의미도 필연 담겨있다. 그럼에도 소수들은 외면을 받고 있는 게 현실이었다.

끼익!

세단이 멈추자 표강일이 내렸다. 유 비서가 차 문을 열기도 전이었다. 그는 평상복 차림이었다. 나아가 관계자들은 거들떠보지도 않고 현장에 진입했다.

표강일은 살림살이를 수습하는 주민들 곁에서 묵묵히 땀을 쏟았다. 그의 목장갑은 금세 흙투성이가 되었다. 탁대도 아까 하던 대로 그 자리에 들어섰다. 흙 범벅이 된 밥통이 나오고 다리미가 나왔다. 학생들 가방도 나오고 책도 나왔다. 어쩌다 눈이 마주치면 표강일은 조용히 웃었다.

일이 이쯤 되니 시장과 부시장도 동참했다. 안전과장과 수행 과장들도 가세했다. 힘이 모자란 곳은 포클레인이 도왔고 어느 정도 정리가 된 곳은 보조 중장비들이 걷어냈다. 그렇게 하루해가 기울자 가재도구는 어느 정도 수습이 되었다.

"처음에는 다 잡아 죽이고 싶었는데 손발 걷고 나서니 미워할 수도 없고……."

키 큰 아주머니가 흙을 뒤집어 쓴 채 중얼거렸다.

"그러게요. 어쨌든 사람은 안 죽게 구해줬잖아요."

옆의 아주머니가 가세한다.

"저 인간이 시장이죠?"

구석에서 땀을 흘리는 김성곽을 바라보는 키 큰 아주머니.

"그 옆에는 국회의원이랍니다."

"에그머니, 저 양반이?"

"그래도 우리가 투표는 잘했나 봐요. 저렇게 표시 없이 와서 흙더미를 뒤지고 있으니……."

아주머니의 입에서 한숨이 나왔지만 원망은 그리 많이 배어 있지 않았다.

"조 과장!"

표강일은 살림살이 수거가 끝난 후에야 탁대를 불렀다.

"인사를 이제야 올립니다."

"당연하지. 그까짓 인사가 대수인가?"

"얼굴에 흙이……."

"그러는 조 과장은 별다른 줄 알아?"

표강일이 옷소매로 탁대 얼굴에 묻은 흙을 닦아주었다.

"……."

"안타깝군."

"……."

"그나마 인명 피해가 없어서 다행이야."

"예……."

"필요한 게 뭔가?"

"예?"

"내가 도울 일 말이야. 생각하고 있었을 거 아닌가?"

"의원님이……."

"왜? 나도 이제 이 지역 의원이라네. 우아하게 뒷짐이나 지고 있을 형편이 아니야."

"그럼 피해자 대표들을 만나시죠. 무엇이 필요한지는 그분들에게 직접 듣는 게 좋을 것 같습니다."

"정답이군."

표강일이 대답했다.

바로 즉석 회의가 개최되었다. 참석자는 피해자 대표 세 명과 시장, 표강일, 그리고 옹벽과 연립주택을 지은 지역 건설사 대표였다.

우선 시장이 나서서 시가 지원할 수 있는 것을 밝혔다. 별것은 없었다. 법에 의한 재해구원금 소액과 주거가 안정될 때까지 임시 거처 제공, 구호물품 지급, 그리고 본인들이 원하면 주택 건축자금 일부 대출 알선이 전부였다.

피해자 대표는 노인의 아들이었다. 그는 건설사의 보상을 요구했다. 애당초 옹벽 부실시공이 원인이므로 새 집을 지어내라고 요청했다.

문제는 옹벽이 법적으로 부실시공이 아니라는 점이었다. 부실한 점이 있긴 하지만 이미 오랜 시간이 지난 일. 더구나 지난번 안전진단에서도 문제가 없다고 나왔으므로 부실시공으로 몰아가기엔 어려움이 많았다. 더불어 옹벽 하청을 맡은 업체의 사장은 작년에 사망해 사실관계 확인도 어려운 일.

"제 생각에는……."

거기서 표강일의 중재안이 빛을 발했다.

건설사는 일정 부분 책임을 통감해 새 건물을 지을 것.

다만 피해자들은 건축물의 감가상각을 고려해 일부 비용을 부담할 것.

시는 피해자들의 비용을 전액 최저리 대출금으로 알선할 것.

옹벽 비용은 시 부담으로 처리해서 양자의 부담을 낮출 것.

장시간의 조율이 필요했지만 결국 이 안이 받아들여졌다. 서로 약간씩 양보를 하면서 타결을 본 것이다.

하지만 표강일은 그걸 이렇게 평가했다.

"결국 삼자가 다 이득을 본 결과입니다."

왜냐면 건설사는 이걸 받아들임으로써 기업 이미지 개선 효과를 얻었다. 양심적 기업으로 홍보가 된 것이다. 피해자들도 비용 부담이 생겼지만 튼튼한 새 집을 갖게 되었다. 이제 옹벽 불안에 떨지 않아도 되었다. 시는 분쟁을 사전에 조절함으로 부담을 덜고 신속한 행정으로 행정 능력과 위상을 재고시켰다.

탁대는 고개를 끄덕였다. 수긍했다.

정치!

국민들이 인간다운 삶을 영위하게 하고 상호 간의 이해를 조정하며…….

정치란 단어가 뜻하는 그대로의 진가가 빛난 것이다.

직업 중에서 가장 쓸모없는 직업이라 비난받는 정치가 왜 필요한 건지 피부로 깨닫게 된 순간이었다. 동시에 표강일의 인간됨이 이끌어낸 결과였다. 하루 종일 묵묵히 피해자들과 함께한 그. 그랬기에 주민들이 신뢰를 했고 진정성을 평가받은 것이다.

회의가 끝나자 짜장면 배달부가 들이닥쳤다. 그는 10여 그릇의 짜장면을 꺼내놓았다.

"이거 누가 시켰나?"

시장이 수행 간부를 돌아보았다.

"내가 시켰어요, 김 시장!"

대답을 한 것도 표강일이었다.

"먹을 정신은 없으시겠지만 그래도 먹어야 힘을 내지요. 다 같이 먹고 힘냅시다."

표강일은 피해자들 하나하나에게 짜장면 랩을 벗겨주었다. 그리고 마지막으로 탁대에게도 짜장면을 안겨주면서 찡긋 윙크를 날려주었다.

짜장면 맛은 좋았다.

최선을 다하고 주민들과 함께 퍼질러 앉아 나눠먹는 짜장면. 거창한 말 따위는 필요 없었다. 이게 바로 주민 친화적인 행정이 아닐까? 탁대는 그릇에 붙은 양파 찌꺼기 하나까지 남김없이 퍼넣었다.

하아!

최고였다.

* * *

탁대는 주민센터 순회를 했다. 일했다는 형식이나 갖추려는 순시는 아니었다. 연립주택 옹벽 붕괴 이후에 일을 찾아 나선 것이다. 일주일에 한 번, 돌아가면 주민들의 민원을 듣고자 함이었다.

김성곽도 탁대를 지지해 주었다. 직접 동장들에게 전화를 걸어 최대한 협력을 지시했고 때로는 그도 동행하여 힘을 실어주었니다. 그럴 때마다 은돌이 큰 힘이 되었다. 주민센터에서 공무원 생활을 시작한 그였기에 장단점을 훤히 꿰고 있었던 까닭이었다.

주민센터는 미니 정부였다. 주민들과 밀착한 그들은 행정의 최일선에 서 있다고 해도 과언이 아니었다. 당연히, 주민들은 이런저런 의견과 불만을 쏟아냈다.

계획에 올려둔 마지막 주민센터를 돌아보고 귀청하던 날, 탁대는 손을 흔드는 맹대우를 발견하고 차를 세웠다.

"조 과장님!"

"왜 그러세요?"

탁대는 차창을 내리고 맹대우를 바라보았다.

"오늘 내일 시간 좀 안 나세요?"

"무슨 일 있으세요?"

"그게 아니고 제가 이번 월말에 상반기 퇴직자라서 밥이나 한 끼 대접할까 하고요."

"네? 퇴직요?"

"벌써 이렇게 되었네요. 조 과장님도 다시 와서 퇴직하기 싫은데……."

맹대우는 겸연쩍은 듯 웃었다.

"어유, 그럼 시간 내야죠. 오늘 저녁 괜찮습니다."

"죄송합니다. 바쁘실 텐데……."

"아니에요. 방호장님 하고 저하고 보통 사이입니까? 지구가 무너져도 시간 냅니다."

"고맙습니다. 그럼 이따 뵙겠습니다."

맹대우는 바로 거수경례를 붙여왔다.

"으아, 정년퇴직……."

사무실 문을 열며 은돌이 몸서리를 쳤다. 그 역시 정년이 코앞이나 마찬가지인 나이였다.

"그러게 좀 일찍 들어오지 그랬어요? 겨우 일 좀 할 만하니까……."

탁대는 괜한 핀잔을 던지고 책상에 앉았다.

"누군 몰라서 그랬습니까? 옛날에는 공무원이 진짜 별 볼 일 없었는데……."

"그럼 멋지게 성공해서 아예 오지 말든지요."

"아, 진짜… 과장님도 너무 하시네."

"정든 사람들 하나둘 간다니까 그러는 거잖아요? 이럴 줄 알았으면 괜히 옆으로 불렀네."

"쳇, 좋으면서 그러지 마세요. 나처럼 일 잘하는 사람도 드뭅니다."

은돌은 목에 힘을 주고는 컴퓨터를 켰다. 그래봤자 목소리는 시큰새큰하다. 그라고 편할 리가 없었다.

"채 주사님, 제가 나이 좀 꿔드릴까요? 한 십 년?"

듣고 있던 가연이 은들에게 위로의 말을 던졌다.

"이야, 그러면 대박이지. 열 살도 필요 없고 다섯 살만 꿔."

은돌, 가연과 친해지자 호칭 외에는 말을 내렸다. 공무원에 직급이 우선이라지만 그래도 사람이 근무하는 조직. 가연도 그게 편한 모양이었다.

"얼마 주실래요?"

"반땅할까? 5년 연봉의 반!"

"그거 아세요? 전에 정년 가까운 분들이 호적 정정하던 거?"

"나이 고치기?"

"두 살씩 세 살씩 고친 사람도 꽤 있어요."

"나도 그러라고?"

"아뇨. 그러다 몇 분이 거짓인 게 드러나서 짤렸는걸요. 자그마치 해임!"

해임이면 자기가 낸 기여금만 받게 된다. 혹 떼려다 따따블로 붙인 꼴이다.

"어이쿠, 나는 기회조차 없군. 이거 청와대에 민원 좀 넣어야겠는 걸."

"민원요?"

은돌의 말이 가연이 정색을 했다.

"왜? 나는 민원 넣으면 안 돼? 호적이야 어쩔 수 없고, 워낙 늦게 왔으니 한 2~3년 더 일할 기회를 달라고 하면……."

"민원이란 말은 하지도 마세요. 그렇잖아도 조금 전에 민원봉사과 한 주임이 와서 울다 갔어요."

"왜?"

은돌이 묻자 탁대도 가연을 바라보았다. 민원실 근무는 빡세다. 일이 빡센 게 아니라 다양다종한 사람을 상대하기 때문이었다.

"뭐겠어요? 진상 민원 때문이죠. 한 주임은 덜한데 지 주임은 날마다 시달린대요."

"하긴 나도 주민센터에서 몇 번 당했지. 잘못 걸리면 머리에 지진 나."

"걱정이에요. 저도 다음 번 발령 때는 민원실 갈 확률이 높은데……."

가연은 슬쩍 탁대를 바라보았다. 탁대는 못 본 척 딴전을 부렸다. 다들 가기 싫어 하는 민원실…….

꿀보직!

군대에 가면 그런 보직이 있다.

꿀교양!

대학에 가면 그런 교양과목이 있다. 그냥 출석만 하면 학점을 주는…….

꿀업무!

공무원에도 그렇게 불리는 보직이 있다.

이들의 공통점은 수요와 공급의 법칙이 불균형을 이룬다는 사실이다. 그것도 아주 극심하게. 일례로 행정직들은 사업소 가기를 꺼린다. 본청에서 멀어지는 불안감 때문이다. 기술직들도 꺼리는 기관이 있다. 예를 들어 서울시 신입 간호직은 시립병원 근무를 싫어한다.

3교대 때문이다. 대개 간호사들은 병원의 3교대 근무가 싫어서 공무원 시험을 보는 사람들이 많다. 그런데 여기서도 3교대라니?

인사부서에서는 나름 객관적인 기준을 가지고 이동을 시킨다지만 꼭 그렇지는 않다. 특히나 남들은 죄다, 늘 꿀보직 근처에서만 얼씬거리는 것 같고 나는 한직으로만 도는 것 같은 게 인사의 특징이었다.

"조 과장님!"

퇴근 후, 탁대는 시장통 앞에서 맹대우를 만났다.

"일찍 나오셨어요?"

"아, 예… 이제 퇴물이라고 직원들이 6시 땡 하면 등을 떠미네요."

"그래요?"

"당직도 서지 말라네요. 자기들이 돌아가면서 대신 선다고……."

맹대우는 웃었지만 그 미소는 헐렁해 보였다. 정든 직장을 떠나야 할 마당. 사실 평생 일한 직장을 떠날 때는 즐거워야 한다. 하지만 고령화 사회가 되었다. 아직도 살날이 창창한데 할 일이 사라지는 것이다. 게다가 먼저 퇴직한 선배를 보면 사람 꼴이 말이 아니다. 그러니 이래저래 심난한 모양이었다.

"저기… 그런데 과장님……."

"예, 말씀하세요."

"사실 제가 오늘 제 마음대로 한 사람을 오라고 했습니다."

"누구요? 우 주사님요?"

"우만기가 아니고……."

맹대우는 목을 몇 번 긁적인 후에 말을 이었다.

"지 주임이라고……."

"지 주임요?"

탁대가 고개를 들었다. 시청 안에 한두 명이 아닌 지 주임. 그러니 누굴 말하는 건지 알지 못했다.

"민원실 지 주임… 아세요?"

"민원실이면… 아, 그 40대 후반 여직원요?"

"아이고, 아시네."

"그런데 그분이 왜요?"

"그게… 그 친구가 제 여동생 친구인데 이번에 자꾸 그만두겠다고 해서……."

"아직 나이도 젊으시잖아요?"

"그렇죠. 이제 겨우 40대인걸요."

"그런데 왜요? 지병이라도 앓으시나요?"

"그게… 진상 민원 때문에……."

'진상 민원?'

"안녕하세요? 조 과장님!"

지 주임은 조금 늦게 시장통 횟집에 들어섰다. 어디가 아픈지 병색이 완연한 표정이었다.

"알지? 우리 조 과장님."

맹대우가 지 주임을 반겼다. 지 주임은 맹대우 옆에 앉았다.

"맹 주사님이 괜히 과장님 번거롭게……."

지 주임은 말을 아꼈다. 그녀의 자의라기보다 맹대우가 추진한 일임을 알 수 있는 대목이었다.

"번거롭지만 그래도 송 과장님보다는 백배 나아. 그 양반은 밑에 사람들 아끼는 마음이 없잖아? 자기만 생각하지……."

송 과장은 민원봉사과장이다. 말은 번지르르하지만 임기응변에 능해 그때만 넘기면 그만인 것으로 정평이 자자한 인물. 그래도 나름 달변이라 민원실 운영을 잘한다는 평을 받고 있었다.

"나야 정년이니까 그만두면 그만이지만 지 주임은 아직 멀었잖아? 혹시 알아? 조 과장님은 직원들 일도 허투루 넘기는 분이 아니니까 해결해 주실지."

"……."

맹대우가 위로하지만 지 주임은 입을 다물어 버렸다.

"일단 한 잔 해. 술 들어가면 좀 나아질 거야."

맹대우는 탁대에게 소주를 따른 후에 지 주임에게 맥주를 따라 주었다. 지 주임은 대충 잔을 부딪친 후에 맥주를 마셨다.

퀭한 피로감.

그리고 건조한 피부.

척 봐도 그녀의 피로도가 얼마인지 짐작이 갔다.

"제가 비록 힘은 없지만……."

대충 감을 잡은 탁대가 천천히 운을 떼었다.

"애로가 있으면 말씀해 보세요. 제 힘으로 안 되면 시장님이나 부시장님께 말씀드려 보겠습니다."

"그려. 과장님이 물을 때 얼른 얘기해."

맹대우가 지 주임을 재촉했다.

"말씀은 고맙지만 시장님이나 부시장님도 어쩔 수 없는 일이에요."

지 주임이 비로소 입을 떼었다.

"무슨 일이시기에?"

"……."

"아이고, 답답해라. 혼자 힘들면 누가 알아줘? 그냥 속 시원히 얘기라도 하라니까!"

"맹 주사님!"

탁대가 맹대우를 진정시켰다. 혼자 손이 달아오른 맹대우는 소주를 홀짝 넘겨 버렸다.

"오늘 말할 기분이 아니시면 내일 제 방에 오세요. 거긴 상담실도 따로 있으니까요."

탁대는 채근하지 않았다. 무슨 일인지는 모르지만 고민이라는 거, 상대가 말하지 않는 한 억지로 꺼내볼 수 없는 일이었다.

"술 한 잔 더 마실게요."

탁대의 말이 끝나자 지 주임은 맥주병을 들어 자작을 했다.

벌컥벌컥!

그녀도 목이 타는지 술은 단숨에 비워졌다.

"실은… 몇 번 죽으려고도 했어요!"

이제야 작심을 한 걸까? 술의 힘을 빌린 그녀가 탁대를 바라보았다. 죽는다? 예상치 못한 말이 튀어나왔다. 그녀의 문제는 그만큼 심각한 일인 모양이었다.

"그 진상 민원인 때문에……."

회한을 곱씹는 듯 그녀의 뺨에 눈물이 흘러내렸다. 단 한마디로도 그녀의 한이 되는 사람은 누구란 말인가?

"천천히 얘기하세요."

탁대는 두 손으로 잔을 채워주었다.

"주민센터 때부터였어요. 그때부터 제가 가는 곳마다 따라다니면 민원을 제기하는……."

지 주임의 어깨가 들썩거렸다.

진상 민원!

공무원에게는 불손한 말이다. 민원은 본래 주민의 청에 부응하지 못해 들어오는 요청이었다. 긍정적인 면만 본다면 아주 좋았다. 공조직에서 다 챙기지 못한 일들의 피드백이기 때문이었다.

그럼에도 불구하고!

진상이라는 단어를 앞에 붙일 때는 그런 민원이 아니었다. 적합한 요청이 아니라 사사로운 감정이거나 법에 저촉되어 할 수 없는 일을 민원이라는 단어로 포장하기 때문이다.

지 주임!

그녀의 악몽이 시작된 건 등본 한 통이었다.

어느 날 그녀가 근무하는 주민센터에 온 이학봉. 57세의 이 남자는 바로 딴지를 걸었다.

"이게 뭐야? 인쇄가 흐릿하잖아?"

지 주임은 바로 확인했다. 갓 출력된 등본. 별문제는 없었다.

"여기 봐. 이거 인쇄된 인지 잉크가 퍼졌잖아? 이렇게 하고 인지세 떵겨 먹는 거 아니야?"

"……."

"그리고 이건 또 무슨 짓이야? 고유번호… 이거 무슨 표시야?"

"……."

"당신들 내 정보 다 알고 있지? 그리고 이 종이, 왜 반듯하지 않아? 지금 사람 무시하는 거야?"

등본 한 통의 모든 사안을 걸고넘어지는 민원인. 지 주임은 어이가 없어서 말이 나오지 않았다. 그래도 상대는 공무원의 상전인 민원인. 전자출력 등본에 대해 설명해 보지만 그는 등본을 던지고 가버렸다.

그럴 때 더 염장을 지르는 게 바로 팀장과 동장이었다. 이유야 어쨌든 큰소리가 나왔다. 그러니 사건 진상은 파악할 생각도 없이 지 주임에게 핀잔을 주었다.

좀 요령껏 해.

관리자들이 단골로 쓰는 말이다. 쉬운 길을 택하는 것이다.

이학봉은 그 다다음날 또 왔다.

이번에는 2만원을 지 주임 민원대 위에 올려놓았다.

"내가 요 앞에서 주웠거든. 임자 찾아줘."

"습득물은 경찰지구대에 가져다 주셔야 해요."

그 응대가 잘못이었다. 이학봉, 기다렸다는 듯이 강력한 태클을 걸어왔다.

"너는 월급 받으면서 뭐하는데?"

"……."

"네가 접수하면 어디가 덧나냐?"

그 또한 어이상실이었지만 지 주임이 백번 양보해서 지구대에 넘겨주었다. 사단은 보름쯤 후에 일어났다.

"그 돈, 주인 찾아줬어?"

이학봉이 또 등장했다.

"지구대에 넘겼는데요?"

"그럼 접수증 내놔봐."

"네?"

"접수증 말이야."

"궁금하시면 제가 담당 경찰 이름 아니까 적어드릴게요. 거기서 물어보세요."

"야! 너 그 돈 네가 꿀꺽했지?"

"선생님, 말씀이 지나치세요."

"지나치긴 뭐가 지나쳐? 공무원이 돈을 주고받았으면 영수증 같은 거 있을 거 아냐? 그런 거 없다는 건 네가 먹었다는 거 아냐?"

"어휴!"

"여기 동장 어디 갔어? 동장 나와. 민원이 주워다 준 돈을 공무원이 처먹어? 내가 청와대하고 경찰청, 검찰청에 민원 넣을 거야. 너희들 횡령으로 다 짤라 버릴 거라고!"

그 날 주민센터는 완전히 뒤집혀 버렸다.

그리고 그 책임은 고스란히 지 주임 몫으로 돌아왔다. 지 주임은 아무 잘못 없이 공연히 문제 직원으로 찍혀 버렸다. 관리자들이 귀찮은 일 떠넘기기 신공을 펼친 덕분이었다.

그 후로도 잡다한 민원 제기가 이어졌다. 이학봉은 나타나기만 하면 모든 게 민원 대상이었다. 민원센터 건물 앞에 꽁초가 떨어져 있어도 문제를 삼았고 인도에 한쪽에 쌓인 눈도 공무원 탓이었다. 더 큰 문제는 그걸 꼭 지 주임을 붙잡고 늘어진다는 사실이었다.

대미는 거기서 끝나지 않았다. 재미를 붙인 이 민원은 문제를 위한 문제를 양산하며 마침내 청와대 게시판까지 장악하기 시작했다. 거기에 부록으로 국무총리실 · 감사원 · 국민권익위원회 등에도 잇따라 같은 민원을 복사해 넣었다.

4중고!

5중고!

지 주임의 부담은 제곱으로 늘어났다. 중앙에 접수된 민원이 다시 도를 거치고 시를 거쳐 지 주임에게 떨어졌기 때문이었다. 졸지에 문제 공무원이 되고 말았다.

"그렇게나 심각합니까?"

귀를 기울이던 탁대가 물었다. 차마 계속 들을 수가 없었다.

"예……."

지 주임이 힘없이 대답했다.

"그럼 정식 민원을 얼마나 제기한 겁니까?"

"지금까지 총 600여 건……."

'600여 건?'

탁대의 눈이 휘둥그레졌다. 보통 민원 한 건만 떠도 호들갑을 떠는 공무원 조직이다. 그건 탁대도 많이 겪은 일이었다. 교통과 첫 보직 때 얼마나 시달렸던가? 그때 사실, 탁대를 슬프게 하는 건 민원보다도 간부들의 태도였었다.

"그럼 부서장들은요? 아무런 대책도 세워주지 않았나요?"

"한두 번은 형식적으로라도 그 사람을 모셔서 얘기를 했어요. 그런데 그 사람이 집요하게 나오니까 공연히 자기까지 휘말릴까 싶어서……."

"그래서 그냥 당하고만 살았던 겁니까?"

"부서를 옮기면 괜찮을까 싶어 여기 저기 전보를 다녔어요. 그런데 그때마다 어떻게 알고 찾아와서……."

"후아!"

"어떨 때는 하루 종일 전화를 받을 때도 있어요. 업무 때문에 내가 먼저 끊으면 민원을 우습게 안다고 국장님이나 시장실에도 전화를 걸고… 감사실에도 투서하고……."

"허얼!"

목이 탄 탁대는 남은 소주를 들이켰다. 제정신으로는 들을 수 없는 사연이었다.

"그럼 시청에서 해준 건요? 그냥 너 알아서 해라였습니까?"

"애로를 호소하면 과장님이 심리치료 프로그램에 보내주긴 했어요. 하지만 그래봤자 다녀오면 또 이학봉 씨가……."

기다리고 있었다.

지 주임은 묵례를 남기고 맹대우와 택시에 올랐다.

혼자 남은 탁대. 밤바람이 시원했지만 가슴은 답답했다. 어쩌다 여기까지 왔을까? 어째서 공조직의 명예가 땅도 모자라 지하까지 떨어졌을까?

하지만!

공무원도 인간.

더구나 시비를 위한 시비는 묵과할 수 없는 일이었다.

'이학봉…….'

탁대는 처음으로 벼린 화살을 민원인을 향해 겨누었다.

* * *

"시장님!"

다음 날, 탁대는 시장실에 들어섰다.

"어서 오시게!"

김 시장은 탁대를 반겼다.

"연립주택 공사장 보고가 올라왔는데 터 닦이가 끝났다더군. 오후에 현장에 가볼 생각인데 동행할 텐가?"

"그보다 다른 터도 좀 닦아야 할 거 같습니다."

"다른 터?"

시장이 탁대를 바라보았다.

"직원들 근무 환경 말입니다."

"무슨 일이 있었나?"

"그게……."

탁대는 아침 일찍 파악한 민원실 CCTV의 몇 장면을 틀었다. 이학봉이 스토킹이라도 하듯 집요하게 지 주임을 괴롭히는 장면이었다.

"이건 좀 심각하군."

김 시장이 눈살을 찌푸렸다.

"공무 방해를 넘어서 범죄 수준입니다. 시장님은 보고받지 못했습니까?"

"잠깐 기다려 보시게."

시장은 비서실장을 불러들였다. 잠시 후에 비서실장이 그동안 시장실에 제기된 주요 민원리스트를 가지고 왔다. 그 안에도 이학봉의 민원 제기는 30여 건에 달했다.

"송구한 질문인데 시장님, 혹시 이 사안에 대해 어떤 조치를 취하셨습니까?"

"그게……."

"시장님이 곤란하시면 실장님이 말해주시죠. 어차피 사안이 중대한 게 아니었으니 상당수는 실장님 선에서 끝냈을 거 아닙니까?"

탁대가 실장을 돌아보았다.

"맞습니다. 제가……."

실장은 어깨를 으쓱해 보이고는 말을 이어갔다.

"잘 아시겠지만 대개 팀장이나 과장을 불러 주의를 환기시키는 선에서… 좀 심하면 담당자를 불러 주의를 주고 빠른 조치를 하도록 지시하지요."

"빠른 조치라는 건 맹목적인 사과를 말하는 거죠?"

"……."

"답변은 그걸로 됐습니다."

"자넨 그만 나가보시게."

시장이 실장을 물렸다.

"내가 어떻게 하길 바라는 건가?"

시장이 나가자 시장이 탁대를 바라보았다.

"제 생각입니다만… 시장으로서 시민을 위한 시정은 중요하다고 생각합니다. 하지만 지금 돌아보면 서비스를 받는 쪽만 생각한 나머지 서비스를 행하는 쪽의 사기는 전혀 고려되지 않고 있습니다."

"……."

"책자를 보다 보니 요즘 민간기업에서도 무한 서비스가 아니라 정당한 서비스 쪽으로 유턴하는 기업이 많다고 들었습니다."

"정당한 서비스?"

"악의적인 블랙 컨슈머와 진상 컨슈머에게 끌려 다니지 않고 처벌함으로써 기업의 업무 손실을 방지하고 바른 소비문화를 정착해 간다고 합니다."

"흐음… 바른 소비문화라?"

"기업이 왕으로 모시던 소비자에 대한 응대 방식에 변화가 생긴 거죠. 치열한 경쟁 속에서 살아남는 길은 소비자에 대한 무한 서비스가 아니라 직원들의 사기가 중요하다는 새로운 변수를 주목하기 시작한 겁니다."

"계속하시게."

"공무원들이야말로 IMF 이후에 불어닥친 무한 서비스 경쟁에 기진하기 직전입니다. 이후로 컴퓨터가 보편화되면서 악의적인 민원 제기가 줄을 잇고 있지만 정부나 지자체는 이에 대한 대책을 제대로 세운 적이 없습니다. 그저 빨리 처리하고 보고하라는 말만 앵무새처럼 앵앵거리고 있으니까요."

"내가 알기로는 대책을 세워서 시행 중인 걸로 아는데?"

"심리치료 프로그램 말입니까?"

"그래. 우리 시 자체에서도 시행 중일 걸세."

"그거 사후 약방문에 불과합니다. 중요한 건 원인 제거가 아닐까요?"

"……."

"권위적인 공권력은 사라지는 게 맞습니다. 하지만 정당한 공권력은 인정되어야 합니다. 작금에 보면 취객들이 파출소에서 난동을 부리고 경찰을 폭행해도 그냥 쉬쉬 넘어가는 형편입니다. 이 또한 경찰 수뇌부가 파장을 우려해 직원 보호를 포기하는 일이라고 봅니다."

"그럼 어떻게 했으면 좋겠나?"

김성곽이 물었다.

"시장님의 단호한 의지를 보여주십시오!"

"단호한 의지?"

"중앙정부나 기타 공문을 분석해 보니 열심히 일한 공무원의 사소한 잘못은 결코 문제 삼지 않겠다는 문구가 명문으로 있더군요. 하지만 하위직 주무관들 입장에서 보면 전시용 공염불에 불과합니다. 오히려 잘못이 없는 경우에도 민원 제기가 들어오면 무조건 사과하고 문제되지 않게 하라가 이 나라의 정책 방향 아닙니까?"

기왕 시작한 일, 탁대는 정책 입안자나 결정자들의 폐단을 적나라하게 짚어나갔다.

"거기에는 시장님도 포함됩니다. 기관장으로서 시민의 좋은 평가만을 기다리지만 현대처럼 다양한 욕구가 발산되는 사회에서 좋은 평가만 나올 수는 없는 일입니다."

"으음……."

"바라건대 지 주임 건을 기회로 단호한 의지를 보여주십시오. 주민을 위해 봉사하는 건 당연한 일이지만 터무니없는 주민 요구에 대해서는 직원 보호를 확실히 해준다는 의지. 그 또한 봉황시를 부각시키는 일이라고 생각합니다. 이런 환경 속에서 어떤 공무원이 즐거운 마음으로 서비스를 제공할 수 있겠습니까?"

"본보기를 보여라?"

"본보기가 아니라 공권력의 정당성을 회복해 달라는 겁니다."

"……."

"시장님!"

부담스럽다.

시장의 눈빛은 그것이었다. 시장 입장으로 보면 말썽은 절대 곤란했다. 어찌 보면 담당 직원이 그저 죄송하다고 민원에게 고개를 숙이면 될 일이었다. 그것도 안 되면 팀장이나 과장이 나서면 사과하면 그만이다.

이런 일이 잘못 와전되어 시장이 '시민을 억압한다' 라는 쪽으로 여론이 형성되면 막대한 압박에 직면한다. 그렇게 되면 시정을 이

끌기도 곤란하거니와 차기 선거, 나아가 대다수 지자체 단체장이 꿈꾸는 지역의원 도전은 물거품이 되는 것이다.

벤치마킹.

시장들이 선호하는 단어다. 이런 경우라면 전국적인 분위기가 중요했다. 나라의 분위기가 공권력 회복을 외치는 쪽이라면 간단하다. 하지만 아직은 아니었다. 과거, 공권력과 행정력이 부단히 국민의 권리를 침해하면서 형성된 부정적인 심리가 문제였다.

공무원은 복지부동! 급행료를 안 주면 될 일도 꽝!

국민을 등쳐 먹는 뇌물 집단.

이런 식으로 형성된 국민 정서는 아직도 곳곳에서 유효했다. 수많은 인력으로 구성된 공무원 집단. 그렇기에 아무리 자정과 청렴을 강조해도 여기저기서 문제 직원이 발생했다. 그들은 어제도, 오늘도 언론의 한 장을 장식하고 있다. 덕분에 국민들의 시선은 아직 시장에게 우호적이 아니었다.

나아가 중앙정부와 관련 부처들, 그리고 옥상옥의 각종 무슨 위원회들… 그들 또한 진상 조사보다는 몇 건 처리 등의 실적 부풀리기에 혈안이다. 참, 빌어먹을 '실적'이다.

따라서 튀면,

죽을 수도 있었다.

하지만!

지금 시장 앞의 상대는 조탁대. 그는 공무원의 아이콘이다. 그건 시장이 멋대로 붙인 이름이 아니었다. 자고로 전통은 하루아침에 이루어지는 게 아닌 법. 심지어는 검찰에서도 그 명성을 드높인 탁대가 아니었던가?

'조 과장이라면…….'

시장은 비로소 결단을 내렸다. 그가 하면 역풍은 걱정하지 않아도 될 듯싶었다.

"하시게!"

김성곽의 입이 열렸다. 다소의 부담을 감수한 것이다.

"시장님!"

"멋졌네. 청문이라는 게 구성원 모두를 위한 거여야겠지. 그렇다면 우리 직원들 사기를 저해하는 폐단을 없애는 일도 마땅하네."

"시장님……."

"악의적인 진상 민원을 엄중하게 법대로 처리하게. 후폭풍 같은 게 일어나면 내가 다 책임지겠네."

김성곽이 후끈 열기를 뿜어냈다.

*　　*　　*

탁대가 청문담당관실로 돌아오자 은돌과 가연이 탁대를 반겼다.

"준비 됐나요?"

탁대가 물었다.

"예!"

은돌이 테이블을 바라보았다. 거기에는 아침부터 분석이 끝난 각 부서의 진상 민원 리스트와 CCTV 자료들이 놓여 있었다.

봉황시에서 프로페셔널하게 진상 민원을 제기하며 활약(?)하는 사람은 네 명이었다. 통계표를 이들 네 명이 그동안 제기한 민원만 3,800여 건에 달하는 실정. 민원 내용을 보니 절대 다수가 개인의 취향이나 사소한 문제 제기 등 민원을 위한 민원에 불과해 보였다.

탁대는 서류를 내려놓고 전화기를 들었다. 지금은 여론의 시대. 아무리 바른 일이라도 시민과 직결되는 일이었으니 무작정 공권력 행사에 나서는 일은 금물이었다.

"고 기자님, 저 봉황시청의 조탁대입니다!"

—어, 우리 조 실장님이 웬일이셔?

"부탁 하나 드리려고요."

—부탁?

"제가 자료 하나 보내드릴게요. 그것 보시고 조언 좀 해주세요."

탁대는 고 기자에게 악질 민원 현황 서류를 전송했다. 나아가 그동안 친분을 맺은 기자들과 지역 신문의 마해종에게도 고이 전송해 주었다.

제일 먼저 응답한 건 역시 고동길이었다.

—조 실장, 우리 완전히 통하나 본데?

고 기자가 반색을 해왔다.

"통하다뇨?"

—그렇잖아도 내가 이런 주제로 기획 기사를 작성 중이었거든. 요즘 블랙 컨슈머하고 악의적인 문제 제기자들, 상담원 희롱 협박 전화 등이 사회적인 이슈가 되고 있어서 말이야.

"어, 그래요?"

탁대에게는, 반가운 소식이었다.

—원하는 게 뭐야? 악질 민원인 한 방 때려줘? 아니면 분위기만

잡아줘?

"전자입니다. 나중에 제가 요청하면 오셔서 기사 좀 써주세요. 아주 객관적으로요."

—그야 물론이지. 아무리 조 실장이라지만 기사를 조작해 주지는 않아.

"원하지도 않습니다. 대신 적나라하게 진실을 적시해주시기 바랍니다. 공무원들도 선량한 시민들도 현실을 직시할 수 있게 말입니다."

—오케이, 지금부터 스탠바이할 테니 언제든 콜 하시라고.

고 기자는 흔쾌히 답하고 전화를 끊었다.

탁대, 사전 정지 작업은 끝났다.

'후우!'

탁대는 가슴뼈에 걸린 숨을 가볍게 밀어냈다.

오후가 되었다.

민원실의 전화를 기다렸지만 오지 않았다.

'가는 날이 장날.'

탁대는 그 단어를 떠올렸다. 뭐든 준비가 단단하면 잘 일어나지 않는다. 그러기에 유비무환이 필요한 건지도 몰랐다.

탁대는 다른 부서에 업무협의차 들렀다가 현관으로 내려갔다.

"조 과장님!"

맹대우와 우만기가 다가왔다.

"차 한 잔 뽑아드려요?"

탁대가 물었다.

"웬 걸요. 뽑아도 저희가 뽑아야죠."

맹대우가 손사래를 쳤다.

"아직인 거 같은데요?"

탁대가 민원실을 보았다.

"그러게요. 저도 아침부터 눈 부릅뜨고 있는데……."

맹대우의 말을 뒤로 하고 민원실에 들렀다.

논스톱 행정 서비스.

이제 보니 굉장한 단어가 눈에 띄었다.

논스톱.

위험한 단어다. 왜냐하면 민원인들에게 오해를 야기하기 쉬웠다. 논스톱이라면 여기서 모든 서비스가 끝나야 한다. 그런데 시청의 형편은 절대 그렇지가 않았다. 여기서 끝나는 일이라야 각종 민원서류 발급 정도였지 진짜 이해관계를 다투는 민원은 손도 댈 수 없는 곳이다.

'이 또한 전시행정…….'

과시적인 전시행정의 폐단이다. 예컨대 누군가 논스톱이니까 이 자리에서 다 해놓으라고 말한다면 그건 진상일까 아닐까? 이학봉의 경우에는 악의적이지만 결국 사소한 오해를 불러일으키는 건 행정 집단의 책임도 컸다.

"이 팀장님……."

탁대는 민원실 주무팀장 앞으로 가서 논스톱에 대한 견해를 밝혔다. 그러자,

"에이, 그거야 그냥 폼으로 써둔 건데 뭘 그러세요?"

하는 대답이 돌아왔다. 지금까지 아무 문제없었다. 그런데 왜 예

민하게 구느냐? 팀장의 견해다. 거기에 덧붙여,

"저거 다른 광역시에서 따온 거예요. 그럼 거기도 문제라는 겁니까?"

라며 탁대를 가르치려 들었다. 한마디로 내 업무에 관여 말고 네 일이나 잘하라는 의미다. 탁대는 마침 민원 제기된 리스트에서 관련 항목을 보여주었다.

무한 돌봄, 평생 건강을 책임집니다, 논스톱, 무한감동 서비스……. 모두 시민들의 지적을 받았던 무책임한 단어였다.

"시장님 지시입니다!"

탁대는 시장의 권위를 빌렸다. 그제서야 이 팀장이 고개를 끄덕였다. 사소한 것 하나도 합리적인 수준에서 생각하지 못하고 관행이나 윗선의 명령에 기대는 공무원들. 탁대는 마음이 무거웠다.

그러다 막 지 주임과 눈인사를 건네고 돌아설 때였다. 그녀의 입술이 불안하게 꿈틀거렸다.

"왔어요!"

나지막한 목소리, 동시에 불안에 휩싸여 전율하는 목소리. 그것만으로 탁대는 누가 등장했는지 알 수 있었다.

이학봉!

그가 입장하고 있었다. 얼굴 가득 번지르르한 개기름을 번득이며!

"이게 뭐야?"

이학봉은 등장과 동시에 군소리부터 쏟아냈다. 민원대에 놓인 구겨진 서식용지 때문이었다. 방금 전에 온 민원인이 작성에 실패하자 아무렇게나 놓고 간 것이다.

"쓰레기통 좀 봐라. 가래침까지 들어 있네."

이학봉은 민원대 밑을 손으로 쓸었다. 그러자 먼지가 조금 묻어났다.

"이거 안 보여?"

그는 지 주임 앞에 먼지 묻은 손가락을 들이밀었다.

"죄송합니다."

"죄송? 맨날 말로만 죄송? 그리고 그 옆 자리 인간은 어디서 땡땡이야?"

"방금 화장실에……."

"화장실 좋아하시네. 보나마나 지 개인 볼일 보러 갔거나 어디 처박혀서 자고 있겠지."

"아닙니다. 진짜 화장실에……."

"어이구, 이 화초는 다 죽어가네. 이거 내가 낸 세금으로 산 거 아니야?"

이학봉의 시선이 작은 화분으로 옮겨갔다. 탁대는 조금 떨어진 곳에서 직원들을 바라보았다. 다들 무관심이다. 다들 행여나 이학봉의 태클이 자기에게 옮겨올까 걱정하는 눈치였다.

"우리 집 하수구에서 냄새가 나거든. 그거 소독 좀 해줘야겠어."

이학봉이 오늘의 메뉴를 꺼내들었다.

"소독은 보건소 담당입니다. 전화번호 알려드릴 테니까 거기 문의하세요."

"야!"

지 주임의 말이 끝나기도 전에 이학봉이 호통을 쳤다.

"넌 공무원 아니야? 그리고 전화는 가기 뒀다가 뭐해? 입이 없어? 손이 없어?"

이학봉, 그의 진상신공이 발휘되기 시작했다. 그 즈음에서 탁대가 나섰다.

"실례합니다!"

"넌 뭐야?"

이학봉이 짜증을 내며 돌아보았다. 한마디로 그는 안하무인이었다.

"시청 청문담당관 조탁대입니다."

탁대는 공손히 신분증을 보였다.

"너도 공무원이냐?"

"예!"

"그래서?"

"불편을 끼쳐 죄송합니다. 보아하니 문제가 있으신 거 같아서요."

"눈깔 있으면 보면 몰라? 공무원들 자세가 이게 뭐야? 그저 일 안 하려고 이 핑계 저 핑계……."

이학봉의 목소리가 점점 높아졌다.

"이 직원의 응대에 불만이 있으시군요."

탁대가 지 주임을 가리켰다.

"다 그렇지만 그 인간이 특히 더하지. 김성곽이 이 놈은 이런 것들 안 자르고 뭘 하는지……."

"만족스럽지 못한 점이 있으면 제게 말씀하시죠. 제가 바로 주민 불편 사항을 책임지는 업무를 맡고 있습니다."

"직급이 뭔데?"

"사무관입니다."

"그래?"

이학봉의 눈빛이 달라졌다. 공무원 중에서는 아직 어린 탁대. 그랬기에 어디서 9급이나 8급이 걸그적거린다고 생각하던 이학봉이었다.

"제 방으로 모시겠습니다. 가셔서 불만스러운 일에 대해 말씀해 주시면 바로 개선토록 하겠습니다."

"뭐, 그럼 가보자고."

"지 주임도 따라오세요!"

탁대는 지 주임을 동행시켰다.

"어이구, 공무원들 팔자가 늘어졌구만. 이 테이블하고 소파 좀 봐라. 이게 다 얼마짜리야? 내가 낸 세금으로 아방궁을 차렸네."

청문담당관실에 들어온 이학봉, 소파에 앉자마자 딴지부터 걸어댔다.

"차 한 잔 드세요."

가연이 차를 내밀었다.

"됐어. 이럴 시간 있으면 민원이나 처리하라고!"

이학봉은 짜증을 내며 거절했다.

"정말 죄송합니다."

탁대는 굽신 이학봉의 비위를 맞췄다. 그런 다음에 한 가지 제안을 했다.

"기자?"

탁대의 말을 들은 이학봉이 고개를 들었다.

"예, 보다 객관성을 기하기 위해서입니다. 선생님도 원하는 바라고 생각됩니다만……."

"어디 기자인데?"

"서울에서 온 중앙일간지 기자입니다."

"오? 그래? 그럼 좋지. 그래야 공무원 놈들이 장난도 못 칠 테고."

이학봉이 콧김을 뿜었다. 탁대는 은돌을 시켜 회의실에 대기 중인 고동길과 또 다른 일간지 기자, 그리고 마해종을 입실시켰다.

"그럼 불만 사항부터 말씀해 주시겠습니까? 가능하면 제가 책임지고 처리하겠습니다."

"당신, 그 말 책임지라고."

기자들이 포진하자 이학봉의 기세는 더욱 등등해졌다.

"그럼요."

"기자 양반들도 들었죠? 공무원들이 허튼짓하면 대서특필해 주시오. 복지부동 밥값만 축내는 공무원들이라고."

"예!"

고동길이 셋을 대표해 대답했다.

"하여간 이놈의 봉황시청은 뭐 하나 제대로 하는 게 없어요. 특히 저 지유순!"

"……."

이학봉이 지 주임을 가리키자 지 주임은 고개를 떨어뜨렸다.

"저희가 이 선생님이 제기한 문제제기 사안을 모아봤는데……."

탁대가 리스트를 꺼내 들었다. 그러자 이학봉이 기세를 올리기 시작했다.

"문제가 그것뿐인 줄 알아? 그건 단지 빙산의 일각이라고!"

"……."

"그래. 어쩔 건데?"

이학봉은 목이 부러져라 힘을 주며 탁대를 노려보았다.

"지 주임님, 우선 사과하세요."

"네?"

탁대가 권위에 가득한 목소리로 말하자 놀란 지 주임이 탁대를 바라보았다. 악질 민원을 해결해 준다던 어제 말과 딴판인 것이다.

"사과하시라고요. 말 못 알아들어요?"

"과장님……."

"하늘 같은 시민이십니다. 원하는 건 뭐든 들어주는 게 공무원의 사명 아닙니까? 그런데 이렇게 많은 문제를 제기하도록 처리하지 않은 건 업무 태만이잖습니까?"

"크허어엄!"

이학봉, 가래침이 튀어나올 정도로 헛기침을 해댄다.

"어서요!"

탁대가 다그치자 지 주임은 파르르 전율하며 마지못해 고개를 조아렸다. 기자들까지 배석한 마당이니 그녀로서는 방을 뛰쳐나갈 수도 없었다.

탁대는 보았다. 탁대까지 싸잡아 원망하는 지 주임의 눈빛.

너도 똑같은 놈은 놈.

그 눈빛은 그렇게 말하고 있었다. 탁대는 지 주임의 냉소를 외면하며 은돌에게 노트북을 가져오게 했다.

"우선 지 주임의 잘못부터 확인하겠습니다."

탁대의 시선이 이학봉에게 향했다. 이학봉은 회심의 미소를 머금고 고개를 끄덕거렸다.

노트북에서 CCTV 화면이 돌기 시작했다. 첫 화면은 다른 진상 민원이었다. 그는 민원실 한 주임을 향해 말도 안 되는 건을 이유로 트집 잡고 있었다.

이 건은 대형폐기물 냉장고가 문제였다. 주민센터에서 5천 원을 주고 받아온 스티커. 그걸 붙인 냉장고를 처리업체가 실어갔다. 여기까지는 정상적인 행정 처리 시스템. 누구의 잘못도 착오도 아니었다.

그런데!

민원은 이렇게 말했다.

"다른 지자체에서는 2~3천 원을 주고 사간다는데 우리 시는 왜 돈을 안 주나? 공무원들이 중간에서 착복하는 거 아닌가?"

한 주임이 조례를 보여주며 설명하지만 막무가내. 이 민원은 화분을 깨고 민원서식을 찢으며 난동을 부렸지만 한 주임은 꼼짝없이 당하는 수밖에 없었다.

"이건 내가 아니잖아?"

지켜보던 이학봉이 말했다.

"죄송합니다. 민원제기가 워낙 많다 보니 다음에 나오려나 봅니다."

탁대는 계속 화면을 진행해 나갔다.

그 다음 건 역시 한 주임 화면이었다. 다른 날 찾아온 민원은 이번에는 전단지를 한 주먹 주워 들고 와 시비를 걸었다. 누군가 자기가 다니는 길목에 뿌리고 간 광고전단지. 그걸 시청에서 단속하지 않아 자기가 밟고 미끄러지는 바람에 무릎이 아프다며 보상하라는 것. 이번에는 전단지를 뭉쳐 한 주임 얼굴에 던지는 장면이었다.

"아, 저 인간 저거 성깔 더럽네. 자기가 넘어지고 누구한테 물어내라는 거야? 책임을 물으려면 전단지 사장에게 따져야지."

이학봉이 반응을 보이기 시작했다. 비슷한 악성 민원 몇 편이 더 돌아가자 이학봉의 반응도 점점 고조되었다. 결국에는,

"저거 완전 돌아이들 아니야? 민원을 제기할 걸 제기해야지?"

이학봉의 목소리가 훌쩍 높아졌다. 슬쩍 돌아보니 기자들 입가에 미소가 엿보였다.

탁대는 그 타임에서 이학봉의 녹화 장면을 틀었다. 그건 전편에 나온 생떼 민원과 하나도 다르지 않았다. 아니, 오히려 더하면 더했던 것이다.

"……?"

화면으로 자기의 만행을 확인한 이학봉의 얼굴이 구겨지기 시작했다. 탁대의 지시대로 화면의 민원은 점점 더 강도가 높아졌다. 따라서 그는 더 추악하게 보였다.

"흑!"

함께 보던 지 주임은 끝내 울음을 터트렸다. 모든 생떼를 고스란히 감당해야 했던 지 주임. 더러는 잊었던 아픈 기억이 떠오르면서 눈물샘을 자극한 것이다.

"……!"

이학봉의 안색이 변하기 시작했다. 자기의 추악함을 생생하게 보게 되는 이학봉. 그 자신이 보아도 그건 말도 안 되는 행동이었기 때문이었다.

"그, 그거 꺼요!"

이학봉은 결국 두 손으로 노트북 화면을 가렸다.

"앞에 나온 다른 민원인들 보시니까 어떻습니까?"

탁대가 말을 돌려 물었다.

"험험… 그거야 뭐……."

이학봉, 말을 아낀다.

"제가 판단하기로 그 민원인들의 민원은 무시하는 게 맞다고 봅니다만 시민의 한 분으로서 어떻게 생각하시는지……."

"뭐, 좀 그렇기도……."

"이 선생님 민원은 어떻게 처리해 드릴까요?"

"어험……."

이학봉은 어색한 기침만을 연발했다. 기자들의 눈을 의식하는 것이다.

"기자님들은 어떻습니까? 저희가 이 민원을 처리해야 하는 걸까요?"

탁대가 비로소 기자들을 바라보았다.

"……."

고 기자는 어깨를 으쓱할 뿐 의견을 피력하지 않았다.

"우선 저희 시의 입장은 이렇습니다."

탁대는 이학봉을 똑바로 바라보았다. 양심에 찔린 이학봉은 그 시선을 살짝 외면했다. 하지만 그런다고 탁대의 목소리까지 피할 수는 없었다.

"이학봉 님을 검찰에 고발할 생각입니다!"

"……?"

눈덩이가 푹 꺼져 있던 이학봉이 기겁을 하며 돌아보았다.

"업무 방해와 협박, 직원 인권침해……. 그동안 제기한 악성 민원을 분석해 보니 죄목만 해도 10가지가 넘을 것으로 보입니다만."

"뭐, 뭐? 고발?"

"이학봉 님!"

탁대의 목청이 한 번 더 묵직하게 발사되었다. 이학봉은 눈을 부릅떴지만 쉽사리 대꾸하지 못했다. 그 사이로 탁대의 말이 쏟아졌다.

"공무원은 주민의 공복이라는 거 백번 인정합니다. 하지만 주민의 공복이지 노예는 아닙니다. 선생님 눈으로 선생님의 모습을 직접 보니 느낌 어떻습니까? 과연 주민으로서의 정당한 권리 침해에 대한 주장이었습니까?"

"이, 이……."

"이학봉 님은 사사로운 개인 감정으로 행정 업무를 방해했습니다. 덕분에 담당 공무원은 정신과 치료를 받을 만큼 깊은 상처를 입었고, 다른 시민들이 간접 피해를 입었습니다. 그 일 때문에 업무에 지장이 생겨 대민 서비스를 활발하게 하지 못했으니까요."

탁대는 계속 일성을 토했다.

"기자님들이 계시니 억울한 점이 있으면 항변하십시오. 선생님도 자기 입장을 천명할 권리가 있으니까요."

"……."

"없으십니까?"

"이… 이건 무효야. 무효라고. 내가 민원을 취소하면 되는 거잖아?"

궁지에 몰린 이학봉이 발악을 했다. 하지만 그는 이미 때를 놓쳤다. 밖에 도착한 검찰수사관들이 들이닥친 것이다. 황독대와 박재인이었다.

—아, 이렇게 되면 안 되는데…….

—내가 너무 심했나? 한두 번 하고 말걸…….

—하지만 원인 제공자는 공무원들이야. 내가 이렇게 된 건 다 공무원들 때문이라고.

슬쩍 발현된 탁대의 독심 마법. 그중에 마음에 걸리는 말이 나오자 탁대가 두 수사관을 막아섰다.

"잠깐만요. 수사관님들과 기자님들에겐 좀 죄송하지만, 밖에서 잠깐만 기다려 주시겠습니까?"

탁대가 부탁하자 수사관과 기자들이 자리를 비켜주었다.

"이학봉 님!"

탁대가 이학봉을 바라보았다.

"일이 여기까지 오시게 된 사연이 있지요?"

"……."

"어차피 이렇게 되었는데 좀 들려주시겠어요?"

"그럽시다."

자포자기했는지 이학봉은 순순히 운을 떼었다.

"그러니까 시작은 아마 주차단속 때문이었던 것 같습니다."

이학봉은 악성 민원인이 된 사연을 시작했다.

주차단속!

그게 문제였다. 집 가까운 곳에 차를 세워두고 다니던 이학봉. 그러던 어느 날 불법주정차 딱지가 붙어 있었다. 부아가 치밀었지만 위반은 위반. 벌금을 물고 차를 다른 곳에 댔는데 다음 날 보니 그 자리에 다른 차가 세워져 있었다. 그 차에는 딱지가 없었다. 그러다가 다시 그 자리가 비자 이학봉이 차를 세웠다. 공교롭게도 또 딱지를 떼었다.

이렇게 두 번이 반복되자 열 받은 이학봉, 난생 처음 시청을 찾아가 하소연을 했다. 인력 부족으로 날마다 단속을 나가는 게 아니라 어쩔 수 없다는 답변이 돌아왔다. 흥분한 이학봉이 언성을 높이자 공무원들이 설설 기기 시작했다.

그게 발단이었다.

그 얼마 후에 동사무소에서 등본을 떼었는데 공익요원이 마무리를 맡았다. 그런데 공익이 전자인지를 찍고 내민 등본은 자기 것이 아니었다. 몇 장을 처리하다 보니 뒤바뀌어 버린 것.

이때부터 이학봉은 공무원을 불신하기 시작했다. 그래서 사사건건 쌍심지를 켜고 확인했다. 재미가 들린 건 목소리를 높이면 다들 자세를 낮춘다는 것. 공무원의 생리를 파악한 이학봉은 각종 검색을 통해 인권위나 부처, 청와대, 감사원 등도 아무 제한 없이 민원을 받아주는 걸 알게 되었다. 더구나 이런 민원은 회신 효과도 확실했다.

공무 불신과 함께 깨닫게 된 빗나간 '국민의 권리 누리기'.

이학봉은 마침내 거기에 중독되고 만 것이다. 딱히 지 주임을 노린 건 그녀가 만만했기 때문이었단다. 남자 직원들은 너무 몰아붙이면 같이 언성을 높이는 경우가 있는데 지 주임은 이학봉이 화풀이하는 대로 당해주었던 것.

"……"

사연을 들은 탁대는 착잡했다. 오늘의 행위는 지나치지만 결국 그 단초를 제공한 건 공무원의 실수. 탁대가 지 주임을 바라보자 그녀는 고개를 숙였다.

다시 수사관들이 들어서자 이학봉은 두 손을 모아 내밀었다. 체념이다. 수갑을 채워도 좋다는 의미였다.

"죄송하지만……."

탁대는 장고 끝에 이학봉을 연행하려는 두 수사관에게 말했다.

"저희가 착오가 있었습니다. 그분은 죄가 없으니 그냥 돌아가 주시면 고맙겠습니다."

"조 과장님!"

"죄송합니다."

탁대는 두 수사관에게 고개를 조아렸다. 그 사이에 마음이 변한 것이다.

"……?"

수사관이 돌아가자 이학봉은 어리둥절한 표정을 지었다.

"아까는 이학봉 님의 소행이 너무 악의적이라 시민 전체의 이익과 바른 행정상을 정립하기 위해서라도 엄단해야겠다고 생각했지만 마음이 바뀌었습니다. 이학봉 님이 여기까지 온 것, 역시 공무원으로부터 비롯된 것이니……."

탁대는 이학봉을 바라보며 말꼬리를 붙였다.

"어떻습니까? 공정하지 못한 공무집행 때문에 비롯된 습관적 민원 제기… 상한 마음 접으시고 저희에게 다시 한 번 기회를 주시는 게……."

"기회요?"

"시민과 이학봉 님을 위해 봉사할 기회 말입니다. 이 일을 거울 삼아 심기일전, 더욱 분발하겠습니다."

"그럼… 날 고발하지 않는 거요?"

"예."

"어이쿠, 이런!"

—어휴, 다행이다.

—검찰에 잡혀가면… 어이쿠, 생각만 해도…….

이학봉은 안도하고 있었다. 다행이 그 마음속에 억하심정이나 뒤통수를 치려는 마음은 보이지 않았다.

"그만 가보셔도 됩니다. 제기하신 민원 중에서 개선이 가능한 건 바로 검토해서 보고 답변드리도록 하겠습니다."

탁대는 정중히 묵례를 올렸다. 입건되는 줄로만 알다가 반전 상황을 만난 이학봉은 어안이 벙벙한 표정을 감추지 못했다.

"과장님……."

이학봉이 나가자 지 주임이 탁대를 바라보았다.

"죄송합니다. 검찰에 넘기려고 했는데 어쩐지……."

"잘하셨어요."

"……?"

"저도 검찰까지는 원하지 않았어요. 게다가 그분이 그렇게 된 사연을 들으니 공무원의 한 사람으로 숙연하기도 하고요."

"힘내세요. 이건 제 생각인데… 아마 앞으로는 지나치게 굴지는 않을 거예요."

"그랬으면 좋겠네요. 처음에는 얘기가 달라서 놀라기도 했는데 저를 위해 이렇게까지 애써주셔서 고맙습니다."

지 주임은 인사를 남기고 민원실로 돌아갔다.

청문담당관실은 다시 원상태로 돌아갔다. 고 기자 등에게도 봉황시와 관련된 기사는 내지 말도록 부탁을 했다. 일단은, 좀 두고 볼 생각이었다.

그런데! 기대하던 반전이 일어났다.

다음 날 민원실에 찾아온 이학봉이 지 주임에게 야쿠르트 한 줄을 내민 것이다. 그는 별다른 말을 하지 않았다. 그저 어색하게 웃었을 뿐. 놀란 지 주임은 자리에 앉지도 못했다. 멍한 그녀의 정신줄을 바로 세운 건 옆 자리의 한 주임이었다.

"지 주임, 저분이 제기한 민원이 온라인에서 전부 자진 삭제되었어."

"정말?"

따르릉! 그로부터 5분쯤 후에 탁대 책상의 전화기가 요란스레 울렸다. 전화를 건 사람은 지 주임이었다.

—과장님, 야쿠르트 마시러 오세요. 제가 가져다 드려야 하는데 시간 내기가 곤란해서요.

"야쿠르트요?"

지 주임의 명랑한 목소리가 이어졌다.

—이학봉 님이 사 오신 거예요. 저보다 과장님이 먼저 드셔야 할 거 같아서요!

5장

서기관 조탁대

연립주택 건설은 순조롭게 진행되었다. 민원실의 진상 이학봉 사건도 끝났다. 끝나기만 한 게 아니라 이학봉은 시정의 적극 협력자가 되었다. 앙금이 풀리자 마음도 변한 모양이었다.

민원실에서 시범 도입한 일일안내원도 자청해서 나섰다. 어깨띠는 그에게 잘 어울려 보였다. 적을 아군으로 만든 케이스였다.

하지만!

공무원 조직이 왜 복마전인가? 사람도 많고 이해관계도 첨예하게 얽히다 보니 조용히 넘어갈 날이 많지 않다. 한동안 잠잠하던 시청에는 다시 전운이 감돌기 시작했다. 봉황시에 소재한 한 별장 때문이었다.

"오빠, 저거 좀 봐."

금요일 저녁, 모처럼 일찍 퇴근한 탁대는 귀염둥이 은정이를 어르고 있었다. 아이들은 어째서 이러게 웃음이 많을까? 그저 손이 닿기만 해도 까르르 웃음보가 터진다.

그때 인터넷 방송에서 고발 프로그램 하나가 흘러나왔다. 우리 주변의 소소한 이야기를 짧은 다큐로 보도하는 프로그램이었다.

문제는 그 별장이 봉황시 소재라는 거였다. 더욱이 탁대의 아파트에서도 그리 멀지 않았다.

원래 탁대는 이런 방송을 보지 않는다. 말하자면 혜자의 취향이다.

오늘의 방송 제목은 수상한 별장이었다.

수상한 별장!

개요는 이랬다. 건축업자 소유지인 고급 별장에 수상한 사람들이 무리를 지어 드나든다는 것이다. 그것도 묘령의 여자들과 함께.

[아, 그냥 친목 모임이야.]

[지인들끼리 모여서 고기 좀 구워먹은 게 무슨 죄라도 되나?]

[뭐? 인터넷 방송? 어디서 족보도 없는 게… 카메라 치워.]

카메라에 잡힌 사람들은 저마다 각을 세우고 카메라를 몰아세웠다. 그건 여자들도 다르지 않았다.

[친구네 집에 놀러왔어요.]

[동창회예요. 왜?]

그 뒤에 이어진 리포터의 마무리 멘트. 그게 탁대의 마음에 걸렸다.

[우리 사회, 자유민주주의입니다. 하지만 보시다시피 수상한 모임입니다. 인근의 주민들에 따르면 이 별장에서는 주말마다 술 파티에 이어 섹스 파티가 이루어지는 것 같다고 합니다. 실제로 야릇

한 신음 소리를 들은 사람도 많습니다.]

거기서 목격자의 증언이 붙었다.

[그 뭐시기냐, 고양이 울음소리 같은 거요. 어떨 때는 흐느낌 같기도 하다니까요. 딱 봐도 야리꾸리한 모임인데 이 조용한 마을에서 뭐 하자는 건지…….]

다시 리포터가 나왔다.

[이 별장의 소유자는 서울의 중견건설업자의 소유입니다. 하지만 그는 지인에게 빌려줬을 뿐 그 안에서 일어나는 일은 금시초문이라며 전화를 끊었습니다. 그러나 금시초문이라는 그도 주민들에게 수차례 목격된 것으로 드러났습니다. 경찰에 제보해 보았지만 불법이 아니라 관여할 수 없답니다. 함께 생각해 볼까요? 사회 지도층들… 이렇게 닫힌 문 안에서 무엇을 하든 그건 그들의 자유입니다. 그러나 그 문 안의 행위가 야릇한 추측을 불러일으킨다면 그 또한 문제가 있는 건 아닌지 함께 돌아보는 시간이 되기를 바랍니다.]

방송은 그렇게 마무리되었다.

"저 사람들 저 안에서 단체로 이상한 짓 하는 거 아니에요?"

혜자가 은정이에게 우유를 물리며 물었다.

"이상한 짓?"

"전에도 왜 어떤 건축업자가 로비하느라고 사람들 데려다 이상한 파티 벌인 적 있잖아요? 그리고 스와핑도……."

스와핑! 찜찜한 단어가 나왔다.

"……."

"어우, 하여간 세상이 썩었다니까."

"그냥 친목회라잖아?"

탁대는 애써 무시했다.

"그런데 왜 고양이 소리가 나요?"

"그거야……."

"불금이야. 돈 많고 타락한 인간들이 자기들 딴에는 불타는 금요일을 보내는 거라고요. 저런 별장이 우리 시에도 있다니. 어유!"

금요일!

요일은 맞았다. 그럼 오늘도? 탁대는 바로 고개를 저었다. 방송까지 탄 마당에? 하지만 시청자가 많지 않은 인터넷 방송에 더구나 녹화다. 아마 1~2주 전, 혹은 몇 달 전에 찍은 화면일 수도 있다.

탁대는 잠시 밖으로 나왔다. 가로등 위에서 꽃잎이 우수수 지고 있었다.

화무십일홍!

화면 속의 사람들은 중장년이었다. 이제 꽃이 질 나이다. 그래서 발악을 하는 걸까? 노령화 시대를 맞아 꽃중년이 어쩌고 하지만 그건 아니었다. 꽃중년이라면 자기 수양이 우선이다. 천박한 소비문화 시대에 쏟아낸 기레기들의 일회성 기사에 휩쓸리는 건 중년의 길이 아니었다.

―오빠, 나간 김에 분유 좀 사와요. 저번처럼 아무거나 사지 말고요. 우리 은정이가 먹을 거니까.

문자가 들어왔다. 분유가 달랑거리는 모양이다. 탁대는 답문을 보내고 차에 올랐다.

부릉! 차는 아파트 단지를 빠져나왔다. 혜자가 원하는 분유는 큰 마트에만 팔았다. 그쪽을 향해 달리던 탁대는 빨간 신호등에 막혀 차를 세웠다.

안등리. 이정표에서 방금 들은 지명이 반짝거렸다. 좌회전해서 가면 바로 방송의 별장 쪽으로 이어진다. 잠시 주저하던 탁대는 무언가에 이끌리듯 핸들을 틀었다.

차를 세우고 별장을 향해 걸었다. 이 지역은 전체가 별장지로 바뀐 곳이다. 그래서 그런지 저쪽 아래로는 새 건물들이 공사 중이기도 하다. 큰 도로에서 그리 멀지 않은 곳. 봉황시에서는 소위 명승지로 꼽히는 곳이었다.

문제의 별장은 불이 꺼져 있었다.

외관은 좋았다. 정원 조경도 일품이고 외등 하나도 고급스러운 것을 썼다. 척 보니 들어가 살고 싶은 마음까지 들었다.

'그 후로 모임이 끊겼나?'

그럴 수도 있다. 누구든 지나친 관심을 받으면 피곤하다. 더구나 이런 데 와서 즐길 사람들이라면 경제적으로도 풍족할 일. 그렇다면 주말에 가까운 외국으로 골프를 치러 갈 수도 있다. 탁대는 천천히 발길을 돌렸다.

순간, 머리 위 언덕 쪽의 길로 지나가는 라이트가 보였다.

"……?"

라이트는 하나가 아니었다. 탁대는 잠시 걸음을 멈추고 차를 주목했다. 외제 세단과 중형차들이 줄을 이었다.

'혹시?'

탁대의 목이 별장 쪽으로 향했다. 차량들은 그 앞에서 멈췄다. 주변은 이내 웅성거리는 소리로 가득 찼다.

"기자들 없지?"

"아, 당연히 없지요. 이게 문제가 될 것 같으면 지상파가 오지 인터넷 기레기 자식들이 왔겠습니까? 보아하니 흥밋거리 하나 찾았다 싶었겠지만 우리 같이 선량한 친목 모임을 어쩌겠습니까? 들어가세요."

남자들의 목소리가 나붓나붓 이어졌다.

남자 여섯에 여자 다섯.

그들은 앞서거니 뒤서거니 하며 별장 문을 열었다.

"……?"

그들을 주목하던 탁대의 눈이 반짝거렸다. 탁대는 얼른 시선을 가다듬었다.

'어디서 본 사람 같은데?'

탁대는 고개를 갸웃거렸다. 무리에 섞여 들어가는 한 사람. 그는 분명 시청 공무원이었다. 하지만 이름은 잘 생각나지 않았다. 찜찜한 생각에 별장으로 다가서는 탁대. 그때 주머니의 핸드폰이 울렸다.

'윽!'

놀란 탁대는 얼른 핸드폰을 받았다. 혜자였다.

—아니, 분유 만들어 오는 거예요?

"아, 아니… 여기에도 그 분유가 떨어졌다고 해서……."

허둥지둥 둘러대는 탁대.

—진짜요?

"응… 조금만 기다려. 다른 데 가볼게."

탁대는 괜한 핑계를 대고 전화를 끊었다. 그 사이에 별장 안에서는 왁자지껄한 소음이 밀려나왔다. 밖에서 안은 전혀 보이지 않았다. 그러나 탁대에게는 투시 마법이 있었다.

'후웁!'

호기심에 끌려 도착한 곳. 더구나 방송이 던진 의혹이 있었으니 그냥 가기는 아쉬웠다. 마당의 풍경은 낯익은 것이었다.

불을 지피고 고기를 굽는다. 술병들은 고급 양주였다. 방향을 틀어 별장 안을 스캔했다.

"……?"

두 번째 방을 투시하던 탁대는 숨을 멈추었다.

고양이였다. 이웃 주민들이 들었다던 고양이. 그 방에서 중년 남자가 여자 위에서 고양이 소리를 만들고 있었다. 거리가 멀어 형체만 느껴지지만 섹스를 하는 건 분명했다.

우연일까 싶었지만 그건 아니었다. 2층의 거실에서도 고양이 소리가 만들어지고 있었기 때문이었다.

탁대는 그쯤에서 마법을 접었다. 예상대로 불손한 모임이다.

'진짜 스와핑?'

차에서 내릴 때의 분위기로 보아 그건 아닌 것 같았다. 그렇다고 여자들이 술집 아가씨나 보도방 출신들 같지도 않았다. 일단 차량 번호를 딴 탁대는 의문을 뒤로하고 발길을 돌렸다.

모임의 성격을 자세히 모른다.

예를 들어 단순히 남녀의 친목 모임이라면 비난의 대상은 될지언정 불법은 아니었다. 더구나 밀폐된 장소에서 일어나는 일, 공무원이 기를 쓰고 관여할 문제가 아니었다.

다만 한 사람은 일단 예외였다. 그는 공무원, 그렇다면 건전한 사생활을 유지할 의무가 있었다.

월요일에 출근한 탁대는 우선 주말 홈페이지에 올라온 민원부터 검토했다. 온라인 민원은 편리하다. 하지만 많은 부작용을 가지고 있다. 바로 실시간이 빚어내는 불균형 때문이었다.

실시간이 불균형? 말부터 모순이지만 분명 그렇다.

생각해 보자. 온라인 민원 접수의 경우, 민원인은 밤 12시든 새벽 4시든 민원을 올릴 수 있다. 휴일에도 마찬가지다. 일단 민원을 제기하게 되면 답을 원한다. 그런데 답이 나오지 않는다.

일단 아침까지는 기다린다. 그때도 답이 올라오지 않으면 그것 자체가 문제가 된다.

민원 올린 지가 언젠데?

민원인의 입장에서는 당연하다. 하지만 공무원의 입장에서는 출근을 해야 제기된 민원을 보게 된다. 엄연한 시차가 존재하는 것이다. 이 간극이 바로 온라인 시대에 야기되는 실시간의 불균형이다. 실시간으로 문제를 제기하지만 답변은 실시간이 아닌 것이다.

오프라인 시대에는 그런 게 없었다. 이유가 어쨌든 관공서가 문 열 때까지 기다려야 한다. 조금 늦지만 대면적이다. 장점도 있다. 그 시간을 기다리면서 문제제기에 대해 곱씹어볼 기회가 된다. 감정도 누그러지니 민원인 자체도 이성적, 논리적으로 재무장할 기회가 된다는 것이다.

실시간의 불균형을 해소하는 건 간단하다. 답변도 실시간으로 달면 된다. 다만, 그러자면 공무원 숫자가 기하급수적으로 증가하게 된다. 결국 비용의 문제가 발생하고 이는 세금으로 돌아간다.

이런 저런 문제가 골치 아프니까 전담팀을 만들어 독립시키는 기관들이 늘고 있다. 대개 아웃소싱이라는 명목하에 민간 위탁을 한다. 이 또한 눈 가리고 아웅하는 인건비 증가에 다름 아니다. 더구나 그 지긋지긋한 ARS의 멘트…….

―원하시는 내선 번호를 눌러주세요.

―현재 대기자가 많아 통화가 어려우니 계속 통화를 원하시면 1번…….

참 전화기 집어던지고 싶을 때가 많다.

몇 가지 고충 제기를 검토한 탁대는 은돌에게 처리를 맡겼다. 그런 다음 인사과로 향했다.

"어, 조 과장님!"

인사주임이 반갑게 탁대를 맞아주었다. 그는 물론 탁대보다 몇 년은 더 오래된 고참이었다.

"직원 조회 좀 해보려고요."

"왜요? 누가 또 문제를 일으켰습니까?"

"그 반대입니다. 칭찬 직원으로 추천이 들어왔어요."

"아, 그래요. 이름이 뭐죠?"

"그게… 이름은 모르고 인상착의만… 심야에 차가 고장 나서 곤란을 겪는 주민을 도와주고 그냥 가버렸다고……."

"그럼 어떻게 찾죠?"

"나이는 40대 후반이고 인상착의는……."

탁대는 금요일에 보았던 남자의 생김새를 불러주었다.

"알겠습니다. 그 조건에 맞춰서 띄워보겠습니다."

인사주임이 키보드를 두드렸다. 문제의 인물을 쉽게 나왔다. 팀장급 사진에 끼어 있었기 때문이었다.

도시계획과 팀장 손기열.

탁대는 그 이름을 머리에 넣었다. 하지만 인사주임에게는 그 사람이라고 말하지 않았다. 시청의 인맥은 거미줄이다. 아무리 조심해도 알려질 수밖에 없다는 걸 잘 알고 있는 탁대였다.

회의실로 들어선 탁대는 팔호에게 전화를 걸었다.

—과장님!

팔호는 반갑게 응대했다.

"쉬잇! 나 지금 회의실인데 부탁이 하나 있어서."

—옙, 말씀만 하십시오.

"도시계획과 손기열 팀장 말이야, 자료 좀 뽑아다 줘."

—알겠습니다.

탁대의 성향을 아는 팔호는 이러쿵저러쿵 따져 묻지 않았다.

팔호가 올 동안에 탁대는 차량 번호를 조회했다. 놀랍게도 주인들 면모가 화려했다.

중견건설업체 사장이자 별장 주인, 봉황시 철거시공사 대표, 전직 국회의원, 감사원 감사관, 국토부 국장…….

나머지 한 사람이 바로 손기열이었다.

팔호는 10분도 되지 않아 손기열의 파일을 가지고 왔다.

손기열! 최근까지 개발제한지역 업무와 산업단지 구역 조정 업무를 맡고 있었다. 차량 주인들이 면면과 손기열의 업무가 매칭되자 탁대의 미간이 일그러졌다.

냄새가 났다. 그것도 심하게!

"과장님!"

"왜?"

"손기열 팀장… 문제 생겼죠?"

팔호의 질문에 탁대가 고개를 들었다. 아직 내색조차 하지 않은 일이기 때문이었다.

"아직은……."

탁대가 주저할 때 팔호가 먼저 선공을 해왔다.

"실은 아침에 경찰에서 전화가 왔습니다."

"무슨 일로?"

"그냥 의례적인 거라고만……."

경찰! 어쩌면 그들도 방송을 본 모양이었다. 경찰 쪽은 방송국의 영상에서 차량의 번호를 따냈을 수도 있을 일. 그럼 뭔가 눈치를 차린 건가 싶었다.

팔호가 나가자 탁대는 방 검사에게 전화를 걸었다. 탁대가 별장 방송에 대해 묻자 수사 상황 조회를 해보겠다면서 잠시 전화를 끊었다.

방 검사의 전화는 30분쯤 후에 걸려왔다.

—여기에도 제보가 들어와서 검토는 해본 모양인데 딱히 사안이 중대하지 않아서 보류 중인 거 같습니다.

검찰은 보류 중.

통화를 마친 탁대는 복도로 나왔다. 부시장에게 받을 결재가 있기 때문이었다. 서류를 들고 부시장실에 들어서던 탁대는 마침 문제의 팀장을 만나게 되었다. 손기열이었다.

"……."

"……."

오며 가며 마주친 적은 있겠지만 이렇게 대면하는 건 처음. 탁대는 가벼운 목례로 인사를 나눴다.

손기열은 바로 방을 나가 버렸다. 얼굴 표정 한 번 관찰할 시간도 없었다.

결재는 오래 걸리지 않았다. 부시장의 스케줄이 있어 책상에 두고 나와야 했기 때문이었다. 그러다 재미난 곳에서 손기열과 다시 만났다. 이번에는 화장실이었다.

"아이고, 오늘 조 과장님 자주 만나네."

그가 너스레를 떨었다. 조신한 사람은 아니었다. 한마디로 설레발 스타일이라고나 할까?

"주말에 뭐 하고 지내셨어요?"

어색한 자리지만 슬쩍 운을 떼어보는 탁대.

"주말요? 그야 뭐 친구들과 등산도 하고……."

"어느 산요?"

"예? 그… 그야……."

너무 캐물은 걸까? 손기열이 허둥거리기 시작했다.

"전에 제가 검찰에서 모시던 과장님은 여자 산만 오른다더군요. 뭐 거기가 제일 위험한 산이라나요."

탁대는 농담을 빙자해 의미심장한 단어 하나를 던져 놓았다.

"위험하다고요?"

"산에 오르다 죽은 사람보다 여자 위에 오르다 죽은 사람이 더 많대요."

"하핫, 그거 말 되네요."

―이 자식, 무슨 헛소리야?

—아, 하필 이런 데서 만나가지고… 이 자식이랑 말 섞으면 좋을 거 없다고 하던데…….

그 순간, 탁대의 순간 독심은 이미 발현되고 있었다.

"소변 오래 보시네요. 정력이 좋다는 증거겠죠?"

탁대는 엉뚱한 말로 그의 긴장을 흩어놓았다.

—짜식, 정력하면 나다.

그리고 그 뒤에 이어지는 한마디…….

—그나저나 오줌에 약 섞여 나오는 거 아니겠지?

'약?'

탁대가 귀를 쫑긋 세웠다.

—아, 구 사장은 재주도 좋단 말이지. 어디서 그런 기똥찬 마약을 구해오는지 몰라.

마약!

탁대는 잠시 귀를 의심했다. 구 사장은 바로 별장 주인이자 건설 회사 사장. 그리고 그가 구해오는 마약… 일단 핵심 하나를 물게 된 탁대가 작심하고 간보기에 들어갔다.

"금요일 인터넷 방송에 우리 봉황시에 수상한 별장 나오는 거 보셨어요?"

"인터넷 방송?"

"그 별장에 우리 직원들도 드나든다고 하던데……."

"……?"

탁대의 말에 놀란 손기열은 오줌 줄기마저 끊겼다.

"저도 금요일에 우연히 지나가다 보았는데 우리 직원이 있더라고요."

우리 직원!

너를 보았다는 말에 다름 아니었다.

"무, 무슨 소리야?"

당황한 손기열의 이마에서 식은땀 한 방울이 툭 흘러내렸다.

"건축업자와 철거시공사, 교통부 국장과 감사원 감사관, 그리고 전직 국회의원… 또 우리 직원……."

"……?"

"혹시 거기 아세요? 보니까 여기저기 구석에서 여자들 끌어안고 난잡하게 섹스도 하고 그러던데……."

정곡을 너무 적나라하게 찔렀을까? 손기열은 그 자리에서 휘청 무너지고 말았다.

별장 사건은 검찰에서 공식수사에 나섰다. 물론 탁대가 방 검사에게 요청한 일이었다. 그리고 증인으로 나서 도움을 주었다.

"친목 모임입니다!"

처음에는 여섯 명 모두가 합창을 했다. 오히려 핏대도 냈다. 이 나라에는 사생활도 없냐는 것이다. 그러나 그 꼼수는 손기열로부터 와해되고 말았다.

그들은 이해관계가 있었다.

바로 봉황시의 신규 산업단지 조성과 개발제한지역 해제에 관한 것이었다. 1년여 전부터 별장에서 친목을 빙자한 모임을 가지던 그들. 주최자 구 사장은 거기에 여자를 붙였다. 놀랍게도 여자들은 평범한 가정주부와 올드미스들이었다.

그녀들을 녹인 건 술이나 돈이 아니라 마약이었다. 구 사장은 미용이나 피로회복제로 속이고 여자들에게 마약을 먹였다. 술을 먹지 않는 여자도 마약 음료수는 먹었다. 분위기가 몽롱해지자 남녀 관계는 일사천리로 나갔다.

나름 황홀지경을 맛본 그들은 주말이면 그곳에서 신천지를 만났다. 문란함으로 한 몸이 된 그들은 나날이 의기투합을 했다.

우리가 남이가!

그들이 노린 건 봉황시의 개발제한구역 해제와 산업단지 조성이었다. 그러나 이 문제에 대해서는 끝까지 입을 다물었다. 사건을 직접 담당한 김 검사가 지원 요청을 하자 탁대는 여섯 명 전부에 대해 비공개 지원을 해주었다.

손기열, 봉황시 공무원이 개입된 까닭이었다.

더구나 다들 나름 한가락씩 하는 고위층 인간들. 이미 변호사까지 최고 실력자로로 선임해 놓았다. 그러니 각개격파가 아니고는 말쑥하게 제압하기 어려운 일이었다.

탁대는 당연히 손기열부터 제압했다.

일단 심문 문항을 직접 작성해서 수사관들에게 넘겼다. 수사관들이 날카로운 질문을 던지면 탁대는 증인이자 참고인으로 동석해서 순간 독심을 발휘했다. 상대가 뺀질뺀질 빠져나가면 쉬는 시간에 질문 사항을 보강했다.

그렇게 해서 잡은 게 손기열의 섹스 동참이었다. 그는 처음부터 지역 봉사자를 자처했다. 별장주와 친분이 있는 까닭에 동네 사람으로서 불 피워주고 수변 안내나 했다고 주장했다.

"지역 홍보가 죄냐?"

그의 항변이다.

하지만 그는 탁대의 능력을 제대로 파악하지 못하고 있었다. 탁대는 이미 여자들을 따로 만나 섹스 파트너 조사까지 마친 상태였다. 여자들은 마음이 약해 남자들보다 쉽게 속을 들여다볼 수 있었다.

놀랍게도 이들은 매주, 혹은 매번 여자를 바꾸어 향응을 즐겼다. 파트너였던 여자들의 사진을 정확히 들이대자 손기열은 더 발뺌하지 못했다.

결정적으로 손기열의 집에서 현금 뭉치가 나왔다. 5만 원권 현금으로 무려 3억이었다. 돈에 여자까지 움켜쥔 손기열은 결국 그들의 입맛대로 개발구역을 손질했다. 산업단지도 마찬가지였다. 원래는 예정지가 아닌 전직 국회의원의 맹지를 죄다 포함시켜 주었다. 주변 안내가 아니라 그들의 부정한 청탁 안내자를 자처한 것이다.

"한심하군요."

손기열이 실토하자 탁대는 고개를 저었다.

"……."

손기열은 고개를 떨구었다. 그 역시 탁대의 소문을 모르지 않았다. 하지만 크게 걱정하지도 않았다. 제아무리 조사에 일가견이 있다고 해도 신은 아닌 것. 더구나 자기가 어울리는 사람들의 재력과 사회적 수준이 상당했기 때문에 그걸 믿었던 것이다.

"으……."

뒤늦게 후회가 밀려온 손기열은 테이블에 얼굴을 묻고 머리카락을 쥐어뜯었다.

슬펐다.

솔직히 탁대의 느낌은 그랬다. 다른 곳도 아니고 봉황시의 별장에서 일어난 일. 게다가 관련자 역시 시청의 관련 팀장.

우연은 없다. 매번, 제발 아니기를 바라지만 결과는 같았다.

6인방!

자기들끼리는 식스 킹이라고 불렀다고 한다.

빗나간 여섯 왕은 거침이 없었다. 멤버 중에는 감사관도 있고 국토부 실세도 있다. 문제가 생긴다고 해도 해결할 힘이 있었던 것이다. 다행스럽게도, 그들이 입맛대로 주물러 놓은 계획들은 최종심의가 떨어지기 직전이었다. 그렇다면 재조정할 수 있다. 봉황시로서는 불행 중 다행이었다.

손 팀장 다음으로 이 사건의 기획자인 구 사장이 함락되었다. 그는 적반하장으로 사생활 침해 운운하며 버텼지만 탁대의 리버스 독심에 당하고 말았다.

1시간 가까이 지속된 무차별 리버스 독심. 그가 우기는 단어만을 골라 끝없이 밀어 넣자, 결국 두 손을 들었다.

마지막으로 남은 건 전직 국회의원이었다. 그는 정력이 딸렸는지 여자를 애무하는 선에서 그쳤다고 한다. 그걸 발판으로 늙은이의 무대뽀를 작렬시켰다.

순간 독심도, 리버스 독심도 소용 없었다. 오직 한 가지만 생각하는 그였기 때문이었다.

그러나!

오랜 조사 끝에 탁대는 단서 하나를 기어이 잡아내고 말았다. 바로 전직 국회의원의 손자였다. 26살 먹은 손자는 로스쿨을 합격하고 법원에서 로클럭으로 일하고 있었다. 그런데 공교롭게도 그기 몇 번 자가용으로 태워다 주었다는 걸 알게 된 것이다. 뿐만 아니라 별장에도 들어간 적이 있었다. 물론, 사안은 별거 아니었다. 할아버지가 마련한 귀한 먹거리를 옮겨준 것뿐이었다.

탁대와 머리를 맞댄 김 검사는 그걸 이용하기로 했다.

"정 이러시면 손자를 소환하겠습니다. 기자들도 잔뜩 부르고요."

그 한마디는 전직 국회의원의 강단을 무너뜨렸다. 애지중지하며 가문의 영광으로 키워온 손자. 더구나 그 어렵다는 로클럭에 합격한 마당이었다. 이제부터 무난하게 일해야 판사 임용을 받을 일. 그런데 이런 불미스러운 현장에 드나들었으니 판사 임용에 문제가 될 수 있었다.

"인정하리다. 그러니 손자만은!"

암벽처럼 창창하게 버티던 늙은 여우가 무너지는 순간이었다.

텅!

탁대는 테이블 치며 일어섰다. 그리고 한마디를 쏘아붙였다.

"부끄러운 줄 아십시오. 이러고도 당신이 전직 국회의원입니까?"

그래도 양심은 있는 건지 그는 하염없이 고개를 떨구었다.

이들 여섯에게는 바로 구속영장이 청구되었다. 죄목도 화려했다. 뇌물 공여, 횡령, 마약 복용, 업무방해, 기타 등등. 물론 여자들도 법의 칼날을 피하지 못했다.

검찰에서 귀청하는 길에 전화 한 통이 걸려왔다.

"의원님?"

발신자는 표강일이었다.

—검찰에 가셨다던데 끝났나?

그가 물었다. 검찰에 간 걸 아는 걸 보니 시청에 먼저 연락했던 모양이었다.

"예."

—해결?

"예……."

—다행이군. 고생하셨네.

"아닙니다. 미리 막지 못해서 송구할 뿐입니다."

—그런 자책일랑 마시게나. 신도 미리 막을 수는 없는 것이니.

표강일의 한마디는 위안이 되었다.

—저녁 같이 어떤가? 내가 실한 민어회 한 마리 예약해 두었는데…….

"오늘요?"

—바쁜 일 있으면 처리하고 오시게. 기다리고 있을 테니…….

"아닙니다. 시청에 들러 시장님과 부시장님께 보고만 하고 나오겠습니다. 실은 저도 오늘은 술 한잔이 생각나는 때라서……."

—그럼 다행이군. 청사 나오시면서 연락하시게. 때에 맞춰 회를 썰어달라고 할 테니…….

"알겠습니다."

탁대는 전화를 끊었다.

아직 보도는 나가지 않았지만 나름 중차대한 사건. 그건 사건에 얽힌 사람들의 면면으로도 증명이 되었다. 보도가 된다면 또 한 번 사회적 이슈가 될 게 뻔했다.

"조 과장!"

시장실 복도에서 서성이던 도시계획과장, 탁대를 보자 한달음에 달려왔다.

"어떻게 됐나?"

손 팀장에 대해 묻는 것이다. 탁대는 고개를 저었다.

"그럼 손기열이가 끝내?"

"예……."

"어이쿠!"

도시계획과장이 비틀거리며 물러섰다.

"과장님은 전혀 몰랐습니까?"

탁대가 물었다. 알고 묻는 질문이었다. 탁대는 당연히 김 검사와 함께 관련자나 공범들을 주르륵 캐냈다. 하지만 과장은 연루되지 않았다.

오히려 그는 과장을 속이느라 애를 먹었다고 했다. 사안 사안마다 과장이 태클을 걸어 자기주장을 관철하느라 10년은 늙었다는 것.

기타 실무 주임이나 하위직 주무관들도 마찬가지였다. 그의 지시를 받아 계획 변경에 기여하기는 했지만 그 또한 손기열의 지시에 따른 일이었다.

여기서 문제라면, 적극적 의견이나 반대하지 않은 걸 들 수 있는데 이런 건 처벌하기가 힘들었다. 좋게 말하면 정책적 과오. 특히 직급이 낮다면, 특별히 범법임을 인지하고 있지 않은 바에야 직속 팀장의 주장을 꺾는 건 행정 풍토상 어려운 일이었다.

"그 인간… 어쩐지 심의의원이나 현장 조사에 지나치게 개입하더라니……."

도시계획과장은 한숨을 쉬었다. 직접 모의를 하지 않았다고 해서 그의 책임이 없는 건 아니었다. 부하가 불법 비리를 저지르는 걸 모르는 것도 부서장의 직무유기일 수 있으므로.

"조 과장!"

시장실에 들어서자 많은 사람들이 보였다. 시장은 물론이거니와 부시장, 국장들과 의회 의장까지 진을 치고 있었다. 탁대는 모두를 향해 가볍게 묵례를 했다.

"어떻게 됐나?"

부시장이 물었다.

탁대가 보니 화면에는 인터넷 방송 녹화본이 돌아가고 있었다. 이 사건의 출발이 된 프로그램 방송. 시장의 지시로 돌려보며 사태를 논의한 모양이었다.

"저기 방송에서 제시한 대로……."

"……!"

일동, 숨소리가 멈추는 게 느껴졌다.

"손 팀장은?"

하 국장의 시선이 탁대에게 꽂혀왔다. 그는 안전도시국장, 그러니 손기열의 직속 국장이었다.

"유감스럽게도 손기열 팀장이 사건의 중심에서… 그들에게 매수되어 뇌물을 받고 향응으로 마약과 섹스를 즐기며 신규 산업단지 부지 조성과 개발제한구역 해제를 그들 입맛대로……."

"……."

"자세한 건 곧 검찰에서 발표할 것으로 압니다."

"그러니까 손기열이가 뇌물을 받고서 그들 입맛대로 계획을 입안했다?"

하 국장의 질문이 이어졌다.

"국장님, 검찰 발표를……."

탁대는 같은 말을 되풀이했다. 더 할 말도 없었다.

봉황시는 지키지 못했다.

생선은 하필이면 고양이에게 맡겼다.

고양이는 앞뒤 가리지 않고 부패를 즐겼다.

뷔페가 아니라 '부패' 였다.

할 말은 많다. 그러나 그건 공무원의 입장일 뿐이다.

도시계획과장은 부서장으로서 소홀했고, 실무 직원들 또한 무책임했다. 황천수 감사과장도 마찬가지다. 그 역시 상시 직원 복무 감사에 실패한 셈이다. 국장들 또한 도의적, 정치적 책임에서 결코 자유롭지 않다.

그러나!

이건 성문법적인 책임이 아니다. 따라서 법에 의한 처벌은 받지 않는다. 시각에 따라서는, 그러니까 주체가 누구냐에 따라서 다행이라면 다행이고, 불행이라면 불행한 일이다.

시장은 간부들을 죄다 내보냈다. 그리고 탁대와 단둘이 마주앉았다. 목이 마른 그는 물부터 들이켰다. 하지만 물도 바닥이 났다. 탁대가 그걸 눈치채고 여직원을 부르려 하자 시장이 막았다.

"지금 이깟 물이 문제인가?"

"……."

"결국 또 자네의 공이군."

"부끄러운 일입니다."

"맞아. 막아도 막아도 쉴 새 없이 튀어나오는 비리……."

"……."

"차제에 조직 점검에 박차를 가하셔야 할 것 같습니다."

"그렇잖아도 밤새 고민할 일까지 생겼네."

"네?"

탁대가 고개를 들었다. 이제 겨우 마감이 된 별장 섹스파티 사건. 그런데, 탁대가 모르는 사건이 또 있다는 건가?

"조 과장!"

시장의 목소리가 돌연 무거워졌다.

"사람이란 게 말이야, 환경의 동물이라지? 이 없으면 잇몸으로 사는……."

시장은 슬쩍 일어서더니 창 쪽으로 향했다. 그러더니 우두커니 창밖으로 시선을 던졌다. 고뇌에 찬 표정이다. 뭔가 있는 게 틀림없어 보였다.

"무슨 일이라도?"

"아닐세……."

그러면서도 시선은 돌리지 않는 시장. 창에 비친 그는 커다란 결단을 앞둔 사람처럼 보였다. 그러다 혼잣말처럼 한마디를 중얼거리는 김성곽.

"회자정리……."

'회자정리?'

만나면 헤어진다? 여기서 왜 그런 말이 나오는 걸까?

"혹시 표 의원에게서 전화가 오지 않았나?"

"왔습니다만……."

"나도 아까 그 양반을 만나고 왔네."

"……."

"수고하는 자네에게 민어라도 한 마리 사고 싶으시다고……."

"그건 저도 들었습니다만……."

"그러고 보니 나는 자네에게 민어를 쏘지 못했군. 가보게. 의원님을 오래 기다리게 할 수야 없지."

"시장님……."

"가보면 알게 될 걸세."

시장은 우묵한 눈으로 탁대를 바라보았다. 눈이 마주치자 그는 조용히 웃었다. 궁금한 게 많았지만 더 물을 분위기가 아니었다. 탁대는 복도로 나왔다.

"과장님!"

사무실 앞에서 은돌이 손을 흔들었다.

"손기열 팀장님 구속되었다면서요?"

은돌도 소문을 들은 모양이다. 그렇다면 이제 시청 직원들 대다수가 알고 있을 일이었다.

"퇴근하세요."

"과장님은요?"

"나는 약속이 있어서……."

그 말을 두고 계단을 내려섰다. 발걸음이 무겁다. 직원이 관련된 부정과 비리는 언제나 이렇다. 해결이 되어도 마음 한구석에 납덩이 같은 무거움이 남는 것이다.

찬바람을 맞으니 정신이 살짝 돌아왔다.

우선 혜자에게 문자를 보냈다.

—표 의원님과 저녁 약속이 있어서 늦어. 미안, 은정이는 잘 있지?

혜자는 육아휴직을 냈다. 그 덕분에 은정이에게 조금은 미안함이 덜했다. 그 다음으로 표강일에게 전화를 걸었다.

—천천히 오시게.

표강일은 재촉하지 않았다.

드르륵!

일식집에 들어서자 종업원이 내실의 미닫이문을 밀었다. 테이블에는 갓 민어회를 내온 주방장이 세팅을 하고 있었다. 탁대는 표강일을 향해 꾸벅 묵례를 올렸다.

"어, 조탁대……."

탁대를 알아본 주방장이 멍한 표정을 지었다. 별수 없이 주방장에게도 인사를 했다.

"이야, 이렇게 유명한 분이 우리 가게에 오시다니. 영광입니다."

주방장이 손을 내밀었다. 탁대는 그 손을 잡았다.

"허허, 나는 몰라도 조 과장은 알아보는군. 다음 선거에는 조 과장이 국회로 가셔야겠어?"

표강일이 온화하게 웃었다.

"괜한 말씀을……."

"괜한 말이라니? 어서 앉으시게나."

자리를 잡기 무섭게 주방장이 또 들이닥쳤다.

"이건 서비스입니다. 먹고 모자라면 부르기만 하세요. 그렇잖아도 제가 조탁대 씨 한 번 꼭 뵙고 싶었거든요."

주방장은 신선한 해산물을 바리바리 내려놓았다.

"술 한 잔 드리시게."

멍한 탁대에게 표강일이 말했다. 탁대는 정종을 들어 주방장에게 한 잔 따라주었다.

"이제 한 잔 마셔볼까?"

다시 단둘이 남자 표강일이 잔을 들었다. 탁대도 따라 들었다. 깔끔하게 잔을 비운 표강일이 회 한 점을 권했다.

"이게 바로 민어부레라네. 맛보시게."

그 회는 거의 우윳빛이었다. 입에 넣자 맛이 오묘했다.

"그거 알지? 이 부레로 풀을 쑤면 본드보다 더 강력하다는 거?"

"네."

들은 적이 있었다.

"지난번에도 말했지만 우리 인연도 그렇게 강한 거 같지 않나? 가끔 생각한다네. 자네와 같은 세상에 태어나 행복하다고……."

"별말씀을……."

"사실이지 않나. 자네가 내 시대에 태어나지 않았다면 난 그때 벌써 하늘로 날아갔을 테니……."

"그건 제 복입니다."

"아닐세. 내 복이야."

"……."

"그러면서도 가끔 욕심이 난다네. 자네와 비슷한 나이면 더 많은 일을 같이 할 수 있지 않을까?"

"의원님은 아직도 젊으십니다. 도스토예프스키가 말하길 진정한 삶이 시작된다고 말할 수 있는 시기는 56세라고 했습니다."

"내 56세가 멋진 건 자네가 있기 때문이라네."

"괜한 말씀을……."

탁대는 술병을 들고 표강일을 바라보았다. 표강일은 잔을 드는 대신 이렇게 말했다.

"그 잔을 받을 사람은 따로 있네."

그 말과 동시에 인기척이 느껴졌다. 손님이 등장한 것이다. 그런데 어디서 본 것 같은 사람이었다.

"그분이 바로 자네 잔을 받으실 분이라네."

표강일이 웃었다. 탁대가 어리둥절해하는 사이에 손님은 탁대 곁에 자리를 잡았다.

"나 청와대 민정수석비서관 유광선이라네."

청와대 민정수석비서관?

놀란 탁대가 움찔거렸다. 그러자 유광선의 목소리가 탁대를 가지런히 따라왔다.

"자네, 나랑 같이 청와대에서 일 좀 해줘야겠네!"

탁대는 귀를 의심했다.

청와대? 같이 일을 해?

"우선 한 잔 주시겠나?"

유광선이 잔을 내밀었다. 탁대는 놀란 마음을 달래며 잔을 채워주었다. 유광선은 술병을 넘겨받더니 탁대의 잔도 꾹꾹 눌러 채웠다.

"드시게!"

유광선이 잔을 들었다. 탁대는 놀란 얼굴로 표강일을 바라보았다.

"스카웃 제의를 받은 건 자네라네. 난 아무런 권한이 없어."

표강일이 빙그레 웃었다.

"하지만 의원님."

"내가 알기로 아마 거절하면 봉황시에서 파면시킬걸?"

표강일의 웃은 얼굴에 김성곽의 얼굴이 겹쳐왔다. 그제야 알았다. 아까 김성곽 시장의 얼굴에 드리워지던 우수의 정체.

검찰에서 봉황시로 옮겨올 때 그랬던 것처럼 김성곽은, 표강일을 만난 것이다. 그리고 귀띔을 들은 것이다. 전과 다른 건 딜이 아니라 통보라는 것뿐.

"표 의원님 말은 사실이라네. 나도 이미 대통령께 보고하고 왔거든. 내락도 받았고 말이야."

유광선은 표강일을 지원사격하고 나섰다.

내락!

내락이란다.

"그러니까 조 과장이 거절하면 비서관님과 내가 작살나는 거지요?"

"그렇다마다요. 저는 바로 이겁니다."

둘이 죽이 척척 맞는다. 수석비서관은 그 체면에 손으로 목을 긋기까지 했다.

"의원님……."

"나는 이제 아무런 힘이 없네. 청와대에서 검증까지 마친 모양이니 가기 싫거들랑 대통령에게 가서 따지시게나."

"어이쿠, 아닙니다. 마지막 검증이 남았습니다."

표강일의 말에 유광선이 끼어들었다.

"혹시 주나라의 인사 시스템을 아시나?"

유광선이 탁대에게 물었다.

"예… 전문 능력, 위기관리 능력, 성실성, 도덕성, 청렴성, 여색, 용기, 그리고 주도(酒道)라고 알고 있습니다."

"나보다 낫군. 난 그거 외우는데 보름이나 걸렸는데……."

"……."

"아니까 설명은 생략하겠네. 다만 대통령께서 마지막 항목을 점검하시라고 나를 보내셨다네."

마지막 항목은 주도!

청와대에서 검증을 끝냈다면 그저 핑계에 불과하다. 말하자면 그는 그걸 핑계 삼아 탁대와 술자리를 같이 하려는 것뿐이었다.

"받으시게. 일단 취해봐야 주사가 있나 없나 볼 게 아닌가?"

유광선이 술병을 내밀었다. 한 잔을 받아든 탁대는 슬쩍 허벅지를 비틀어보았다.

'윽!'

어찌나 세게 비틀었는지 눈물이 찔끔 흘러나왔다. 꿈은… 아니었다. 그쯤에서 유광선은 또 한 번 탁대를 흔들어놓았다.

"일단은 서기관급 행정관으로 발령이네. 그런 다음에 내가 책임지고 부이사관으로 올려주겠네."

"……?"

"왜? 좀 약한가? 그럼 대통령께 가서 처음부터 부이사관급 행정관직을 달라고 딜을 해보겠네만! 대통령께서도 표 의원의 천거를 받고 기대가 크시다네. 공무원 개혁에 최적임자라면서……."

"그, 그런 건 아닙니다."

서기관!

탁대는 머리가 터져 나가는 것 같았다. 자나 깨나 오매불망 바라보던 서기관. 9급 공무원에게는 차마 꿈의 직급이었던 그 단어가 코앞에 있었다.

"그럼 수락한 걸로 알겠네."

유광선이 잔을 들어올렸다. 탁대는 얼떨결에 잔을 부딪쳤다. 그걸 바라보는 표강일의 눈가에도 따뜻한 주름이 잡히는 게 보였다.

'서기관…….'

두 거물이 떠난 후, 탁대는 혼자 남았다.

서기관!

4급 공무원.

로르바흐가 기다리던 마지막 레벨.

다시 한 번 손등을 비틀어보는 탁대.

"윽!"

어김없이 새어 나오는 신음 소리. 그래도 믿기지 않아 탁대는 가로수를 머리로 들이박아 버렸다.

"악!"

이번에는 막을 수 없는 비명이 새어 나왔다. 아팠다. 미치도록 아팠다. 하지만 통증은 금세 사라졌다. 아프지만, 아프지 않은 것이다. 탁대가 감격에 겨워 어쩔 줄 모를 때 등 뒤에서 짜증 섞인 고함 소리가 들려왔다.

"아, 진짜… 안 갑니까? 안 가면 다른 콜 받고요!"

아까부터 운전석에서 기다리던 대리기사였다.

"악!"

탁대의 말을 들은 혜자도 비명부터 질렀다.

"그게 정말이에요?"

"응……."

"어머, 어머……."

혜자는 어쩔 줄을 몰라 허둥거렸다.

"꿈인가?"

"꿈은 무슨 꿈이에요? 오빠 기다리느라 내가 얼마나 화가 났는데……."

혜자가 핏대를 올렸다. 중간에 은정이가 많이 보챈 모양이었다. 그게 겁이 난 혜자가 문자를 거푸 보냈지만 탁대는 답하지 않았다. 아니, 문자가 온 것조차 모르고 있었다.

"나 한 대 때려봐. 아까도 아프긴 하던데……."

탁대가 얼굴을 내밀었다. 가까이 다가온 혜자, 그러나 뺨을 치기는커녕 탁대 품에 그대로 안겨 버렸다.

"오빠……."

"야, 이게 아니라 때려보라고……."

"됐어요. 그냥 있어요. 이거 꿈 아니에요."

"그렇… 지?"

때마침 잠들었던 은정이가 울기 시작했다.

"봐요. 은정이가 저렇게 생생하게 우는 꿈 꾼 적 있어요?"

혜자는 눈물을 훔치며 탁대에게서 떨어졌다.

"축하해요, 오빠!"

아기를 안고 온 혜자가 말했다.

"고마워. 하지만 아직 된 건 아니니까……."

"아뇨. 오빠는 청와대 행정관 될 자격 충분해요. 그리고 설령 안 된다고 해도 내게는 자랑스러운 소식이고요."

"혜자야……."

"은정이에게도 말해줘요. 분명 축하해 줄 거예요."

혜자는 은정이를 탁대 품에 안겼다.

"은정아!"

아기도 아는 걸까? 눈물이 그렁그렁한 얼굴로 방긋 웃는다.

"아빠가 청와대 가려나 봐. 아니, 청와대 가는 것보다 더 기쁜 건……."

거기까지 말할 때 탁대의 볼은 이미 홍수가 지고 있었다.

백수 시절, 그 무겁고 어둡던 하늘!

그 막막한 젊음의 무게와 남들의 시선!

온통 무희망으로 막혀 있던 탁대의 미래!

그리고 우연처럼 만나게 된 로르바흐.

그의 소망을 양분으로 삼아 헤쳐 온 수많은 사건들.

'은정아… 너는 아니? 내 머리에 세 들어 살고 있는 어느 위대한 마법사를?

탁대는 은정이의 볼을 만지며 말을 이었다.

그분 이름은 로르바흐… 아니, 다 말하면 무척 어려워.

하여간 그분이 오늘의 아빠를 만들었어.

너는 알지? 응. 너는 알 거 같아.

탁대의 묵언은 계속 이어졌다. 그때마다 방긋거리며 화답하는 은정. 탁대에게는 그게,

'응, 난 다 알아 아빠.'

하는 것처럼 보였다.

"나 엄마 아빠에게 전화할래요. 어머님 아버님에게도……."

눈물을 닦아낸 혜자가 전화기를 집어 들었다. 탁대는 그 손을 잡고 고개를 저었다. 공무원은 임용장. 임용장이 없으면 아직 결정된 게 아니었다.

그동안 얼마나 많은 일을 보아왔던가. 장관이 그랬고 총리가 그랬다. 그러니 청와대에 들어가 임명장을 받을 때까지는 통보를 아껴둘 필요가 있었다.

'그렇지?

탁대는 그 동의를, 지상에서 가장 맑은 눈을 가진 딸 은정이에게 구했다.

'로르바흐……'

자정이 넘어 잠들면서 탁대는 대마법사의 이름을 불렀다.

그런데, 이상하게도 로르바흐가 등장하지 않았다. 풍경도 낯설었다. 늘 탁대의 피로를 풀어주기 위해 아련하고 은은한 빛무리로 출렁거리던 세계가 아니었다.

탁대는 탁한 풍경을 따라 걸었다. 그러다 알게 되었다. 발밑은 땅이 아니라 물이었다. 다만 발이 빠지지는 않았다. 탁대의 발은 흡사 물갈퀴처럼 물을 밟고 걷고 있었다.

얼마나 걸었을까? 몸이 점점 가벼워진다고 느꼈을 때 탁대는 걸

음을 멈췄다. 시선 앞에서 하얀 봉오리들이 벌어지고 있었다. 꽃이었다. 눈이 부시도록 하얀…….

"대마법사님……."

탁대는 보았다. 하얀 꽃 뒤에서 피어나는 하나의 형체. 다시 보지 않아도 그건 로르바흐였다.

"로터스!"

로르바흐가 안개 같은 언어를 쏟아냈다.

'로터스? 연꽃?'

그제야 하얀 꽃들이 연꽃임을 알았다. 로르바흐의 말이 있자 연꽃의 형상을 제대로 갖춘 것이다.

"그대, 나에게 소식을 전하러 왔군?"

탁대에 앞서 로르바흐가 물었다.

"예? 예……."

"꽃이 피었네."

로르바흐는 화제를 돌렸다. 탁대는 뭐라 말하지 않고 연꽃을 바라보았다.

"그대가 오늘 내 꿈에 들어서고서야 나는 알았네."

오늘따라 그의 목소리가 숭고하고 숙연하게 들렸다. 분명 그랬다.

"드래곤 패황 칼리타스 루칸께서 내 형옥을 왜 그대의 꿈속에다 만들었는지를!"

"……?"

"어리석고 어리석도다. 그 깊은 뜻을 이제야 알게 되다니……."

"대마법사님!"

"보시게. 이 진리를, 이 순결하고 정갈한 진리를!"

로르바흐가 연꽃 한 송이를 따 내밀었다. 탁대는 말없이 그 꽃을 받았다.

"그대의 발밑, 그 혼탁하고 오염된 물… 그 속에서도 연꽃은 지고지순한 꽃을 피웠으니. 그 꽃에는 혼탁과 오염의 때가 한 점도 묻지 않았으니."

"……."

탁대는 꽃만 바라보았다. 더러운 물에서도 정갈하게 피는 연꽃… 로르바흐는 지금 무슨 말을 하려는 걸까? 진리라고?

"그대는 아시는가? 드래곤 패황께서 내게 두 개의 연꽃을 보내 마법보다 소중한 진리를 각성하게 하셨다는 걸?"

'두 개의 연꽃?'

"하나는 그대의 손에 있고, 또 하나는……."

로르바흐는 가지런히 눈을 들어 탁대에게 초점을 맞추었다.

"바로 그대라네!"

'나?'

놀란 탁대가 움찔 물러섰다.

"과연 패황이로고. 오만에 찌든 이 노구의 마법사에게 내린 형벌의 까닭이 이토록 깊고 깊었다니."

"대마법사님……."

"마법사의 갈 길을 알려줌이라. 평범한 그대, 그대 같은 사람도 혼탁한 공무원 조직에서 한 떨기 연꽃으로 피어나거늘. 세상을 재창조할 능력에 버금가는 파워를 지닌 클래스 나인의 내가 지닌 편협함을 꾸짖음이라. 그 힘을 고작 지배와 과시에 초점을 맞춘 부끄러움을 알게 함이라."

"……."

"내 그대의 꿈속에 갇힐 때부터 이 진흙의 못이 있었으나 그때는 그저 형벌의 하나로만 알았음이라."

"……."

"그런데 오늘에야 그 진흙에서 꽃대가 올라 정갈한 꽃, 로터스가 피었구나."

로르바흐는 감격 어린 목소리로 말을 이었다.

"동시에 그대가 활짝 피었구나. 탁한 공무원 조직을 뚫고 나온 순백의 정신……."

"대마법사님!"

"말하지 않아도 알음이라. 그대가 내게 마침내 4급 서기관이 될 것을 알려주려 함을!"

"……."

"그렇지 않고서야 징조도 없던 꽃들이 어찌 만개하랴? 꽃이 피는 동시에 나 레오필리스 라파엘스트 리엔바수라 봄바스트 호펜하겐 알리안 로르바흐, 비로소 드래곤 패황의 노기가 사라짐을 깨닫노라!"

'노기가 사라졌다고?'

"아아, 보이도다. 저 아련한 로터스의 순백의 색감 위에 어리는 라도혼 공국. 보이고 보이도다. 내 한계를 틀어막은 드래곤 패황의 힘이 조금씩 순해지는 게……."

아아! 아아! 몇 번 더 로르바흐의 숨결이 자지러졌다.

"그대야말로 나의 스승이리니!"

이토록 큰 깨우침의 그릇이리니.

로르바흐의 손이 탁대에게 다가왔다. 손은 투명하게 탁대의 몸 안까지 밀려와 심장에 닿았다. 간절함이 오롯이 느껴졌다. 애틋함도 느껴졌다. 가만히 고개를 들었을 때 세상은 온통 연꽃, 로터스 천지였다.

"압빠빠빠!"

탁대의 귀에 로터스보다 더 순결한 음성이 들려왔다. 은정이였다.

압빠빠! 처음으로 발음하는 선명한 아빠 소리. 잠에서 깨어난 은정이 탁대의 팔에 달라붙어 연꽃보다 해맑게 웃고 있었다.

연꽃이 밤을 건너왔다. 꿈을 건너 탁대에게 왔다. 탁대는 은정을 안고 볼에 입을 맞췄다. 어쩐지 숭고한 연꽃 냄새가 나는 것 같았다.

하지만 끈적한 암시도 따라왔다.

'혹시 로르바흐 님……?'

탁대는 은정이를 안은 채 고개를 갸웃거렸다.

* * *

"과장님, 시장님 호출이십니다!"

출근 직후, 전화를 받은 송가연이 탁대에게 말했다. 탁대는 넥타이를 바로 매고 시장실로 향했다.

똑똑!

두 번의 노크 끝에 시장실 문을 열었다. 시장은 누군가와 통화를 하고 있었다. 이 시간이면 간부들의 보고로 붐빌 시간. 흔치 않은 풍경이었다.

게다가!

시장이 잔뜩 경직되어 있다. 그 또한 흔치 않은 풍경이었다.

"알겠습니다. 그렇게 하죠."

비장한 목소리로 시장은, 수화기를 놓았다. 그러고도 한동안 움직이지 않았다. 대체 누구와 통화를 한 것일까?

"조 과장!"

오랜 침묵 후에 시장이 입을 열었다. 탁대를 바라보는 시선은 자못 심각해 보였다.

"이것 참… 뭐라고 말해야 할지……."

"……."

"뜻밖의 일이라 정신이 없네만 축하할 일과 섭섭한 일이 동시에 생겼네. 뭐부터 듣겠나?"

겨우 시선을 가다듬은 시장이 소파 쪽으로 걸어 나왔다.

"무슨 말씀인지……?"

탁대는 조심스레 말했다.

"방금 전화하신 분… 대통령이시네!"

"……?"

대통령? 대통령이라고?

"그래. 대통령!"

김성곽은 한 번 더 또렷이 말했다.

대통령이 왜?

"좋은 것부터 말해주겠네. 그분이 자네를 찜했다고 청와대로 보내달라는군."

"……?"

"이쯤 되면 섭섭한 게 뭔 줄은 말 안 해도 알겠지? 우리 인재를 보내야 한다는 것."

"시장님!"

"솔직히 국무총리실만 같아도 거절하겠네만 청와대라니 어쩔 수 없는 일 아닌가? 더구나 대통령께서 국정에 자네가 꼭 필요하다고 몸소 전화를 하셨으니."

"……."

"자네를 보낸다고 생각하니 섭섭하면서도 뿌듯하군. 자네야말로 우리 봉황시의 프랜차이즈 공무원이 아닌가?"

"저, 저는……."

"시장으로서 명령하네. 청와대로 가시게. 가서 봉황시 공무원의 기개를 보여주기 바라네."

"시장님!"

"자네라면 할 수 있을 거야. 난 무조건 믿네!"

김성곽이 손을 내밀었다. 탁대가 주저하자 시장이 손을 당겨 잡았다. 시장은 힘찬 미소로 뒷말을 이었다.

"축하하네. 조 서기관!"

서기관! 시장 입에서 직급이 나왔다. 그렇다면 대통령이 언질을 했다는 이야기. 이제는 꿈이 아니었다. 조탁대, 마침내 서기관이 되는 것이다.

탁! 탁대는 시장실 문을 닫고 복도로 나왔다. 머리가 어지러워 잠시 벽을 의지해 몸을 세웠다. 전격적이었다. 수석비서관의 말이 나온 지 얼마나 되었다고? 그러나 여전히 꿈은 아니었다.

더 놀라운 건 복도에 울려 퍼진 방송이었다.

―알려드립니다. 우리 시에 근무하는 조탁대 청문실 사무관께서 청와대 행정관으로 자리를 옮기게 되었습니다. 직원 모두가 축하해 주시기 바랍니다. 다시 한 번 알려드…….

방송은 계속 이어졌다.

겨우 고개를 든 탁대는 청문실에서 뛰어나오는 은돌과 가연을 보았다.

"과장님!"

은돌, 누가 그를 50대 후반의 하위직 공무원이랄까? 그는 마치 개구쟁이 초등학생처럼 팔랑거리며 뛰어왔다. 그 뒤로 팔호와 수애도 보였다.

"과장님! 으아아! 이게 꿈입니까? 생시입니까?"

팔호는 아예 목이 터져라 비명을 질렀다.

"아이고, 우리 조 과장님, 내가 이럴 줄 알았다니까요!"

비상구 쪽으로 뛰어올라온 맹대우와 우만기도 어쩔 줄을 모른다. 직원들은 꾸역꾸역 몰려들었다. 부시장 성낙준이 보이고 국장들이 보였다. 황천수 과장과 장광백 과장, 탁대의 첫 상사였던 용석봉 과장과 은광비 과장도 보였다.

직원들의 바다였다. 축하의 쓰나미였다.

짜포의 멤버인 재광과 수애, 은돌은 어느새 탁대를 연호하고 있다. 정다운 동기들, 팔호를 필두로 창혜와 박용일, 권현지, 김애숙, 장은하, 정단비…….

그리고 여직원 대표들과 조윤아, 양미림, 하채린, 김영화…….

탁대의 귀에는 그들의 연호가 들리지 않았다. 그저 감격스럽게 가물거릴 뿐. 언제 나타났는지 마해종과 기자들 역시 카메라를 터트리느라 바빴다.

찰칵! 수험생 시절이 지나가고.

찰칵! 멋모르던 초짜 불법 주정차 단속 담당 시절이 지나가고.

찰칵! 감사과 시절이 지나가고.

찰칵! 검찰에서의 일들이 흘러가고.

찰칵! 수많은 사건과 사연들이 알록달록 태피스트리를 이루며 아름다운 무늬를 만들었다.

탁대는 복도를 가득 메운 직원들을 향해 정중히 묵례를 올렸다.

박수와 함성은 청사를 무너트리기라도 할 듯 맹렬하게 커져만 갔다.

"조탁대!"

"조탁대!"

* * *

펑! 마개가 빠지자 샴페인이 하늘까지 치솟았다.

"싸랑하는 우리 조카 조탁때 행정관님 완전 진심 만땅으로 축하한다!"

동모는 샴페인으로 탁대를 샤워시켜 버렸다. 그래도 모자랐는지 또 한 병을 따들고 미친 듯이 흔들었다.

"탁때야, 싸~랑해!"

샴페인 줄기는 강조된 억양보다 세차게 터져 나왔다. LPGA 낭자

군들의 우승 세레모니는 댈 것이 아니었다.

"탁대야……."

눈물을 그렁거리던 마더가 두 팔을 벌렸다. 탁대는 마더를 힘껏 안아주었다. 옆에 앉은 동환은 연신 고개를 끄덕거렸다. 작은 아버지 부부도 마찬가지였다.

"오빠, 축하해!"

모처럼 시간을 낸 유리도 합석을 했다.

"어휴, 우리 아들이 청와대 행정관이라니……."

마더는 아직도 믿기지 않는 표정이다. 눈덩이는 시뻘겋게 변했고 목은 한껏 잠겨 있다. 이들은 고작 두어 시간 전에야 그 소식을 들었다. 처음에는 농담이 아닐까 싶었지만 그건 아니었다. 그런 일로 실없는 농담을 날릴 탁대가 아니었던 것이다.

"우리 은정이가 복덩이네. 네가 태어나니까 네 아빠가 방방 나는구나?"

마더는 은정이를 안고 부비부비를 했다.

"사람… 은정이만 복덩인가? 며늘아기가 내조를 잘하니까 그러지."

동환이 슬쩍 혜자의 공을 거들었다.

"으아, 청와대 행정관… 난 솔직히 검찰에서 밀려날 때 너무 나갔나 보다 했는데… 역시 내 조카다."

동모는 그저 틈만 나면 탁대를 껴안았다.

"그래, 자리가 공직기강 담당이라고?"

동만이 물었다.

"그렇게 들었는데 임명장 받아봐야 압니다."

탁대는 겸손하게 대답했다.

"하긴, 대통령이 사람 제대로 보셨네. 아, 솔직히 공직기강이라면 우리 은정 아범이지. 그동안 공무원 비리하고 사건들 좀 많이 해결했어?"

"그럼요. 사실 진작 데려가셔야 했다고요."

부창부수라더니 작은 엄마 부부는 죽이 척척 맞았다.

하지만!

이 와중에도 아쉬운 게 있는 모양이다. 작은 엄마의 눈이 유리를 쏘아보기 시작했다.

"너는 대체 뭐하니? 탁대 오빠는 청와대 행정관에다 이렇게 예쁜 공주님까지 쑥 낳았는데 아직 남자 친구도 없어?"

"엄마는… 괜히……."

엄한 화살에 맞은 유리가 아픈 심장을 문질렀다.

"아무튼 은정 엄마야, 오늘은 네가 쏴라. 나도 아들 잘 둔 덕분에 한 턱 얻어먹어 보자."

마더는 혜자에게 푹, 바가지를 씌웠다.

은정이가 어려 집 밖으로 나가지는 않았다. 대신 정말 푸짐하게 음식을 시켰다.

족발, 보쌈, 모듬회, 초밥, 치킨이 줄을 이었다.

딱히 새로울 것도 없는 음식들이지만 탁대네에게는 느낌이 달랐다. 경사 속에 먹는 음식이니 그야말로 꿀맛이오, 술도 취하지 않았다.

"은정 아범, 청와대 가면 우리도 좀 구경시켜 줄 수 있는 건가?"

동만이 족발 왕뼈를 물어뜯으며 말했다.

"아이고, 청와대 행정관이 달리 행정관이겠어요? 어련히 구경시켜 줄까 봐……."

희아의 핀잔이 바로 동만에게 작렬한다. 탁대는 옆에 앉은 혜자의 어깨를 당겨 살포시 안았다. 얼굴이 붉어진 혜자도 한없이 뿌듯한 표정이다. 탁대의 경사를 아는지 은정이도 의젓해 보였다.

인내는 쓰나 그 열매는 달다!

너무나 교과서적인 말이라 크게 와 닿지 않던 격언이 떠올랐다.

'로르바흐…….'

아쉬운 건 그것뿐이었다. 그가 꿈에서 나와 이 자리에 함께해 준다면. 단 한 모금이라도, 와인이나 샴페인을 함께 마셔줄 수 있다면…….

그럼 얼마나 좋을까?

"은정 아범, 대체 비결이 뭐냐? 내가 볼 때 분명 뭔가 커다란 전환점이 있었을 것 같은데… 은정 아범이 이런 대물로 다시 태어난 계기나 동기 말이야."

골똘하던 탁대에게 동만이 정곡을 찔러왔다.

"하긴 나도 그 생각했어요. 솔직히 탁대가 공무원 시험 합격하기 전만 해도……."

이제 나름 거물로 변한 탁대가 부담스러운지 말꼬리를 흐리는 동모…….

"그래, 오빠! 나도 궁금하다. 비결 좀 말해봐. 노하우라든가."

이번에는 유리까지 끼어들었다.

"노하우는 말이지……."

피할 수 없게 된 탁대가 천천히 입을 열었다.

"스티븐 잡스의 명언으로 대신할까 합니다."

탁대가 운을 떼자 가족들의 시선이 쏠려왔다.

"집중, 집중, 또 집중!"

집중! 스티븐 잡스가 남긴 어록의 하나. 달리 할 말이 마땅치 않았던 탁대는 그 말로 노하우를 대신했다.

하지만 돌아보면 그 말이 틀리지는 않았다. 어려움이 닥친 순간, 탁대는 오히려 더 집중했다. 그리고 포기하지 않았다. 그러다 보니 실마리가 풀렸다.

그게 노하우가 되었다. 한 번의 성공! 첫 번째 성공!

그 발판을 밟으면서 느낀 기분. 공무원으로서의 보람과 긍지. 그 위에 두 번째 성공을 올려놓고, 세 번째, 네 번째 이어지다 보니 여기까지 왔다. 그리고 그것은 이제 탁대의 일상이 되어버렸다.

"알았어. 집중, 또 집중!"

동모는 그 말이 마음에 드는 모양이었다.

"자, 그럼 이쯤에서 끝내요. 우리 탁대, 아니 은정이 아빠, 내일 임명장 받으려면 일찍 자야죠. 괜히 너무 달려서 얼굴 부스스해지면 대통령이 마음 변할지도 모른다고요."

시간이 무르익자 마더가 나서서 교통정리를 해주었다.

청와대! 대통령!

그 무게감을 아는 가족들은 아쉬움을 뒤로 하고 일어섰다.

"오빠!"

가족들이 다 돌아가자 혜자가 기대왔다.

"고마워."

탁대가 말했다.

"피이, 내가 먼저 말하려고 했는데……."

"혜자가 뭘? 내가 고마운 게 맞아. 검찰에 근무할 때는 외박도 잦았고……."

"청와대도 야간근무 있을까요?"

"뭐 있겠지. 거기도 공무원 조직이니까."

"아무렴 어때요. 오빠가 잘되니까 너무 좋은 거 있죠. 정말 어머님 말처럼 은정이가 복덩이인가 봐요."

"그런가 본데?"

"일찍 자요. 푹 자고 나야 얼굴이 뽀송뽀송해지죠. 밤에 은정이가 깰지도 모르니까 오늘은 내가 데리고 잘게요."

"NO, 천만에. 이런 날은 다 같이 자야지."

"그러다 은정이가 잠투정하면요?"

"그래서 잠 못 잤는데 대통령이 뭐라 하시면 다시 봉황시로 가지 뭐. 가족의 소중함도 모르는 대통령이라면 모시고 일할 수 있겠어?"

"오빠……."

혜자는 은정이를 안은 채 탁대 품을 파고들었다. 두 여자의 냄새는 더 없이 편안하게 느껴졌다. 이 밤이 지나면…….

로르바흐!

그를 속박한 무한 위력의 결계가 끝난다.

은정이를 가운데 두고 눈을 감으며, 탁대는 로르바흐를 불렀다. 한 번 더 고마움을 전할 생각이었다.

하지만!

그는 나타나지 않았다. 두세 번 반복해도 마찬가지였다.

'벌써 그의 세계로 간 걸까?'

탁대는 은정의 볼을 쓰다듬다가 스륵 잠이 들었다.

*　　*　　*

청와대!

그래도 한 번 와봤다고 낯설지는 않았다. 신분증 검사와 금속탐지를 마친 탁대는 여직원의 안내를 받으며 민정비서관 사무실 문을 열었다.

두근! 천천히 열리는 사무실 문. 그 문 뒤로 청와대 사무실의 속살이 드러났다.

'와!'

소리 없는 감탄이 밀려나왔다. 검찰에 첫 출근을 할 때도 그랬지만 가슴이 설레었다. 그래도 탁대는 낯선 분위기가 주는 이 긴장을 즐겼다.

긴장한다는 건 의욕이 있다는 반증이었다. 아무런 느낌이 없는 조직에서의 새 출발. 그것만큼 맥 빠지는 일이 또 있을까?

"어서 오시게!"

그 안에서 유광선이 탁대를 맞이했다. 그 옆에는 또 한 사람의 비서관이 서 있었다.

"여기는 공직기강 비서관 어성갑!"

"처음 뵙겠습니다."

탁대는 정중하게 인사를 올렸다.

“반가워요. 유명한 조탁대 씨랑 일하게 되니 일이 팍팍 풀릴 것 같네요.”

어성갑은 기꺼이 탁대를 반겨주었다.

“오정혜 씨, 임명장 준비됐나 좀 물어보세요.”

어성갑이 뒤편의 여직원에게 말했다.

“네, 지금 오시랍니다.”

여직원은 전화를 든 채 대답했다.

“가세. 대통령께서 기다리고 계시네.”

유광선이 탁대를 바라보았다. 탁대는 꾸벅 묵례와 함께 그 뒤를 따랐다.

‘아!’

본관에 들어선 탁대는 또 한 번 감탄을 토해냈다. 한 쌍의 봉황이 버티고 선 문이 열리자 대통령이 보인 것이다.

대통령!

그 옆으로 비서실장과 몇몇 수석비서관도 보였다. 이제는 구면인 탁대. 하지만 임명장을 받기 위해 만난 대통령의 위엄은 전과 같지 않았다.

“조탁대 씨…….”

대통령은 환한 미소로 탁대를 호명했다.

“청와대, 마음에 들어요?”

“예…….”

“우리 모두 기대가 커요. 앞으로 그 탁월한 능력을 국민 모두를 위해 쏟아주길 바래요.”

“최선을 다하겠습니다.”

"그럼 시작하세요!"

대통령이 옆에 도열한 직원을 향해 명했다.

탁대는 대통령과 마주 섰다. 텔레비전에서 수도 없이 보았던 그 광경. 임명장 수여식이 진행되는 것이다.

"그럼 지금부터 청와대 행정관 임명식을 거행하겠습니다. 우선, 국기에 대하여 경례!"

탁대는 벽에 걸린 태극기를 향해 가슴에 손을 올렸다.

두근! 가슴이 뛰었다.

개똥 초심! 그 초심을 다시 생각했다.

청와대라고 다를까? 탁대는 여전히 진격할 것이다. 바른 공무원에게는 상을, 비리공무원에게는 징벌을. 동시에 교만하지 않고 겸손하게. 머리에는 국민을 가슴에는 사랑을…….

"조탁대 행정관, 한 발 앞으로!"

의례가 끝나자 진행 직원의 멘트가 이어졌다.

탁대는 이제 대통령과 마주보고 있었다. 여직원의 손에 들린 임명장이 대통령에게 넘어갔다.

"조탁대 서기관급 행정관에 임함, 민정수석 비서관실 근무를 명함!"

귀를 나른하게 만드는 멘트와 함께 임명장이, 대통령의 손에서 탁대에게 건너왔다.

조탁대! 마침내 4급 서기관이 되었다.

청와대 곳곳에서 인사를 마친 탁대는 잠시 숨을 돌리기 위해 잔디 마당으로 나왔다. 햇살이 고왔다. 너무 고와서 슬플 정도로 반짝이는 햇살이었다.

'응?'

거기서 탁대는 로르바흐를 만났다. 햇살의 한가운데였다.

"대마법사님!"

손을 내밀었지만 대마법사는 대답하지 않았다. 그를 밝히던 빛은 한 마리의 팬텀 호스(Phantom horse)로 변했다. 그리고, 그 뒤의 허공에 신비한 문양의 마법 게이트가 보였다.

훌쩍 말에 오른 로르바흐는 아홉 번 탁대의 머리 위를 맴돈 후에 마법 게이트로 들어갔다.

축.하.하.네.

로르바흐가 사라진 게이트는 네 글자를 이루었다가 하얗게 부서져 버렸다. 물론 탁대만 본 글자였다.

'잘 가세요. 나의 대마법사님!'

탁대는 빈 허공을 향해 손을 흔들었다.

아주 오래도록!

에필로그

로르바흐!

그는 떠났다.

어젯밤에도 탁대는 혹시나 싶어 로르바흐를 불렀지만 꿈속에 나타나지 않았다.

탁대는 은정이를 씻기기 위해 목욕탕에 들어섰다.

"압빠빠, 마빠!"

옷을 벗기니 은정이가 뒤뚱거리며 파닥거렸다. 목욕하는 걸 아는 것이다. 로르바흐의 빈자리는 이제 은정이가 채우고 있다. 은정이 또한 탁대가 열심히 살아야 할 이유의 하나기 때문이었다.

'가만!'

은정이의 목소리에서 갑자기 궁금한 일이 생겼다.

압빠빠 마빠. 그게 마치 '아빠 마법' 처럼 들린 것이다.

마법!

그것 또한 로르바흐와 함께 사라졌을까? 갑자기 정신줄이 팽팽하게 당겨졌다.

탁대는 손바닥 위에 신경을 집중하고 화염 마법을 피워 올렸다.

'응?'

화염이 솟았다. 힘을 좀 더 가하자 불덩이는 축구공만 한 크기로 떠올랐다.

"압빠빠!"

불을 본 은정이가 팔을 흔들었다. 순간, 욕실 문이 열렸다.

"오빠!"

혜자였다. 놀란 탁대는 허둥지둥 화염을 지워 버렸다.

"불? 오빠 미쳤어요? 애 앞에서 무슨 불장난이에요? 그러다 오줌 싸려고 그래요?"

그 소리에 놀란 은정이가 욕조 위에서 미끌 중심을 잃었다.

"악!"

혜자가 비명을 지르는 순간,

'순간 접착!'

탁대는 또 한 번 마법을 작렬했다. 은정이는 비스듬히 기운 채로 정지되어 버렸다.

"은정아!"

혜자가 허둥지둥 은정이를 안았다. 거기에 보태지는 탁대의 순간 독심.

―어휴, 내가 미쳤지. 애한테 애를 씻기라고 했으니…….

독심도 가능했다. 탁대의 마법은 무사했다. 로르바흐가 사라졌다고 마법까지 사라진 건 아니었다.

"빙고!"

탁대는 혜자의 따가운 눈빛에도 아랑곳없이 주먹을 불끈 쥐었다. 탁대의 마법, 이건 영원한 비밀이었다. 무릇 지상의 남자들에게는 아내가 모르는 비밀이 하나쯤 있는 법이다.

암, 그렇고말고!

『9급 공무원 포에버』 완결